六月新娘

北京出版集团公司
北京十月文艺出版社

青马(天津)文化有限公司
出 品

目 录

人财两得	1
情场如战场	87
桃花运	143
六月新娘	205
小儿女	297

人财两得

人物

孙之棠——廿七八岁,潦倒的作曲家
方湘纹——孙妻,娴静,但略有点稚气任性
于翠华——孙之前妻,廿七八岁。妖艳。也稍有点"十三点"
张太太——二房东太太
李邦鉴——唱片公司经理
李太太
赵太太——四十多岁的阔太太
吴律师
老杨——影片公司的高级职员
蒋医生
王医生——产科
护士甲
护士乙
侦探——私家侦探甲
侦探——乙
理发师
西装裁缝
送货员若干人
挑夫数人
宾客若干人
高律师——孙之友

第一场

景：孙之棠家（客室、卧室、穿堂、梯口、厨房、大门口）
时：晨
人：湘纹、之棠、女房东张太太

F.I.
（卧室）
1 C.U.（一本《孕妇卫生常识》，[PAN] 湘纹熟睡的脸，[拉成S.L.] 客厅里传来断续的钢琴声，之棠正在试一曲，[PAN至门口，推出门外] 见到之棠坐在琴前试谱新曲。）
（客室）
2 M.S.（之棠在试谱新曲，虽然是早晨，琴边的立灯仍然点着，之棠感到疲倦，伸了个懒腰。）
3 M.S.（窗外天已大亮，阳光射入室内。）
4 L.S.（室内非常凌乱，乱堆着杂物，还放着三个大箱子。忽然敲门甚急。之棠匆忙地在曲谱上再填写一行，然后揉着倦眼起身去开门。）

5 M.S.（之棠开门见女房东立门外。女房东蓬着头失眠状。）

张太：孙先生你怎么叮叮咚咚闹了一夜也没停，你不睡觉，别人还睡不睡？

之棠：对不起，对不起，张太太。

张太：你们找到了房子没有？

6 S.C.（之棠无可奈何地。）

之棠：张太太，我不是跟你解释过了，我暂时不能搬家，要过了这两天，等我太太养了孩子再搬。

7 S.C.（女房东大不耐烦地。）

张太：等你太太养孩子，已经等了多少天了，一个多月前头就说要养了。

8 F.S.（之棠无奈地指着地下并排立着三个箱子。）

之棠：她不养有什么办法呢，（指箱子）你看看，什么都预备好了，就等上医院，大概就在这两天了。

（卧室）

9 S.C.（湘纹已醒，在枕上张着眼睛听着，[O.S.]女房东大声地说。）

张太：反正你们今天推明天，（大声）明天推后天，孙先生，不是我赶你搬家，（推成湘纹C.U.）你自己想想，房租三个月没付了，要不是看在老房客面上，我真跟你不客气。

O.S.（砰一声把门关上。）

10 F.S.（湘纹起身坐在床上，叫着之棠。）

湘纹：之棠！

（之棠进卧室内，有点内愧。）

之棠：把你吵醒了吧，是二房东。

（之棠把责任推在二房东身上。）

湘纹：我知道……之棠，你又是一夜没睡?

　　11　S.C.（之棠打了个呵欠走到床前。）

之棠：来不及了，……我答应人家今天交卷，人家影片已经拍好了，就等我配音呢!

　　12　S.C.（湘纹关心地。）

湘纹：这样白天黑夜地赶，赶出病来怎么办呢?

　　13　M.S.（之棠无奈地皱着眉。）

之棠：没办法，还是夜里比较清静，没有人打搅我。

　　（湘纹多了心，半自言自语地。）

湘纹：好，我不打搅你了。

　　（负气地又睡了下去，之棠见她生气，不敢说什么，轻轻地走了出去。）

　　（客厅）

　　14　S.L.（之棠走向琴前坐下继续谱曲。）

　　（卧室）

　　15　S.C.（湘纹看了看小台钟，已经九点钟了，又坐了起身。）

湘纹：之棠，九点钟了!

　　（客厅）

　　16　S.C.（之棠听见九点钟了，焦急地。）

之棠：已经九点钟了，糟糕，今天准来不及了。

　　（边说边忙着写谱弹琴。）

　　（卧室）

　　17　S.C.（湘纹对室外大声地叫着，室外琴声断断续续。）

湘纹：九点钟了，之棠，我饿了。

O.S. 之棠：你反正一天到晚肚子饿。

湘纹：九点钟了，（半自语的）求你做点事真受气。

（边说边披晨褛起床，[PAN] 出房门。）

（客厅）

18　F.S. （之棠在钢琴前工作，湘纹经客厅赴厨房。）

之棠：咦，你起来干什么？

湘纹：我肚子饿了，到厨房烧东西吃。

（之棠忙起身拦阻。）

之棠：我去，你快躺下。

19　S.C. （之棠边说边扶住湘纹进房。）

之棠：快躺下，医生不是叫你这两天多休息，别起床吗？

（湘纹负气不答，之棠陪着笑脸扶她入房。）

D.O.

第二场

景：孙之棠家全部

时：上午

人：孙之棠、湘纹

D.I.

1　F.S. （之棠系着女用围裙，捧着一只托盘，上置一份早餐，入内将盘置床前小柜上。湘纹坐在床上织小孩的绒线衣。）

湘纹：你自己吃呢！

之棠：我不饿，待会再吃，你还要什么不要？

   2 M.S.（湘纹微笑摇头。）

湘纹：得了，你快去吧，我不打搅你了。（将盘放在自己膝上，开始吃粥）

之棠：你要喝水不要？

湘纹：不用了，你快去吧！（PAN 之棠出去）

（客厅）

   3 S.L.（之棠[PAN]至钢琴前坐下看谱。）

   4 S.C.（之棠一时茫无头绪，烦恼地把手插入头发里往后推着。正当要提手按在琴键上，湘纹[O.S.]叫声。）

O.S. 湘纹：之棠……之棠，趁你这时候还没有开始……。

（之棠恼怒地对房内说。）

之棠：我已经开始了。

（卧室）

   5 S.L.（湘纹坐在床上捧着粥碗，随意地。）

湘纹：那末，趁你这时候刚开始，你稍微停一会，要不了两分钟，你给我把那瓶药拿来。

（客厅）

   6 S.C.（之棠不耐烦地。）

之棠：药收起来了，是你叫我收到箱子里去的。

O.S. 湘纹：我叫你别收到箱子里去的。

（之棠无奈忍着气放下笔起身。）

   7 F.S.（之棠起身走到箱子前。）

之棠：你记得是放在哪个箱子吗？

O.S. 湘纹：是那只大箱子。

（之棠俯身打开箱子。）

8　S.C.（之棠打开箱子翻看。）

之棠：大箱子里没有。

O.S.湘纹：怎么没有呢？在底下。

之棠：底下都是小孩衣服。

（卧室）

9　M.S.（湘纹仍然坐在床上，不怕麻烦地说着。）

湘纹：小孩子衣服？那是小箱子呀，傻子！我说的是大箱子，外头捆着绳子的那只大箱子。

（客厅）

10　S.L.（之棠开好箱子，最小的一只箱子因为锁坏了，外面捆着绳子，之棠不耐烦地打开绳子，自言自语地怨着。）

之棠：大箱子，小箱子，自己都弄不清楚。

（打开箱子翻着，果然找出一瓶药来。）

（卧室）

11　M.S.（湘纹早饭吃完，把盘放在小柜上，她拿起绒线来织，发现绒绳快完了。）

湘纹：嗳，之棠。

O.S.之棠：嗯！

湘纹：趁你这时候开箱子，你把我那团绒绳拿出来。

O.S.之棠：嗯，……好……

湘纹：还有我的围巾。

（客厅）

12　M.S.（之棠又翻了一通，找出绒绳围巾。[PAN] 他送进房去。）

（卧室）

13 S.L.（之棠取药绒绳围巾入内，掷在湘纹面前。）

之棠：哪……你把东西全拿了出来，等到上医院的时候，手忙脚乱，还又得理箱子。

（湘纹披上围巾。）

湘纹：我没有把东西全拿出来。

之棠：对了，你没有拿，是我拿的。

（之棠说完走出。）

（客厅）

14 S.L.（之棠到箱子前，拟再关上箱子，但这次无论如何也关不上。）

之棠：这箱子可以不用关上了，一会儿你又要拿别的东西。

O.S. 湘纹：不关上怎么行？马上要上医院，就得拿起来就走。

15 M.S.（之棠用力揿下箱盖，仍关不上，只得用力坐在箱盖上。）

（卧室）

16 M.S.（湘纹闻之棠用力声。）

湘纹：之棠，你在干什么呢？

（客厅）

17 M.S.（之棠坐在箱盖上，用力下坐。）

之棠：我在孵鸡蛋，你生孩子，我生蛋，大家比赛。

（卧室）

18 S.C.（湘纹好意地。）

湘纹：你还不快编你的曲子，一会来不及又得着急，一着急又得发脾气，一发脾气又是我倒霉。

10

（客厅）

19　M.S.（之棠已盖好箱子，将绳子捆好，[PAN] 回到钢琴前埋头写谱。）

（卧室）

20　S.C.（湘纹安静地结着绒线，叫着之棠，她又想起一件事。）

湘纹：之棠。（之棠不应）之……棠……

（客厅）

21　M.S.（之棠继续写谱不理。）

（卧室）

22　S.C.（湘纹麻烦人不当回事。）

湘纹：你有没有给医生打电话？

O.S. 之棠：没有。

湘纹：要打电话去问一声，上次定的房间，有没有给我们留着。

（客厅）

23　S.C.（之棠全神集中，写了两行，又在琴上试弹。）

O.S. 湘纹：之棠，你打个电话到医院去吗？

（之棠愤怒地跳了起来。）

之棠：湘纹，我今天非得把这曲子写完不可！

（卧室）

24　M.S.（湘纹闻言泫然欲涕。）

湘纹：你反正就顾你自己，我养孩子你一点都不关心。

25　F.S.（之棠冲到房门口大声地对着湘纹。）

之棠：你让我这段写完行不行？

湘纹：你这神气就像你的工作比孩子还更要紧。

26　S.C.（之棠反斥。）

之棠：当然是孩子要紧，可是不工作孩子就得饿死。

  27　S.C.（湘纹也不服。）

湘纹：孩子吃奶有我喂他，不用你操心。

  28　S.L.（之棠冲到床前。）

之棠：孩子吃奶，可是你要吃饭！

  （湘纹啜泣，之棠气得走出，[PAN]至门口又回到床前安慰她。）

之棠：怎么哭了，（坐床上把手搂着她）干什么哭呢？

  29　S.C.（湘纹撒娇地。）

湘纹：你动不动就发脾气。

之棠：对不起，对不起。

湘纹：我也说不定是难产，我要是死了你就（更伤心）懊悔了。

之棠：别胡说。（把她搂在怀里）别胡说。

  30　S.L.（湘纹把脸抵在他身上，呜咽着。）

之棠：别哭，别哭，躺一回，这两天不应当这样紧张。

  （之棠扶她躺下，退出房去。）

  31　S.C.（湘纹哭着，但是她还是不忘要之棠打电话。）

湘纹：之棠，你给医院打电话。

  32　M.S.（之棠在门口转脸勉强地安慰着她。）

之棠：好……好……我就打，我就打，给医院打个电话。

  （客厅）

  33　S.L.（之棠走出，到琴前刚坐下，电话铃响，室内堆得乱七八糟，一时电话找不到。）

O.S.湘纹：听电话，之棠。

之棠：我知道。

O.S.湘纹：知道!? 快听呀!

之棠：我在找电话呢!

 34 S.C.（之棠找到一根线拉出来拿起就听，一看是个熨斗。）

 35 S.L.（电话铃大振，之棠放下熨斗，总算在沙发底下找到了电话。）

之棠：喂……喂……

 36 S.C.（之棠接着听。）

之棠：喂……嗳，我之棠啊，……嗳，老杨，你好呀?

C.O.

第三场

景：制片办公室一角

时：上午

人：老杨（之棠之老友），另办公人员男女十余人

C.I.

 1 S.L.（老杨正电话中催促之棠的配音作曲。[推成S.C.]）

老杨：之棠你写得怎么样了，下午两点钟以前，请你一定送来，可不能再耽误了。

O.S.（由电话筒中传声）之棠：对不起，今天恐怕来不及了。

老杨：今天来不及，嗳呀，人家这儿乐队都订好了，今天下午要录音的。

O.S.（电话筒中传声）之棠：糟糕，糟糕。

老杨：之棠，你太拆烂污了，人家这儿片商等着要看片子哪。

C.O.

第四场

景：孙家全部
时：上午
人：孙之棠、湘纹

C.I.
　（客厅）
　　1　S.C.（之棠抱歉地对着电话筒打着招呼。）
之棠：老杨，我真是抱歉，明天无论如何一定交卷。
　（卧室）
　　2　M.S.（湘纹由床上坐了起来，插嘴。）
湘纹：之棠，你不能让人家为难，你不是答应今天交给人家的吗？
　（客厅）
　　3　M.S.（之棠听了爆发起来。）
之棠：不错，是我答应的，可是这样，一天到晚打搅我，（对话筒）叫我怎么工作呢？

C.O.

第五场

景：制片办公室一角
时：上午
人：老杨，办事人员十余人

C.I.
 1 S.C.（老杨在电话中以为之棠对他发怒。）
老杨：哦，对不起对不起怪我不好，不该催你，不该打电话来打搅你。
                C.O.

第六场

景：孙家全部
时：上午
人：之棠、湘纹

C.I.
 （客厅）
 1 S.C.（之棠忙着打招呼。）
之棠：嗳，老杨你别误会，我不是说你。
O.S.（电话筒中传来）老杨：不是说我你说谁？
之棠：老杨，你不明白！
O.S.（电话筒中传来）老杨：我怎么不明白，明白。

O.S. 湘纹：之棠，之棠！

（卧室）

    2 M.S.（湘纹躺下身子，声音有点急促。）

湘纹：之棠，快打电话叫汽车，我马上得上医院。

（客厅）

    3 S.C.（之棠闻声也紧张起来。）

之棠：怎么你肚子疼了？

C.O.

第七场

景：制片公司一角

时：上午

人：老杨，办公人员十余人

C.I.

    1 S.C.（老杨以为之棠在骂他。）

老杨：你怎么骂我肚子疼呢？（不悦）我总算够朋友了，你这种态度，真有点说不过去！

O.S.（电话筒中传声）之棠：老杨（慌乱）对不起，我不是说你呀，……

（老杨怒气地挂断电话。）

C.O.

第八场

景：孙家全部

时：上午

人：之棠、湘纹、女房东、司机

C.I.

(客厅)

　　1　S.C.（之棠急慌地对着电话。）

之棠：喂，喂，喂，老杨……

　　（只好放下电话，急 [PAN] 到卧房去。）

　　(卧室)

　　2　S.L.（之棠急到床前温柔地。）

之棠：湘纹，你觉得怎么了，肚子疼了吗？

湘纹：快打电话，——。

　　（之棠见她语气急促，即匆匆 [PAN] 出房。）

　　(客厅)

　　3　S.L.（之棠急拿起电话拨着号码。）

　　4　S.C.（之棠忙对电话说。）

之棠：是永安汽车公司吗？马上来部汽车，建德路二十八号……什么没有车子……要等多少时候？……要等十五分钟，……快点行不行，快，快，快。

　　（之棠挂上电话，又匆匆地回到卧室。）

　　(卧室)

　　5　S.L.（之棠匆匆到床前，轻轻地问着湘纹。）

之棠：你怎么了？

湘纹：快点，（呻吟）再换一家汽车公司！

（于是之棠又匆匆走出。）

（客厅）

6　S.C.（之棠拿起电话簿找汽车公司号码。门外传来汽车喇叭声。）

O.S.湘纹：汽车来了，来了。

之棠：来了，来了。(PAN 他急出门)

（大门口）

7　F.S.（大门口停着一辆汽车，按着喇叭。之棠匆匆出，招呼着。）

之棠：嗳，是我们叫的车子，你等一等呀！（又折回屋内）

（客厅）

8　F.S.（之棠匆匆入内搬取箱子，又回身对卧室说。）

之棠：湘纹，车子来了，你可以起来了。（说完搬箱出）

（大门口）

9　S.L.（之棠急忙地把箱子搬上汽车尾箱内，司机也帮着忙。之棠又匆匆回屋内搬取第二只箱子。）

（客厅）

10　S.L.（之棠入内搬取第二只箱子，湘纹由卧室传出话来。）

O.S.湘纹：之棠，你打发车子回去吧！

（之棠已把箱子提上肩。）

之棠：怎么啦，车子不要了？

（卧室）

11　M.S.（湘纹坐在床上拭汗。）

湘纹：不要了，我不上医院了。

（客厅）

  12 M.S.（之棠莫名其妙看着卧房。）

之棠：又不去了……（呆了片刻，放下箱子急走出，[PAN]窗口见到他与司机说话，付钱取下箱子）

（大门口）

  13 M.S.（之棠肩着箱子入内。汽车开走。）

（客厅）

  14 M.S.（之棠肩着箱子入客厅，刚放下箱子，卧房内又传出湘纹锐叫声来。）

O.S.湘纹：之棠——之棠——。

（卧室）

  15 S.C.（湘纹又吃累地躺下呻吟着。）

湘纹：之棠，快……快叫车子回来，我又不行了……。

（客厅）

  16 S.L.（之棠肩上的箱子忙砰的一声放下，忙奔出。）

（大门口）

  17 F.S.（之棠追出门口，见车已去远。）

之棠：嗳！嗳！你回来，回来，把车子开回来。

  18 S.C.（之棠见车已去远，呆立片刻，又奔回。）

（楼梯间穿堂）

  19 F.S.（之棠匆匆地奔向客厅，适女房东张太太立楼梯口。）

张太：孙先生，你出去怎么大门也不关，丢了东西谁负责？

（之棠急由客厅折回关门。）

之棠：对不起，对不起！

张太：哪，哪，（唤住之棠）这是你的一封信。

20　S.C.（之棠接信。）

之棠：谢谢你……谢谢你……。（接信奔入客厅）

（客厅）

21　S.L.（之棠接信奔入卧室。）

（卧室）

22　S.L.（之棠奔到床前。）

之棠：你觉得怎么样了，肚子疼得厉害吗？车子开走了，我再去打电话。

23　S.C.（湘纹平静了下来，拭着汗。）

湘纹：别打了，不用叫汽车了。

24　M.S.（之棠怔了一怔。）

之棠：又不要了？（湘纹点头，之棠拭汗，湘纹又要起来，之棠帮助她坐起。）

湘纹：这是谁的信？

之棠：这是……（拆信）是一张请帖，是唱片公司李经理请吃饭。（湘纹接过请帖看。）

湘纹：就是今天晚上。

之棠：我看看。

湘纹：你的生意来了，一定是要请你写几只时代曲。

25　S.C.（之棠拿着请帖坐床上。）

之棠：可惜远水救不了近火，你上医院总得多预备点钱，搬家也得要钱。

26　S.C.（湘纹不安地望着之棠。）

湘纹：要不然你还是出去想办法，借点钱吧！

27 S.L.（之棠怔了一会，站起想走出去。）

之棠：也只有这个办法。

湘纹：你把大衣穿上，外面很冷。

之棠：大衣早进了当铺了，你忘了。

湘纹：那么把我的围巾带着。

（说着取下围巾递给之棠。）

湘纹：可别忘了，今天晚上八点钟有人请客，你的表准不准，不要迟到了！

（之棠掀袖管苦笑。）

之棠：它在大衣以前就上了当铺了。

（湘纹顺手取小柜上的小台钟。）

28 C.U.（湘纹的手取小台钟。）

29 S.C.（湘纹将小台钟交给之棠。）

湘纹：哪，你把这个小钟带着。

之棠：钟怎么能带在身上呢？

湘纹：有什么不好带！

（替他塞在衣袋中。）

湘纹：请客几点钟？

之棠：八点钟。

　　　　　　　　　　　　　　　　　C.O.

第九场

景：李经理家大客厅

时：晚上八点钟

人：李经理，李太太，赵太太，孙之棠，男女宾廿余人

C.I.
    1　C.U.（火炉架上的座钟指八时正。[拉 F.S. 富丽大厅，客尚未齐]之棠与主人李经理并立着谈话。赵太李太坐沙发上闲聊。）

    2　S.C.（赵太指着远远站着的之棠问李太太是谁。）

赵太：跟李经理在谈话的那位是谁呀？

李太：是姓孙的。

赵太：是孙之棠是吗？

李太：嗳，你认识他？

    3　S.C.（赵太太说。）

赵太：见过一两面，我认识他离了婚的太太。

O.S. 李太：哦，他离过婚的。

赵太：可不是，他们离婚，还是我做证人的，我不肯做呀——没办法，他太太硬拉着我们两夫妻做证人。

    4　S.L.（有女客入，[PAN]女主人李太太迎上去。）

    5　S.L.（李经理也[PAN]上去寒暄。）

    6　S.L.（赵太太趋之棠面前。）

赵太：孙先生，好久不见了。

之棠：哦，赵太太，几时到香港来的？

赵太：来了一年多了。你现在住在什么地方？

之棠：我住在建德道。

赵太：几号？

之棠：二十八号。(略感诧异)

  7 S.C.（赵太太微笑地。）

赵太：翠华正在到处打听你的地址呢！

  8 S.C.（之棠听了一惊。）

之棠：她……她在香港？

O.S.赵太：她在星加坡，可是她说要到香港来找你呢！

之棠：找我？有什么事吗？

  9 M.S.（赵太太神秘地对着之棠微笑。）

赵太：不知道。我猜她总是想念你吧！

之棠：赵太太，(窘）真会说笑话。

赵太：真的，她到现在还没有结婚呢！（此时之棠衣袋中小台钟忽然大鸣起来。赵太太吃惊四顾，用异样的目光打量之棠）

  10 F.S.（全客厅的人都诧异的四面张望，不知声自何来。）

  11 M.S.（之棠才觉到是自己的小台钟作怪，急探手入袋，而窘急中忘了在哪一只袋里。

（钟声大鸣不已。

（他忙取出想制止，抬头见许多人围住他，[推成F.S.]急窘得忙将小台钟收藏入袋。徜徉着走了出去。）

                 F.O.

第十场

景：孙家全部

时：上午

人：之棠、湘纹

F.I.

（客厅）

 1 M.S.（三只箱子仍然立在原处，显然是整装待发。[拉成F.S.]客室中更形凌乱，正中设着熨衣板，空中斜斜地横拦着一根绳子，晾着衣服，正好遮住了到穿堂的门。）

 2 S.C.（火油炉放在字纸篓上，[PAN上]烘烤绳上的衣服。）

 3 S.C.（之棠在熨着半湿不干的女用三角裤。）

O.S.湘纹：之棠，你还在那儿洗衣裳？

之棠：嗳！（颓丧地）

（卧室）

 4 M.S.（湘纹半躺半靠在床上，织着绒线衣。）

湘纹：你真慢，换了我早就洗完了。

（客厅）

 5 S.C.（之棠讽刺地。）

之棠：练习练习就好了，好在我练习的机会很多！

（卧室）

 6 S.C.（湘纹内疚地。）

湘纹：唉，我知道这两天真把你累坏了，我真着急孩子还不养下来，都快十个月了。

（客厅）

 7 M.S.（之棠没好气地。）

之棠：十个月算什么？（指着台上小玻璃的象）

 8 C.U.（小摆设一只玻璃象。）

O.S.之棠：大笨象要三年才生养呢！

（卧室）

9　M.S.（湘纹认为这话有侮辱性。）

湘纹：你这是什么话？简直侮辱我，孩子老不养下来，也不能怪我呀！

（客厅）

10　S.C.（之棠又忙带刺地安慰着。）

之棠：没有说怪你，怪我好吧！

（此时有打门声，他放下熨斗去开门。）

11　S.L.（之棠由湿衣服里钻出去，将门打开，见门下塞进一份报纸，俯身拾起返内。）

（卧室）

12　S.L.（之棠持报纸送到湘纹前。）

之棠：报纸来了。

（湘纹接过，微笑地看着他。）

湘纹：我上医院去，放你一个人在家，还真有点不放心。

13　S.C.（湘纹酸溜溜地。）

湘纹：那个女人不是说要来找你吗？

O.S.之棠：谁？

湘纹：还有谁？你那离了婚的太太。她找你到底有什么事？

O.S.之棠：我怎么知道呢？

湘纹：你欠她赡养费？

14　M.S.（之棠忙双手一摊。）

之棠：根本没有赡养费。我那时候也就是个穷光蛋，跟现在一样。

湘纹：你从来不提你离婚的事，到底你们是为什么离婚的？

之棠：还不是为了穷吗？她吃不了苦，过不惯。（边说边坐下）

湘纹：哦，她嫌你穷。

之棠：当然也不能怪她一个人，那时候两人都是年纪太轻，糊里糊涂结了婚，后来都懊悔了。

湘纹：也许她现在又懊悔跟你离了婚。

  15　S.C.（之棠坦然地。）

之棠：懊悔有什么用？我已经结了婚了。

  16　S.C.（湘纹妒意地。）

湘纹：要是你还没有结婚呢？人家老远从星加坡跑来看你，你一定很感动。

  17　M.S.（之棠忙着表明心迹。）

之棠：别胡说。我真是不欢迎她来。

湘纹：（佯看报）那你不会叫她别来。

之棠：我没法叫她别来——根本不知道她的地址。

湘纹：（放下报纸）你可以找那赵太太呀，叫她转话。

之棠：赵太太住在哪儿我也不知道。

湘纹：不知道，你不会打听么？

之棠：人家不过是那么句话，我就认真起来，成了笑话了。

湘纹：（翻过一页报纸，突紧张）咦，你瞧，有个律师登报找你呢！
（湘纹和之棠一同看报。）

  18　C.U.（报上广告：孙之棠君鉴，见报务请立即驾临皇后大厦吴仰安律师事务所，有要事接洽。）

  19　M.S.（之棠诧异，但又安慰自己。）

之棠：同名同姓的人也很多，不见得是我。

湘纹：（又夺过来细看）怎么回事，这个人也找你，那个人也找你——

这事情奇怪,一定跟那个女人有关系。

之棠:你别瞎疑心,(从她肩上看报)一定不是我,我又没有犯法,又不欠债,找我干什么?

(外面砰然一声响,之棠急赶出。)

(客厅)

20　S.C.(火油炉子从字纸篓上倒了下来,地下的废纸着火,熊熊燃烧起来。之棠急忙践踏,泼水。)

C.O.

第十一场

景:公路上汽车厢内

时:上午

人:翠华、赵太太、司机

C.I.

1　M.S.(赵太太与翠华并坐,膝前堆满大小皮箱。翠华手持粉镜,抹粉,镜盒挡住了脸。)

赵太:唉,你们这些年青人哪,动不动就闹离婚,那时候我劝你们不听,翠华现在懊悔了吧?

2　C.U.(翠华放下粉镜,她的神秘的微笑着的脸。)

3　S.C.(她收起粉镜。)

赵太:也是现在这年头不好,不怪你们年青人,就连我们老头子,也一天到晚闹着要离婚。

翠华：真的？你快别理他。这么大年纪，让人家笑话。

赵太：可不是，我干吗离婚？便宜了他。

翠华：怎么？赵先生外头有女人哪？

赵太：别提了，我都气死了，（取出小手帕拭泪，轻轻在眼帘下与面颊上按了两下）过天仔细告诉你。

（翠华又取出唇膏涂抹。）

赵太：（玩笑地推她一下）得了别打扮了，这还不够漂亮的？我看你真是爱他。

翠华：（懒懒地）那倒也不一定，这么些年没见面，怎知道他变成什么样了？

4 C.U.（赵太太异想天开地。）

赵太：嗳，这么着好不好？如果一见面你很满意，你就对我做个暗号，我马上一个人就走。

5 C.U.（翠华也乐意。）

翠华：（笑）要是不满意呢？

6 C.U.（赵太太越说越高兴。）

赵太：要是不满意，你也做个暗号，我就说这地方出门不大方便，还是住在我家里好，我们就一块走。

7 S.C.（翠微笑地取出手帕。）

翠华：（懒懒地）那也好，你要是看见我把手绢搁在钢琴上，你就说你还有别的事，要先走了。

赵太：那就是表示你还爱他？（翠点头微笑）他那儿要是没有钢琴呢？

翠华：他是音乐家，钢琴就是他的命，怎么会没有呢？

C.O.

第十二场

景：孙之棠家全部（与第一场同）
时：上午
人：翠华、赵太太、孙之棠、湘纹、司机

C.I.
（客厅）
1 F.S.（火油炉仍倒在地上。地下有烧焦的纸，且汪着水。之棠用拖把拖地板。[PAN 进卧室]湘纹端坐床上，织着绒线衣［成 M.S.］。）

湘纹：真的，你无论如何不能让翠华上这儿来。这两天我们家乱得这样子，让她看见，心里想你现在这个太太，太不会管家了。

（客厅）
2 S.C.（之棠不耐烦地。）
之棠：知道了，我一定想办法通知她，叫她别来。

（卧房）
3 S.C.（湘纹取床边镜自照。）
湘纹：我这样子也真见不得人，让人家看见笑话我。
O.S.之棠：你可以用不着见她。
湘纹：(爆发) 当然我可以用不着见她，要我在旁边干吗？多讨厌！

（客厅）
4 M.S.（之棠厌烦地。）
之棠：你又误会了。反正你不放心，我一定会告诉她们别来。你放心好了。（说到最后一句，声调突转微弱）

(PAN 一个的士司机掀开绳上湿衣入室,提二箱,置地,转身出。)

 5 S.C.（之棠趋前检视箱上所挂纸片。）

 6 C.U.（赫然写着"于翠华"名字,写明星加坡来。）

 7 C.U.（之棠见了一惊。）

 8 S.L.（司机复扛一大箱入,砰然置地上,之棠想叫阻他又不敢大声。）

O.S.湘纹：怎么了？之棠。

之棠：(无奈地)来了客了。

 (之棠轻轻地 [PAN] 把卧室的门关上。)

 9 M.S.（翠华掀开绳上晾的湿衣,走了进来,向他微笑。）

翠华：之棠。

 10 S.C.（之棠轻轻走至翠华面前,在片刻的沉默后。）

之棠：翠华！你来干什么？（赵太太入）

翠华：(瞟他一眼)你还是老脾气——当着赵太太,就对我这么不客气。

赵太：孙先生,你好？

之棠：赵太太！

 (翠华以主妇的身份招呼赵太太。)

翠华：瞧这屋子简直乱得没处坐。(PAN)他向来是这样的,没人给他收拾,就弄得乱七八糟。(移开椅上物)你坐下,坐下。(打开手袋翻着)之棠,你有零钱没有？给那开车的。

 11 M.S.（之棠无奈地在袋中搜索。）

O.S.赵太：(抢付)我这儿有。

O.S.翠华：不要,不要。

12 S.L.（翠华急自手袋中取出一大叠［百元］，剥下一张给之棠。）

翠华：快拿去给他。

（之棠已摸出零票［数张］转身出室。）

（大门外）

13 S.L.（的士停门口。之棠出门，予司机钱，之棠慷慨地再摸出二毛钱给司机小账。）

司机：（喜出望外）谢谢！谢谢！

（之棠转身入。）

（客厅）

14 F.S.（二女已坐下。翠已脱下大衣。）

之棠：（无奈地带客气口吻）我这儿地方又小，又乱，实在不能招待客人。

翠华：赵太太又不是客。

（翠华徜徉着，［PAN］走到钢琴前，整理琴盖上什物，顺手把手帕搁在琴上，转身望望赵太太。）

15 C.U.（乳罩挂在绳子上。）

16 M.S.（赵太太见晾着的乳罩。）

17 M.S.（赵太太怀疑地到之棠面前，假意地追问。）

赵太：孙先生，你们这儿住着几家人家？

之棠：楼下就是我们一家。

赵太：哦！是吗？（含蓄地咳嗽，向翠华霎霎眼）

18 S.C.（翠华会意便微笑地。）

翠华：你这些女人衣裳哪儿来的？

19 S.L.（之棠正要回答，被赵太太打断，走到翠华面前。）

赵太：（笑）翠华，你也不必查问了。只要他从今天起，规规矩矩，以前的事完全一笔勾销。小两口子呕气，还能呕一辈子？来来来，你们拉拉手讲个和吧！（拉翠华至之棠前，使他们握手）

之棠：赵太太，我们早离了婚了。

20　S.C.（翠华撒娇地。）

翠华：从前离婚都是怪你不好，现在我原谅你了，你还怎么着？

赵太：你瞧人家对你多好！你真是对不起人家！

（翠华白了赵太一眼，自手袋内取手帕另一条，向赵太一甩，赴钢琴前置琴上。）

21　S.C.（赵太仍未加注意。）

赵太：看在我面上，小两口子和和气气的，不许再呕气了，知道不知道？

（之棠不语。）

22　M.S.（翠华又在钢琴上放了二条手帕。）

翠华：赵太太，你刚才说王家在等你打牌呢，你要是一定要走，我也就不再留你了。

23　M.S.（赵太愕然突醒悟。）

赵太：嗳！对了！我得走了！（凑近翠，[推成 S.C.] 低声）我忘了你这暗号了，是叫我走？还是不叫我走？你一条一条手绢拿出来，手绢越多，越把我搅胡涂了。

24　S.L.（之棠深怕翠华不走，也到她们面前假客气地。）

之棠：赵太太，再坐一会儿，等翠华一块儿走吧。

赵太：什么话？她还走？这是她的家，她住在这儿啦！

翠华：（向赵）你别理他。（又取出一条手帕）

赵太：（瞥见手帕）好好，我走了，我走了！不管你们的事。

翠华：再见！再见！（ＰＡＮ送赵太出，赵太笑迷迷地，又转身把翠华推回来，自己出去了）

  25 S.L.（之棠走到翠华前。）

之棠：翠华，你住在这儿，实在不大方便。

（卧室）

  26 S.C.（湘纹坐在床上注神客厅的声音。）

湘纹：（大声地）之棠你在跟谁说话？

（客厅）

  27 S.L.（之棠为难地。）

之棠：翠华来了。

O.S.湘纹：谁呀？

翠华：（质问地）那是谁？

之棠：是我太太。

  28 S.C.（翠华吃惊地。）

翠华：什么？你结了婚了？

O.S.之棠：当然结了婚了。

翠华：（逼进一步）你有小孩没有？（成二人M.S.）

之棠：没有。

翠华：（松了一口气）那还好！

之棠：为什么？

翠华：真的没有？儿子女儿都没有？

之棠：我说没有就没有，你干吗问？

O.S.湘纹：之棠。

（之棠到［PAN］卧室门口，将门推开一线。）

之棠：（向门内）翠华来了。

33

湘纹：翠华！？

29　M.S.（翠华和悦地［PAN］也到房门口。）

翠华：嗳，是我。你好？（低声向之棠）她叫什么名字？

之棠：（不情愿地）叫湘纹。

翠华：湘纹，我进来看看你好吗？（将入卧室）

O.S.湘纹：（焦急）嗳！不行！不行！之棠，你不能让她进来。

之棠：（忙把门关上）翠华！

翠华：我在门缝里张一张，都不行吗？

O.S.湘纹：不行！

翠华：（向之棠）是你的太太，我总想知道她长的是什么样子。

之棠：哪！这是她的照片。

30　S.C.（墙上挂着一张湘纹照片。）

31　S.L.（翠华见了客气地。）

翠华：呦，真漂亮！

O.S.湘纹：之棠你来，我有话跟你说。

之棠：嗯。（赴内室，又转过身来向翠华）她有点不舒服，躺着呢！（之棠进卧室关上门。）

32　S.L.（翠立即拿起电话来拨号码。）

33　S.C.（翠一面打电话一面将警备的目光射在卧室门口，语声低沉而紧张地。）

翠华：喂！请吴律师听电话。快点，快点。……吴律师？是我呀！我找到他啦，他没有小孩。

34　S.L.（之棠自卧室出，见翠华在打电话，到她面前。）

翠华：（匆匆结束谈话，有点语无伦次）好，好，再见，再见，你打错了，这不是王家。（挂断电话向之棠笑）打错了。

（之棠有点怀疑。）

之棠：翠华！你在搞什么鬼？

翠华：（走开）我不懂你说什么。

35　S.C.（之棠惘惘地打量她。）

之棠：你变了。从前不是这样。

36　S.C.（翠华走到镜子前拢头发。）

翠华：是吗？这两年我经过许多事情，也不怪我变了。

O.S. 之棠：是些什么事？

翠华：去年我三叔死了。

O.S. 之棠：三叔？

翠华：你不记得了？（转身）在星加坡开饭店的那个三叔。

37　S.C.（之棠听了有点难过。）

之棠：我记得，记得。怎么，他老人家会死了呢？

38　S.C.（翠华眼光瞟着他，有意把钱字说的重一点。）

翠华：三叔死了，留下一百万块"钱"给我。

O.S. 之棠：一百万？

翠华：嗯。……你不该跟我离婚的。不离婚，你这时候发了财了。

（之棠无力地依在翠华的大箱子上，[PAN] 翠华到他面前。）

翠华：他们先给了我一万，让我先化着，等他死了一周年后，法律上的手续都办好了，我可以再拿到一百万。

之棠：一百万就这么给你乱化！

翠华：（魅惑地）你愿意帮着我化吗？

（她也倚在那只竖立的大箱子上，两人脸部都是异常接近，似有接吻的危险。）

O.S. 湘纹：之棠！

之棠：(惊觉) 嗳?
O.S.湘纹：快两点了，客人大概不在这儿吃饭吧? 我们什么也没预备。
之棠：(向翠) 你不在这儿吃饭吧? 我们什么也没预备。
翠华：我来帮你做饭，厨房在哪儿?
(之棠无奈地领路入厨房，翠华顺手拿起椅背上搭着的一条围裙，愉快地围上，入厨房。)

D.O.

第十三场

景：孙之棠家全部
时：中午
人：湘纹、孙之棠、翠华

D.I.

(卧室)

1 F.S.(湘纹坐床上，之棠捧一盘饭菜入，湘满脸不快，之棠小心翼翼地将盘置妻膝上，[推成M.S.]湘纹极不愿意地拿起筷子来，怀疑地拨了拨菜。)

2 S.C.(之棠陪着小心。)

之棠：你天天吃我做的菜，不是烧糊了，就是半生的，今天让你换换口味。

3 S.C.(湘纹瞪他一眼。)

湘纹：知道她菜做得好，瞧你这得意样。

    4 M.S.（之棠急低声。）

之棠：得了，得了，别嚷了，人家听见了——我去吃饭去了。

    （湘不睬，之棠讪讪地出，又在门口探露进来。）

之棠：你还要什么不要？

    5 S.C.（湘纹赌气地。）

湘纹：我要叫个泥水匠来！

O.S.之棠：叫泥水匠——干吗？

湘纹：给我墙上开个大洞。

    6 S.C.（之棠不满意她的态度，低声地。）

之棠：你又何必说这种话？你对我还有什么不放心吗？

    （之棠将门开得大些，出去。）

    （客厅）

    7 F.S.（翠正坐饭桌前看报，桌上摆着饭菜，厅中央已整理清洁。之棠在她对面坐下，[推成M.S.]怕湘听见，轻轻地说。）

之棠：嗳，今天报上有个律师登广告找我，是你登的广告吧？

翠华：什么广告？（翻报纸）

之棠：(指点)哪，你看！（突想起）吴律师不就是你三叔的律师吗？

翠华：是呀！

之棠：他们找我干吗？（吃饭）

翠华：(吃着饭)准没有什么好事，你别理他，（有意地）也许你欠我三叔的钱没还。

    8 S.C.（之棠听见着急地。）

之棠：我从来没有跟他借过钱！

O.S.翠华：也许你忘了。

之棠：真的没有。

9　S.C.（翠华吃着饭，含笑地。）

翠华：反正你别理他们就是了。（打岔）嗳！（轻轻地）你现在这个太太长得倒是漂亮，管家可真不行，你瞧这屋子，怎么乱得这样？

10　S.C.（之棠也轻轻地告诉她。）

之棠：这一向湘纹老是躺着，不能起来，都是我自己做饭洗衣服。

翠华：她是什么病，不要紧吧？

之棠：不要紧，其实也不是病。

11　S.C.（翠华立刻脸色变了。）

翠华：不是病，是——是有喜啦？

O.S.之棠：对了。

12　M.S.（翠华突然放下筷子，紧张地。）

翠华：马上就养了？

之棠：（微笑）不，不是马上，现在就要养了。

翠华：什么时候养？

之棠：（疲乏地半笑半叹气）这很难说。

翠华：怎么？算不出来了？医生怎么说？

之棠：医生的话也不一定靠得住，你要是问我，我觉得今年年底能生下来，就算运气的了。

翠华：(始松了一口气,立起来 [PAN] 走了开去) 你真吓了我一跳！

13　S.C.（之棠诧异地看着她。）

之棠：你为什么吓一跳？

14　M.S.（翠华走到之棠身边。）

翠华：听见说你要做爸爸了，怎么不吓一跳？（立在他椅后，手按在他肩上叹了口气）咳！都是你，……不然你想，我们俩人，再加上一百万块钱，多理想呀，我们可以到世界各国去游历，你也不用为生活发愁了，可以到欧洲去学音乐，尽量地发展，写出最伟大的交响曲。你不是一直这样梦想着的？

之棠：（怦然心动，怅惘地）我不过是想想而已。

翠华：现在不是想想而已，可以成为事实了。

  16 S.C.（翠华从背后搂着他的脖子。）

翠华：之棠！

之棠：（急挣脱，望望室内，轻声地）别这么着。

翠华：（吃吃笑）瞧你，真怕太太。从前可一点都不怕我。（把脸贴在他脸上）

之棠：（已软化但仍挣扎）不是。这两天不能让她受刺激。

翠华：为什么？这两天有什么特别的原因？

之棠：她——就在这两天里要养了。

  （翠华听了忙松了手，惊视着之棠 [PAN 翠华 C.U.]。）

翠华：什么？你不是说，年底生下来就算运气的了？

  16 M.S.（之棠轻轻地怕湘纹听见。）

之棠：那是我等得不耐烦了，所以这么说，其实早该养了。

翠华：（烦恼地走来走去）糟了，简直糟糕。

之棠：为什么？

翠华：你甭管！（在镜头前停止成 C.U.）

之棠：吃饭！吃饭！

翠华：我不吃了，吃不下，我去沏杯茶喝。（PAN 入厨房）

  17 S.C.（之棠摸不着头脑，望着她离去，呆了一会，又继续吃饭。）

（卧室）

  18 M.S.（湘纹怀疑地侧耳听。）

湘纹：之棠，怎么一点声音也没有？你们说话呀！

（客厅）

  19 F.S.（之棠嘴里含着饭。）

之棠：叫我一个人怎么说话呀？

（卧室）

  20 S.C.（湘纹不信。）

湘纹：瞎说，我不信，你是一个人？那吃饭怎么没有声音呀？

（客厅）

  21 S.C.（之棠烦厌地。）

之棠：吃饭怎么会有声音呢？（故意大声吃饭）你听得见吗？

O.S. 湘纹：听不见，那你唱个歌！

之棠：我在吃饭怎么能唱歌？

（卧室）

  22 M.S.（湘纹仍不相信，非逼他唱歌不可。）

湘纹：有什么不行？一面吃饭一面说话，不也是一样？

（客厅）

  23 S.C.（之棠不语，埋头吃饭。）

O.S. 湘纹：唱呀！

（之棠只好吃一口唱一句，才唱了两句——）

  24 S.L.（翠华托了两杯茶自厨房来，之棠立即住口。）

翠华：你兴致真好，吃饭还唱歌。（放一杯茶在他面前）我知道你今天非常高兴。

（之棠苦笑。）

40

翠华：（又和他亲热）我来了，你不高兴吗？

之棠：还高兴呢？我都为难死了！

翠华：你不用装出那副可怜相，瞒不过我。

（之棠怕她纠缠，放下饭碗站起来，走了开去。翠华走到钢琴前，掀开琴盖。）

翠华：之棠，你弹点什么给我听？

  25 S.C.（之棠烦恼极了。）

之棠：你该走了，翠华。

  26 S.C.（翠华撒赖地坐在琴凳上。）

翠华：你弹个琴给我听，我听了就走！

  27 M.S.（之棠不情愿地 [PAN] 和她坐在一起。）

之棠：弹什么呢？

翠华：弹我们从前最喜欢的那个歌！

之棠：什么歌？

翠华：（撒娇地）之棠，你把我忘得干干净净。

之棠：是这个是不是？（略弹几个音符）

翠华：对了，听了真叫人想起从前。（[镜头推翠华 C.U.]她倚靠着之棠，神往地回忆着过去）

  28 M.S.（她转身和之棠并坐着，凝视着他。）

翠华：六年了，之棠，我一直记挂着你，我就不相信你一点都不记挂我。（脸部逼近，又像有接吻的趋势，[PAN]卧室门砰一声关上）

  29 S.C.（之棠警惕地。）

之棠：翠华，你忘了吗？我们离了婚了。

翠华：不知道怎么，我一点都不觉得我是离了婚的人，你呢？

41

（翠华又凑近点。之棠反抗地走开，[PAN]走到窗口。）

之棠：这不是觉得不觉得的问题，我记得六年前我们在爪哇离了婚。

30 S.C.（翠华紧迫地 [PAN] 靠紧他。）

翠华：对了，在爪哇。用的是荷兰文，叽哩咕噜谁知道它说些什么？怎么能认真？

之棠：你想赖？翠华，我们一人有一张离婚证书。

翠华：离婚证书也是荷兰文，我一句都不懂，怎么知道我们是真离了婚了？

之棠：（跳起来）双方同意，怎么会是假的呢？

（剧烈的叩门声。）

翠华：（吃一惊）这是谁？

之棠：（张惶）一定是二房东。

翠华：我去看看。

（之棠悄悄地走到门后躲着，翠华把门开了一半。）

31 S.C.（二房东张太太汹汹地。）

张太：找孙先生说话。

32 M.S.（翠回顾门后，之棠急摇手。）

翠华：他出去了，有什么话跟我说也是一样。

33 S.C.（张太一副房东的神气 [见到翠华背影]。）

张太：那么你告诉他，待会儿我派人来给他搬行李。

翠华：搬行李？他要搬家？

张太：哼，他不搬也得搬。

翠华：搬到哪儿去？

张太：管他搬到哪儿去！给他扔到街上。家具不许搬，等他付了房租再还他。

34 S.C.（翠华恍然。）

翠华：房租？哦，你是来要房租的？

张太：不要房租，白送给他住？欠了三个多月了！

翠华：你要房租干吗不说？你等一等，我去拿给你。（关上门）

35 M.S.（翠华转身取袋，拿钱。）

翠华：没什么，不过是房钱，你干吗吓得这样？

之棠：（走入）翠华，我不要你替我付房钱。

翠华：（在他面前经过，停下脚来）你不要，她一定要，怎么办？

之棠：（拉住她）不行！

翠华：不给不行呀！（开门）哪，这够不够？差不多了吧？

张太：（惊喜）够了够了，有得多了。

翠华：多了你留下吧，我们水电多用了可以贴补贴补。

张太：你这位小姐真是客气！谢谢谢谢！

翠华：再见再见，有空来玩！

（张太连连鞠躬点头而去。）

36 M.S.（之棠到翠前。）

之棠：翠华，真的，我不能让你出这个钱。

翠华：呵，之棠，你别这么着，（双手握住他一只手）你不明白么？我能够帮你一点忙，我心里真痛快。

之棠：（郁郁地走开）我这一辈子从来没让别人给我付房租。

翠华：是呀，自己又付不起，所以你的房东那么生气。

37 F.S.（猛烈的拍门声。翠华与之棠面面相觑。）

翠华：又是讨债的？我来对付他。

之棠：不行不行，无论如何不能让你再给钱了。（抢着开门去）

38 M.S.（之棠开门。赵太太冲了进来。）

赵太：(指着他们俩)孙之棠，于翠华，你们害死人了，我来跟你们拼命！(说完就坐下嚎啕大哭)

翠华：怎么了？赵太太！

之棠：赵太太有话好说，干吗这样？

　　(赵太一时泣不成声，又向翠恨恨地挥动手中一份文件。翠接过来看，之棠在她背后张望。)

　　39　S.C.　(翠拆开文件看。)

翠华：你看什么？荷兰文——你懂么？

之棠：这不是我们的离婚证书？有我们的签名。

　　40　S.C.　(赵太太边哭边说。)

赵太：(向之棠)她叫我拿去找人翻译，看看这证书到底合法不合法。

　　41　M.S.　(翠惊喜地。)

翠华：不合法，是不是？(向之棠)我就知道，我们那离婚证书不能成立。

之棠：怎么会不合法呢？(惊慌)

　　42　S.L.　(赵太慌张地到二人面前。)

赵太：合法！合法！可是你们俩签名签错了地方，你们成了离婚的证人。

翠华：离婚的证人？那么是谁离婚哪？

赵太：我跟我们老头子离了婚啦！我们也签错地方啦！(大哭着走出)

　　(之棠与翠华都呆住了。)

翠华：(皱眉)你们赵先生知道不知道？

O.S.赵太：怎么会不知道？我叫他拿去找人翻译的。

翠华：他总不能认真吧？

43 S.C.（赵太太坐在沙发上哭着。）

赵太：他呀！他这下子趁了心了，我白跟他离了婚，一个钱赡养费也不拿，那没良心的老东西，真是便宜了他！

44 M.S.（翠华暗喜，[PAN]握赵太手。）

翠华：太对不起你了。

赵太：对不起！你想想，六年前离的婚，这六年头里，我糊里糊涂的，还跟他住在一起，我算是他的什么人？

（翠华狂笑起来。）

赵太：（顿足）你还笑？你这害人精，害苦了我了！（放声大哭）

（翠华继续狂笑对镜头走来。）

F.O.

第十四场

景：孙之棠家全部（连上场）

时：午后

人：湘纹、之棠、翠华、赵太太

F.I.

（卧室）

1 M.S.（湘坐在床上啜泣。之棠坐床边安慰。）

之棠：湘纹，你别着急，我们慢慢地想办法。

湘纹：你甭理我，你走开，走开——跟着她去吧！

之棠：你这是什么话？我怎么能离开你？

湘纹:得了,不用骗我了,没有离婚,说离婚,我上你的当还不够?

之棠:上我的当?湘纹,我几时欺骗过你?我做梦也没想到,会出了这种事情!

 2 S.C.(湘纹伤心地哭。)

之棠:别哭,湘纹,别哭了!(手臂围住她,她猛力推开他)

 (客厅)

 3 M.S.(赵太太哭,翠华用手臂围住她,安慰她。)

翠华:别伤心了赵太太。不是我说这种没良心的男人,离了也好,等我拿到了遗产,我分一股子给你,有钱还怕没有丈夫么?

 (卧室)

 4 M.S.(湘纹指着客厅哭着说。)

湘纹:你听见没有,"有钱还怕没有丈夫吗?"可不是?她已经把你买回去了。

之棠:她用不着买我,照法律上,我本来就是她的。

湘纹:那你快跟她走呀,走,走!(拼命推他站起来[推之棠 S.C.])

之棠:你别这么着好不好?你痛苦难道我不痛苦么!

 5 S.C.(湘纹恨恨地。)

湘纹:你?你有什么痛苦?换了个新太太,又是老情人,又漂亮又有钱,人财两得,还要怎么着,一百万你还嫌少?

O.S.之棠:钱又是一桩事情,谁要她的钱?

湘纹:那你为什么不跟她离婚?从前可以离,现在为什么不能离?

 6 S.C.(之棠又走近湘纹床前坐下,平静地。)

之棠:从前是得到她的同意的,现在我没法跟她离婚,没有离婚的理由。她要是要跟我离婚,倒是有充分的理由,可是她说我跟你同居,是出于误会,她完全谅解。

湘纹：不许你说同居，我们是正式结婚的。

之棠：可是法律上不承认，有什么办法？

湘纹：总而言之，你情愿要她，要她的钱，不要我，不要我的孩子。

（湘纹伤心地掩面痛哭。）

之棠：话不是这么说，我也是不愿意。

湘纹：你可也不必假装不愿意。

之棠：(顿足) 我是真不愿意。

湘纹：那你叫她滚！

之棠：我没法赶她，她是我合法的妻子。

湘纹：反正她不走我走！

（之棠疲乏地叹了口气，转过身去，向门外张了张，低声地。）

之棠：赵太太走了，我去跟她开谈判。（顺手把门带上）

（客厅）

7　F.S.（翠华哼着歌整理房间。）

翠华：之棠，你这屋子不但乱七八糟，家具也不够用，一会儿我出去看看，买套新家具。

之棠：不，不，你别费事，翠华，我有话跟你说，你坐下。

翠华：坐哪儿呀？

之棠：随便坐。（找张椅子坐下 [推成 S.L.]）

（翠华坐在他膝上，手臂兜住他的脖子。之棠用力推开她。）

之棠：你简直胡闹。

8　S.C.（翠华含笑地指责着之棠。）

翠华：我跟自己丈夫亲热亲热就是胡闹，你呢！跑到外面去（指屋内）养私生子——你不胡闹，你正经？

9　S.C.（之棠痛苦地皱起脸来，一时答不出话，然后到翠华面前。)

之棠：翠华，我得告诉你，老实说，我是绝对不会离开湘纹的。

翠华：当然你不能离开她，尤其现在这时候，她正要生孩子，你得照应她，(手臂搁在他的肩上，好心地)我们两个人都得陪着她，女人比男人细心，有些地方我准比你想得周到。钱你不用担心，有的是。

之棠：这不是钱能够解决的事，她说的，你不走她走！

翠华：她真是要走，谁也不能拦着她，我是看她可怜，没结婚就做了母亲，她那孩子生下来可以过继给我。

之棠：她怎么会答应呢？

翠华：她得为孩子前途着想呀，我一定当自己孩子一样疼他，是你的孩子嚜。

10　S.L.（之棠无奈。）

之棠：翠华，我知道你是好意，可是……

翠华：(匆匆看表)我得出去买东西了，你有什么话，等我回来再谈。湘纹爱吃什么，我给她带回来。

之棠：你不用费事了。

翠华：我叫馆子送一只沙锅鸡来，有喜的人得吃点有营养的东西。

(翠华取大衣拿钱袋走了出去。)

D.O.

第十五场

景：孙之棠家全部

时：午后

人：之棠，饭店伙计，家具店伙计四人，永安公司送货员四人，湘纹

D.I.

（客厅）

   1 C.U.（饭店伙计自提篮中取出大沙锅一只，菜肴二盘放桌上。）

   2 S.L.（伙计递收条给之棠。）

伙计：孙先生，您签个字。

（之棠签字。[PAN]门外有嗳唷杭唷之声，挑夫数人送一堂家具入。）

   3 S.C.（之棠正想上去和家私店伙计说话，饭店伙计上来说。）

伙计：孙太太叫每天送只鸡来，明天可也是这时候送来？

之棠：（烦恼地看看家具，心不在焉地漫应）呃！呃！

   4 F.S.（伙计出去了，名贵的新型桌椅沙发地毯无线电堆满一屋。）

   5 M.S.（挑夫甲一面拭汗一面掏出收条递给之棠。）

挑甲：您签个字！

   6 S.L.（门口又来送货的数人。）

送货甲：这儿是孙家吧？我们是永安公司。

送货乙：东西搁在哪儿？

之棠：（无奈）送到里边去吧！

（送货员不管三七二十一，直送到卧室去。）

（卧室）

7　F.S.（送货的将摇篮、小床、婴儿车，及大包小裹数件搬入卧室，湘纹坐床上。诧异地。）

湘纹：哪儿来的这些东西？

8　S.C.（送货人甲放下东西，看了看手中的单子。）

送货甲：是孙太太买的，叫送来的，（递单给之棠）孙先生你签个字。

9　S.C.（湘纹闻言大怒。）

湘纹：拿走，快给我拿走！我们不要，我们买不起！

10　M.S.（送货人甲听错了意思。）

送货甲：孙太太已经给了钱了。

11　S.C.（湘纹忍无可忍。）

湘纹：什么孙太太？我们不认识什么孙太太！

12　S.C.（送货人甲望着之棠。）

送货甲：送错了？

之棠：（签了字交还给他）没错。

（送货人出去。）

13　S.L.（湘纹抢过两只大纸包用力掷地。）

14　C.U.（包中东西纷纷跌出，一包是婴儿玩具，一包是婴儿小衣小帽。）

15　S.L.（湘纹见了气得直哭。）

湘纹：（啜泣）就凭她几个臭钱，我的丈夫让她买了去了，我的孩子可是不卖，无论如何不卖。

之棠：湘纹，你安静点，你不能发脾气，自己伤身体，对于孩子也没有好处。

湘纹：孩子还没出世，倒已经是别人的了。

（她一边说一边哭的，[PAN] 她坐到床上。）

之棠：她并不是一定要孩子呀，她愿意把孩子过继给她，也是她的好意。

16　S.C.（湘纹冷笑。）

湘纹：哼！把我的孩子抢了去了，还是做好事，可怜我。

17　S.C.（之棠平静地劝说。）

之棠：湘纹，当然我们不愿意要她帮忙，可是……

18　M.S.（湘纹刺激地。）

湘纹：对了，有了她帮助，以后可以过舒服日子了。我自从嫁了你，一直吃苦到现在，总算熬出头了。（狂笑）

之棠：你这种态度，简直没法跟你说话。

湘纹：有什么可说的，你愿意靠她养活你，你就靠她养活你，她的钱反正我一个子也不要。

之棠：湘纹，你说，这怎么好意思呢！

湘纹：有什么不好意思，把我的家当她的家了，我不管，你叫她滚！

之棠：我也不管，你自己跟她说好了。（边说边出去）

湘纹：我知道，（拦阻他）你为了自己的音乐，什么都可以牺牲，她就是利用你这个弱点，这女人简直是个魔鬼。

之棠：（回身）你不能这么说，她不过是爱我——这也不能怪她。

湘纹：（呆呆地望着他，轻声地）你简直着了迷了。

　　　　　　　　　　　　　　　　　　　　　F.O.

第十六场

景：孙家全部

时：晚上

人：翠华、之棠、湘纹

F.I.（客厅）

　　1　F.S.（触目花纹的大地毯已铺上，翠华正忙着布置房间，之棠背向着镜头，立在窗前向外面望着。

　　（翠华将一软垫挪置沙发一端，自箱中取出一条毯子摊在沙发上。）

之棠：你就睡这儿？

翠华：唔！（镜头推成S.L.）

　　（翠华自箱中取出华丽的裸肩尼龙睡袍一件，拎起来在身上比一比，侧头向之棠。）

翠华：之棠，你看我这件睡衣漂亮不漂亮？

　　2　M.S.（之棠匆忙地。）

之棠：很好，很好，时候不早了，明儿见！（PAN急入卧室）

　　（卧室）

　　3　F.S.（湘纹卧床上，之棠入，湘纹突坐起。）

湘纹：孙先生，你这时候进来干什么？时候不早了，我得睡了。

　　4　S.C.（之棠呆了一呆。）

之棠：你这话是什么意思？你——你干吗叫我孙先生？

　　5　S.C.（湘纹板着脸。）

湘纹：从今天起，我叫你孙先生，你叫我方小姐，是你自己说的，我们根本不是夫妻，男女有别，请你自己放尊重些，我的房间你不能随便进来。

　　6　M.S.（之棠走到她面前。）

之棠：那——我不睡这儿睡哪儿？

湘纹：我管不着。

之棠：（怔了一会）你这又何必呢？（径自坐在床沿上，背对着她解领带）

湘纹：（双手将他乱推乱打）不行，你快出去，这是犯法的，你知道不知道？

之棠：你又何必招出法律来！

湘纹：你自己动不动招出法律来，吓唬我，就不许我提法律，快出去。

（之棠无奈出，及门时，一条毯子掷在他身上，接着又掷过一枕头。之棠无奈抱着毯子枕头退了出来。）

（客厅）

7　F.S.（之棠抱东西出卧房，找地方安置自己。翠华仍在铺床。）

翠华：（笑）让人家撑出来了？

8　S.L.（之棠不语，坐沙发椅上，围毯闭目。翠华先到他面前，体贴地。）

翠华：这多不舒服，这么着吧，我去跟她睡一张床，你睡在沙发上。

（将赴卧室，之棠急起 [PAN] 拦。）

之棠：不，别进去！

翠华：瞧你怕得这样，她又不会吃了我。

之棠：不行，你别进去！

翠华：这有什么关系呢？迟早得要见面的。

（之棠踌躇了半晌，先咳了声嗽打扫喉咙。[PAN] 他到卧室门口，手按在门钮上，将门开得大些，试探地。）

之棠：嗳！你们二位该见见面了吧！

O.S.湘纹：（大声）对不起，我已经睡了。

（之棠废然回到沙发椅上仍拥毯闭目。）

  9　M.S.（翠华熄灯，只留下沙发旁的一盏台灯。）

  10　S.C.（她的脚脱下皮鞋换上拖鞋。）

  11　S.C.（之棠闭目装睡。）

O.S.翠华：（曼声地）之棠。

（之棠回头看，赶紧又回过头来。）

O.S.翠华：不许看！

之棠：那你干吗叫我？（仍闭着眼）

  12　S.C.（翠华在换睡衣。）

翠华：叫你别看呀！（[拉S.L.]她卧下盖上毯）之棠，你睡着了？

  13　S.C.（之棠仍闭目装睡。）

之棠：唔！

  14　C.U.（翠华微笑，挑逗地。）

翠华：假的！

  15　C.U.（之棠不答，睁一只眼偷看了一下。）

  16　S.C.（翠华故意地。）

翠华：之棠，我冷！

  17　S.L.（之棠不答，翠华起来拉他身上的毯子。）

之棠：干吗？

翠华：我冷，你借床毯子给我盖。

之棠：那我盖什么呢？

翠华：（撒娇撒痴）我不管，（拼命扯毯）唔……我要，我要嚜。

（之棠只好放手，让她把毯子取去。）

  18　S.C.（之棠瑟缩在沙发椅上，连打了两个喷嚏，立起来走到卧室门口逡巡片刻，终于没有进去，四面望望，想找一个避风的地方，终于把孩车的皮篷撑了起来，钻到车中去睡，两只脚悬在车外。）

19 M.S.（翠华见了好笑，起来，取一只小孩玩具俯身凑在他面前。）

20 S.C.（之棠缩睡在车里。）

之棠：你又来干什么？

21 S.C.（翠华摇着玩具逗他。）

翠华：呦！呦！瞧这小孩，吃了什么奶粉，长得真高真大！

22 M.S.（之棠夺过玩具掷地。）

翠华：（责骂地）你这孩子。（将车推到卧室门口，猛力一推，车子谷碌碌溜进卧房去）

（卧室）

23 F.S.（孩车冲进卧房中。）

湘纹：（急坐起）孙先生，你又来干什么？

（起身猛力把孩车向门外一推。）

24 S.C.（孩车又谷碌碌地溜了出去，从门口可以看见翠华的手臂猛力一推，又把他推了进去。之棠挣扎着要爬出来，急切间坐不起来。）

25 S.C.（湘气极拿起床前的茶杯向他掷去，未掷中，落在地上粉碎了。之棠急爬出车，不慎跌在地下，车子压在身上。）

F.O.

第十七场

景：孙家全部

时：早晨

人：翠华、之棠、理发师、西装裁缝、蒋医生、女房东、湘纹

F.I.

（客厅）

　　1　F.S.（翠华坐在沙发上锉指甲。

　　（之棠自厨房捧盘入，上置一份早餐，他打了个猛烈的喷嚏。）

翠华：你伤风伤得很利害。

之棠：昨天晚上着凉了。

翠华：电话我已经打了，医生一会就来。

之棠：（捧盘在她面前经过，[镜头推成 M.S.] 停住了脚）我不用找医生，伤风怕什么？

翠华：你就是这样，一点儿都不知道当心，生病也不肯找医生，叫你做件厚点儿的大衣也不肯。我已经叫了裁缝，冬天的西装，你也得添两套了。

之棠：（不语，径捧盘赴卧室门口，敲了敲门）方小姐，你的早饭预备好了。

　　（之棠谨慎地推门入，旋即空手出。）

翠华：（趋前指卧室）嗳！你这屋里到底藏着多少女人？哪儿又跑出一个方小姐来？

之棠：就是湘纹，她要改用没结婚以前的名字。

翠华：早不改，迟不改，刚赶着这时候要养孩子倒又变成小姐了。

（去拿起电话拨号码）

  2 S.C.（翠华对着话筒说。）

翠华：喂！光明理发厅？你们派一个理发师来，到建德道二十八号孙家，快点，马上来。（挂断）

（之棠走入镜头。）

之棠：你要做头发？

翠华：不是给我，是给你理发，瞧你这头发长得这么长！

（之棠皱眉摸脑后的头发。）

翠华：我知道你还是老脾气，最怕上理发店，只好把理发师叫到家里来——买鞋可得你自己去，你上对过那家鞋店去买双新鞋，快去！（PAN 打开手袋取钱递给他）一会人都来了，穿着双破鞋像个什么样子！

（翠华推之棠出门。）

  3 M.S.（之棠出门，翠华自碗橱取两付碗筷出 [PAN] 置桌上。

（敲门声。她去开门，理发师携小皮箱入，点头微笑。）

翠华：哦！你是理发店派来的，你等一等，我们孙先生出去了，一会儿就回来。

理发师：好，好，没关系，没关系！（把皮箱放下）

翠华：在这儿理发可不行，待会儿地毯上都是头发。来，来，来，你跟我来！（导入厨房）

（厨房）

  4 F.S.（翠领理发师入。）

翠华：你在这儿等着，把东西全都预备好了，孙先生一进来，你就给他理发刮胡子，他要是不愿意，你别理他。

  5 S.C.（理发师直点着头。）

57

理发师：好，好，知道了。

  6 S.C.（翠华再三吩咐着。）

翠华：我们孙先生就是这怪脾气，最怕理发剃胡子，非得逼着他剃。

  7 M.S.（理发师好笑地应着命。）

理发师：（笑）知道了。

翠华：你给他理得好一点，我小账特别客气。

理发师：（笑）是！是！

  （开箱取出剃刀毛巾等等开始准备。

  （叩门声。）

翠华：来了！来了！（急退出厨房）

  （穿堂大门口内）

  8 F.S.（叩门声。翠华开门，西装裁缝挟大包呢绒料入，他蓄着小胡子，颇有点顾影自怜。）

裁缝：（点头笑大声）嗳！孙太太，您好。孙太太，刚才真是对不起，您打电话来，我正有主顾，在试衣裳，可是您孙太太有生意照顾我们，我是随叫随到！

  （他越说越响，末两句简直是大喊。）

  9 M.S.（翠华嫌他说话声太大。）

翠华：（皱眉）干吗声音这么大，我耳朵又不聋。

裁缝：（忙低声如耳语）对不起，对不起，孙太太，我今天太高兴了。你孙太太肯照顾我们生意，这样的主顾哪儿去找呀？！（打开包袱轻声地）这都是最新式的料子。

翠华：好，你上厨房等着，（指厨房）一会孙先生回来了，你给他量一量尺寸。（边说边走进客厅）

  （客厅）

10　S.L.（翠华入内，裁缝师随入。）

裁缝：（轻声）是，是！孙太太，（打开包袱掀起大幅呢料指点，轻声）这是最新到的，今年最流行这种小条子，您瞧这件人字呢，多大方，您摸摸试试！

11　S.C.（翠华不经意地。）

翠华：先给他做两套厚的，两套薄的，一套晚礼服，（摸呢料）大衣就是这种吧！可得快一点。

裁缝：（轻声）是！是！

翠华：好，请你上厨房等着吧！

（PAN 裁缝蹑手蹑脚走进厨房。）

（厨房）

12　F.S.（裁缝入内，理发师以为孙先生，即招呼入坐。）

理发师：您请坐！

裁缝：好，好，谢谢！

13　M.S.（理发师即取白围布，[PAN]给裁缝围上。）

裁缝：哎！你干什么？

（裁缝边说边欲立起，又被理发师按他坐下。）

理发师：这是您太太吩咐的，请您不要发脾气。

（理发师边说边取剃刀和肥皂。）

理发师：太太说，先给你剃胡子。

14　F.S.（裁缝听说要剃他的胡子。）

裁缝：我不理发，我不理发！

理发师：那么剃胡子！

（二人即立起挣扎，理发师更不放松，用力按住他，二人就纠缠起来，吓得裁缝师取衣料包袱向外就逃，理发师追出。）

（客厅）

15 F.S.（厨房突然传来惊呼声，挣扎声，裁缝跑了出来，理发师持皂刷剃刀在后追赶，二人绕室飞奔。）

翠华：嗳！嗳！你们这算什么？

理发师：（气喘呼呼）这位先生，——脾气的确是有点古怪，——一定不理发，也不肯剃胡子。

16 M.S.（裁缝也气喘地。）

裁缝：我好容易留了胡子，硬要给我剃了。——

（那理发师又扑了上来，差点被他捉到，［PAN］裁缝尖叫着挣脱遁去。）

17 S.C.（翠华也急得顿足。）

翠华：你们干什么？

18 F.S.（理发师挥动剃刀追上去。）

理发师：你这位先生，好好地坐下，坐下，我这刀上没有长着眼睛，刮伤了脸可别怪我。

裁缝：这是个疯子，救命呀！

（他差一点被理发师抓住，他尖叫着躲在翠华身后，双手攀住了她的腰，用她作掩护。）

翠华：（怒）快放手，还不放手！

（打脱裁缝的手，裁缝跑开，理发师继续追。）

裁缝：（几乎要哭出来）孙太太，您要是一定要我把胡子剃了，我就剃了吧！

翠华：（怒）你这是什么话？你的胡子关我什么事，我为什么要你剃了它！

裁缝：不，不，您别误会。——我是说：您肯多照顾我们两件生意,我就是牺牲了胡子我也愿意。

(裁缝只顾说话,已被理发师当胸一把揪住,将皂沫涂了他一脸。)

19　M.S.(翠华走上急拉住理发师的手臂。)

翠华:嗳!嗳!你找不到主顾闲疯了?干吗一定不肯饶了他?

理发师:您不是说,非给他理发剃胡子不可么?

20　S.C.(裁缝师已吓得呆看着他们,脸上满是皂沫。)

O.S.翠华:我是说我们孙先生,这又不是孙先生。

21　S.L.(理发师才知弄错人。)

理发师:不是孙先生?(打量了裁缝一眼,恨恨地径回厨房)

22　S.C.(裁缝忙着揩拭脸上皂沫,珍惜地用食指把小胡子左右抹了抹。叩门声。裁缝吓得想躲起来,[PAN]翠华去开门,蒋医生提皮包入。)

翠华:啊!蒋医生,请进来,请进来!

(医生向她点点头,入室,在桌上放下皮包。)

翠华:请坐会儿,他马上就回来了。

23　S.C.(裁缝方放胆出来。)

24　S.L.(之棠由外入内,翠华迎上。)

翠华:嗳!快来!医生跟裁缝都在这儿等着你呢!

蒋医:什么地方不舒服?

翠华:大概是感冒,昨天着了凉。

蒋医:有热度没有?

之棠:没有。

翠华:没量过。

25　S.C.(医生取出寒暑表[PAN]塞入他口,然后又取出

61

听筒。）

26　S.L.（翠华对裁缝说。）

翠华：好，你给他量一量尺寸，快点走吧！搅得我头昏脑涨。

裁缝：（轻声地）好，好，（PAN 急取出软尺，但医生正在听肺）对不起，您先请，您先请。

翠华：（不耐地）哎呀！医生听肺是在前头听，你在后头量，不是一样吗？

裁缝：对！对！一样的，一样的。

（走到之棠身后，用软尺量两肩阔度，臂长度，向医生点头招呼。）

裁缝：您贵姓？

蒋医：我姓蒋！

裁缝：噢！蒋医生，（微微一鞠躬）敝姓黄。（微微一鞠躬）蒋医生，前头是您的，后头是我的，请，请。

（将软尺在之棠胸前绕了一匝。）

蒋医：请你深呼吸。

裁缝：嗳！不行，孙先生你把胸部涨得那么大，尺寸完全不对了。

蒋医生：深呼吸，深深地吸着气。

裁缝：这叫我怎么量，孙先生，请您别呼吸。

之棠：（拔出口中热度表）一个叫我深呼吸，一个叫我别呼吸，叫我怎么办？

（蒋医生接过热度表来看热度。裁缝量胸围，然后量腰围，臀围。医生复来敲听腹胸各部。）

27　S.C.（裁缝蹲下量，在小簿上记下尺寸。）

28　S.C.（医生收起听筒，坐下开药方。）

29 M.S.（翠华向之棠说。）

翠华:好了,你快去理发吧!理发师等了你半天了。(推之棠入厨房)

30 M.S.（裁缝打包袱。）

31 M.S.（蒋医生持药方走向翠华。）

蒋医:这药给他一天吃三次,后天要是还不见好,再给我打电话。

（厨房）

32 F.S.（理发师正替之棠理发修面。翠华入,自火油炉上取下一小锅饭,用软木垫子垫着,放在托盘上。）

33 M.S.（翠华又从橱中取出冷盆四色,置盘上。）

翠华:（向之棠）你理完发就吃饭,什么都现成。(捧盘出)

（穿堂及楼梯）

（翠华捧盘出厨房,进客厅。女房东张太太捧大碗鸡汤下楼。）

（客厅）

34 S.L.（翠华在排碗筷,张太太入。）

张太太:（见桌上饭菜,笑）我来得正好,你们正要吃饭,我给孙太太炖了只鸡送来。(推成 M.S.)

翠华:谢谢,谢谢,你干吗破费?

张太:孙太太这两天好吗?

翠华:嗳!我很好。

张太:不,我不是说你,我是说孙太太。

翠华:噢,你是说那一个（指卧室）孙太太,她也很好。

张太:你是不是她嫂子?

翠华:不是。

张太:是她弟媳妇?

翠华:也不是。

63

张太：你们是亲戚？

翠华：呃！也可以说是亲戚。

  35 S.L.（理发师携皮箱自厨房出。接着之棠自厨房入客厅。）

  36 S.L.（张太太见之棠出来笑颜相向。）

张太：孙先生，我给孙太太炖了只鸡，有喜的人得吃点补养的东西。

翠华：（入镜）你太客气了，张太太。

张太：哎！应该的，应该的，住在一块儿，就跟自己人一样。（指翠华问之棠）这位也是孙太太？

之棠：（不安的，不知她是否已经完全知道）嗳！……

张太：你们刚巧同姓？

之棠：（漫应）哎，她是来帮着照应湘纹的。

  （翠华瞪了他一眼，他急忙躲避她的眼光。）

张太：您跟孙太太是什么亲戚？

翠华：这倒说不上来。

张太：是亲戚，怎么会说不上来是什么亲戚？

翠华：是的确没有这个名称，我是她丈夫的太太，你说该叫什么？

之棠：（窘）翠华！

张太：（愕然）那么，她是你丈夫的什么人？

翠华：这个……名称倒是有的，不过不大客气。

张太：姨太太，是不是？

  37 M.S.（湘纹突然出现在卧室门口，气得发抖。）

湘纹：之棠你就眼看着她侮辱我，你没长着嘴，你不会解释？

  38 M.S.（之棠又窘又急。）

之棠：张太太，这里头有点误会，让我解释给你听……

张太：这还用解释吗？哼！真是看不出，——一向还当你是正经人，原来租着我们这儿的房子做小公馆。

39　M.S.（湘纹气愤地解释说。）

湘纹：张太太，你听我说，他跟他太太本来是离了婚的，最近才发现离婚没离掉。——

40　S.L.（张太太鄙视地瞟了她一眼，不理睬她，问之棠。）

张太：孙先生，对不起，月底还是要请你们搬家。

（转身出，及门，复返，一言不发把一碗鸡汤端了出去。）

41　M.S.（之棠带着指责的口气向翠华说。）

之棠：你看，这算什么呢？

翠华：这有什么要紧，反正我们是要搬家的，这屋子根本不够住。

42　S.C.（湘纹不休，逼住之棠。）

湘纹：你去跟她解释去。

43　S.C.（翠华假惺惺地。）

翠华：这种没知识的人，理她干什么？（PAN向湘）你也不犯着跟这种人生气，自己身体要紧。

（湘纹不理她，转身将回房。翠华忙上前拦住路。）

翠华：今天觉得怎么样，可以起来吃饭吗？一块儿吃吧！

湘纹：我不饿，刚吃过早饭。

翠华：随便吃点吧！我们谈谈。

（翠华从碗橱中取出另一付碗筷，搁桌上。）

44　S.C.（之棠迟疑地。）

之棠：那也好，有些话还是当面说清楚的好。

45　S.C.（翠华取张椅子来，饭已盛好在桌上。）

翠华：是呀！叫你在中间传话，就是靠不住。（向湘）请坐，请坐。

（湘纹厌恶地别过身去。）

翠华：（笑）坐呀！在自己家里，倒成了客了。（坐下）

　　46　M.S.（湘纹四顾都是新家具，低声地。）

湘纹：自个儿家里——这间屋子我都不认识了。（PAN 坐下）

　　47　M.S.（之棠苦笑不语坐下。）

翠华：（向湘）真的，我对你非常同情，说起来都是我不好，当初要不是我跟之棠闹离婚，他也不会跟你结婚，也就不会害了你。（夹菜给她，向之棠）你可以用不着我招待了吧？

之棠：我自己来。（拣菜，但他与湘纹均食不下咽）

　　48　S.C.（翠华向湘纹。）

翠华：你的孩子名义上过继给我，并不是要你跟他断绝来往。——

　　49　S.C.（湘纹不能忍耐，猝然地。）

湘纹：这件事不必谈了，孩子总是我的，谁也不能逼着我放弃他。

　　50　S.C.（翠华故意气她[镜头带到之棠湘纹背影]。）

翠华：方小姐，你就是不为孩子着想，为你自己着想，一个女人年纪轻轻的，拖着个孩子，总是个累赘。你早晚总得结婚的，孩子不成了拖油瓶了吗？

　　51　C.U.（湘纹变色。）

　　52　S.C.（之棠着急。）

　　53　S.C.（之棠用脚在桌下踢翠华的脚。）

　　54　C.U.（湘纹看得清清楚楚，之棠忘了桌子是玻璃的。）

　　55　S.C.（湘纹使劲踏了他一下。）

　　56　S.L.（之棠被踏得直叫起来。）

之棠：嗳哟！

翠华：（不明所以）怎么了？

之棠：（忍痛）没什么，没什么，吃到一根鱼刺。（佯吐出熏鱼）

翠华：(瞪了他一眼)这么大的人，连鱼都不会吃！

57　S.C.（翠华用脚脱了鞋，踏在之棠的脚上。之棠想挣脱，她紧踏住不放。）

58　C.U.（翠华向之棠微笑。）

59　C.U.（之棠面色尴尬，偷偷地看湘纹。）

60　C.U.（湘纹果然发觉他们在桌下的把戏。）

61　S.L.（湘纹忍无可忍突然站起来，[PAN]跑到卧室去，砰地关上门。之棠跑到卧室门前，怔了一会，突然转过身来，不朝翠华看，径自走出大门。）

翠华：之棠，你上哪儿去？

（之棠不答径出。）

62　S.L.（翠华自窗中向外望，[PAN镜头成S.L.]见他在院子里烦闷地来回走着。）

63　C.U.（翠华微笑。）

64　C.U.（电话铃响，翠华上去接听。）

翠华：喂！

O.S.（电话中传来）吴律师：请孙先生听电话。

翠华：呃！你是哪一位？

O.S.吴律师：我是吴律师。

翠华：噢！您是吴律师呀！他现在不能来听电话，不大方便。

O.S.吴律师：我有要紧的事找他。

翠华：有什么事告诉我也是一样。

65　S.L.（之棠出现在窗口。）

之棠：是谁呀？翠华！

O.S.吴律师：我要跟他本人接洽。

翠华：对不起，他现在不能跟你说话。

之棠：这是怎么回事？（从窗口跳入）

O.S.吴律师：你告诉他，我打电话来找他。

翠华：好，我一定告诉他。（向之棠）没什么，是我的律师。

之棠：可是他要我听电话。（奔到电话前）

翠华：（急向听筒说）好吧，再见！

（之棠与翠华挣扎抢听筒。）

之棠：（向听筒中）喂，喂！

O.S.吴律师：你哪一位呀？

之棠：我是孙之棠。

66　C.U.（之棠静听话筒的回答。）

O.S.吴律师：哦，我们登广告找你，你看见了没有？

之棠：是的，我看见《××日报》上找我的广告了。

（翠华想把电话机机插揿下去，挂断电话，之棠与之抢夺。）

翠华：你别听他胡说，他们找你没有好事。

　　　　　　　　　　　　　　　　　　C.O.

第十八场

景：吴律师事务所，办公室

时：午后

人：吴律师、打字员

C.I.

1 M.S.（吴律师坐在办公椅上手持电话筒查问之棠。）

吴：孙先生，你有儿子没有？

C.O.

第十九场

景：孙之棠家全部
时：午后
人：孙之棠、翠华

C.I.

（客厅）

1 M.S.（翠华仍抢着不让之棠听。）

之棠：什么？听不见。（继续与翠华挣扎）

O.S.（电话筒传声）吴：你有没有儿子？

之棠：没有，我没儿子。

O.S.（电话筒传声）吴：你确实知道是没有？

之棠：翠华，你别捣乱好不好？（向听筒中）我确实知道，我没有儿子。

（PAN 翠华开无线电，放得极响，粤剧歌声。）

2 S.C.（之棠被吵得听不见电话声。）

O.S.（电话筒传声）吴：（大喊）你明天早上九点钟以前会不会有儿子？

之棠：（大声）明天早上九点钟以前？我能不能有儿子？这好像是

太局促了吧？定做也没那么快呀！为什么要九点钟以前？（他急着把无线电关上。镜头成S.L.）

翠华：你别信他胡说，这律师有点神经病。

C.O.

第二十场

景：吴律师事务所的办公室
时：午后
人：吴律师、打字员

1 S.C.（吴律师大声说。）

吴：你的儿子要是在九点钟以前生下来，他可以拿到一笔很大的遗产，一百万块钱。

C.O.

第二十一场

景：孙之棠家全部
时：午后
人：孙之棠、翠华

C.I.

(客厅)

    1　S.C.（之棠听之惊喜不止。）

之棠：一百万？嗳！你等等，让我想一想，（屈指一算）嗳，可以，可以！可以办得到！

O.S.（电话筒中传声）律师：（诧）可以办得到？我倒要听听，你用什么法子？

之棠：我太太正要生孩子。

O.S.（电话筒中传声）律师：谁呀？

之棠：我太太——孙太太。

    2　S.L.（翠华揭开琴盖猛击一排琴键。）

之棠：翠华请你别捣乱！

                                      C.O.

第二十二场

景：吴律师事务所办公室

时：午后

人：吴律师、打字员

C.I.

    1　M.S.（吴律师微笑着对话筒说着。）

吴：哦！你是说跟你同居的那个女人。

                                      C.O.

第二十三场

景：孙之棠家全部
时：午后
人：之棠、翠华

C.I.（客厅）

　　1　S.C.（之棠向吴律师辩论。）

之棠：跟我同居的那个女人？嗳！照法律上也许只好这么说，可是我们的确是正式结婚的。

O.S.（电话筒中传声）吴：我明白，我明白，孙先生，我想请你到我的事务所来一趟。

O.S.（翠华又猛击琴键。）

之棠：翠华！（向电话中）嗳，我一会儿再打电话过来，现在没法说话，听不见。

O.S. 吴：什么？

之棠：（大喊）我听不见！（把话筒砰地搁回架上，[PAN]走向翠华）

之棠：翠华，你早知道了，你瞒着我！

翠华：知道什么？

　　2　S.C.（之棠正经地说穿翠华的捣乱。）

之棠：知道我要是明天早上九点钟以前生下个儿子，你三叔的遗产就传给他，不传给你。（镜头见到翠华背影）

　　（翠华颓丧地转过来，但仍扯谎。）

翠华：我不知道，真的，我完全不知道。

之棠：你扯谎！你整个都是假的。——假装你爱我！

翠华：(绝望地）我爱你是真的！（走出）

之棠：得了，别说了。

  3 S.C.（翠华坐下哭了。）

翠华：真是不公平——是我的三叔，钱倒要传给她的儿子，（指卧室）三叔见都没见过她，根本不知道有她这个人，他是打算传给我的儿子的。

  4 S.C.（之棠同情地。）

之棠：你没有儿子？

  5 S.C.（翠华仍哭诉着。）

翠华：我没有儿子，这钱就归我，有儿子就传给我的儿子。三叔脑筋很旧，总觉得女人不应当承继遗产。

  6 M.S.（之棠走向翠华前，追问底细。）

之棠：那他为什么不说你的儿子，倒说我的儿子？

翠华：当然他以为你的儿子就是我的儿子。

之棠：他难道不知道我跟你离了婚？

  7 S.C.（翠华说出原因。）

翠华：他不知道，他最不赞成离婚，所以我一直瞒着他，没敢告诉他。

  8 S.L.（之棠指责她的扯谎。）

之棠：你反正一天到晚扯谎。

翠华：可是我对你是真心。（扯住他的手臂假笑地）之棠！

  （之棠一动也不动地看着她，然后突然甩开她的手，走向卧房。）

  9 S.C.（翠倒在沙发上呜呜啜泣。）

              F.O.

第二十四场

景：孙之棠家全部

时：上午

人：孙之棠，翠华，护士二人，私家侦探二人，高律师，王医生

F.I.

（客厅）

1 S.L.（一扇紧闭着的房门，镜头不动，之棠在门前踱过，显然是十分注意门内的动静，他走出镜头外，又踱回来。

（[镜头拉成F.S.]之棠紧张地在卧室门口徘徊。翠华披着晨楼坐在无线电前，神情颓丧，身向前俯，手托着头。

（房门突然开了，走出一个护士。之棠停了脚望着她，翠华也紧张地站起来向前走了两步，两人都以为她会宣布什么消息。但是护士完全不睬理他们，昂然走进厨房。）

2 M.S.（翠华紧张地坐到原来的位子上，之棠继续踱来踱去。）

无线电：现在时间是上午八点三十分，我们的音乐节目已经完了，请听国语新闻报告。

3 M.S.（翠华走上关上无线电，对表，向之棠。）

翠华：你的手表准不准，我这是标准时间。

4 S.C.（之棠仍焦急地望着房间。）

之棠：我没有手表。

5 M.S.（翠华看桌上的钟。）

翠华：你们的钟慢了五分钟。（拿起钟来，把时针拨到八点半，欲

走出客厅，护士由厨房捧只白布盖着的托盘[PAN]走进卧房去)

(穿堂)

6 S.L. (翠走到大门口，开了门，门外有私家侦探，两个人抱着胳膊分左右倚在门框上。)

翠华：你们对一对表，现在八点三十分。

(二人对表。)

7 S.C.

翠华：(向二人中之一——侦探甲)以后每隔五分钟，你来报告时间。

探甲：每隔五分钟报告一次，好。

8 S.L. (之棠走了出来，来到大门口，翠华关上门。)

之棠：(诧异地)这两人是谁？

翠华：私家侦探。

之棠：侦探？这儿又没出什么案子，要侦探干什么？

9 S.C. (翠华说明理由。)

翠华：我不能不预先防备呀！到时候她(指卧室)孩子没养下来，你们到别处抱一个孩子来，也说不定养了女的，换个男的。

之棠：(气愤)你想的真周到，我们不是那种人，我就是养个儿子也不会要你的钱。(入内)

翠华：(不信)你说的漂亮，你怕养下来是个女儿。(跟入)

(大门外)

10 F.S. (二房东张太太买菜回来，一手提秤杆，一手挽篮，后面跟着女佣，拎着篾包，内有鸡鸭。侦探拦着检查。)

张太：(嚷起来)咦！这算什么？你们是哪儿来的？

(鸡鸭拎了出来，咯咯呷呷地叫着。)

11 S.L.

探甲：（检查完毕，挥了挥手）没什么，你们进去吧。

张太：这不是笑话？我自己的家，还得你准许我进去？真是岂有此理！

12 S.L.（探甲入，到翠华前报告。）

探甲：（向翠华）八点三十五分。

翠华：（欣然）好。（走向之棠笑了笑）八点三十五分了。

（之棠焦急，在房门上轻轻地敲了敲，护士把门开了一条缝。）

之棠：我想跟王医生说句话。

13 S.C.（护士拒绝他入内。）

护士：医生现在没工夫。（欲闭门）

之棠：（大喊）王医生！王医生！

护士：（责骂地）孙先生，你别这么嚷嚷，孩子不下地，医生也没办法，孙太太也没办法。

之棠：（大喊）王医生！

医生：（在门缝中露出半边脸来）孙先生，请你别这么紧张好不好？（关上门）

14 S.L.（之棠废然走开，坐下。）

15 S.C.（探甲入，立门口。）

探甲：八点四十分。（出）

16 S.L.

翠华：（欣然，她看了看表，看了下之棠）好极了，还有二十分钟。

（大门口喧嚷声，之棠翘首听，出看。）

（穿堂大门口）

17 F.S.（之棠自客室出，去开大门。

（友人高律师手提一只很大的公事皮包，立大门口，正被检查，搜皮包，搜身。）

之棠：嗳！老高，进来，进来！

高：（指门首侦探）他们不让我进来。

高：（莫名其妙，向之棠）他们是警察局的人？

之棠：别管他，你就让他们看看算了。

（侦探抄搜了一遍，里面只有文件。探甲略点了点头，挥了挥手。高提起皮包，随之入门。）

（客厅）

18 F.S.（高律师随之入，翠华打量他。）

翠华：这是谁？

之棠：这是我的朋友高律师。

翠华：来干什么？

高：（叹，向之棠）嘿，上你这儿来一次，可真不容易呀！得经过多少次检查？

19 S.C.（之棠正经地对翠华说。）

之棠：你一定要问，我就告诉你，我把我的离婚结婚证书统统拿去给他看，请他研究研究，有没有办法跟你离婚。

翠华：你趁早死了这条心吧！我怎么着也不跟你离婚，就是湘纹生了儿子，得了遗产，我也不跟你离婚，钱是儿子的，没你的份儿。

20 S.C.（探甲入，在门口。）

探甲：八点四十五分。（出）

21 翠华：（欣然，瞟了之棠一眼）还剩十五分钟了。

22 M.S.（高律师自皮包中取出文件，稍加整理。

（之棠人。）

之棠：你都看过了？

高：（点点头）……之棠，你明白不明白，你犯了重婚罪。

之棠：重婚？

高：重婚是犯法的，你知道吗？

之棠：当然啰，可是——我这是情有可原的。

高：可是事实上，你是重婚。

23　M.S.（翠华幸灾乐祸地，也坐在他们一起。）

翠华：对啦！我可以告你重婚！像你这种男人，真是得好好地让你多坐几年监牢！

高：重婚的罪名的确是很严重。

之棠：（向高）嗳！你到底是我的法律顾问，还是她的？

翠华：人家是说公道话。（向高）你都不知道他这人多么没良心！今天爱我，明天爱她（指卧室）。今天把我扔了，明天又把她扔了。

高：（翻看文件，向之棠）这是你到澳洲旅行的护照。

翠华：（抢答）我们是上那儿去度蜜月的，咳！那时候打哪儿想到他变心变得那么快。

高：（看护照）你们是在汤加岛结婚的。

翠华：嫁了他不到两年，就让他扔了，现在我三叔丢了几个钱给我，他倒又来打我的主意。

24　S.C.

高律师：（继续看护照）一九四七年四月十七号到汤加岛，四月二十三号离开汤加岛，那么你们在那儿没住满七天？

之棠：怎么？

高：得要住满七天，你们的婚姻才有效。

  25 M.S.

之棠：（高兴地跳起来）照这么说，我跟她（指翠华）根本不算结了婚？

  26 C.U.（翠华听了紧张起来。）

  27 S.C.

高：（严厉地）在法律上你们的婚姻是不成立的。

  28 S.L.

之棠：（狂喜地向翠）听见没有，我们根本没离婚哪？我们根本就没结婚！

翠华：（夷然地站了起来）谁说我们没结婚？你不记得我记得。

之棠：翠华你不明白，我们不过是举行了结婚仪式，可是这婚姻是不合法的，我们不过同居了两年。（跑到卧室门口去敲门）

  29 S.L.（翠华着急而紧张地。）

翠华：孙之棠！你别胡说八道，你骗不了我，我知道，你就是怕我告你重婚！（指高直指到他脸上）你也不是好人，骗不了我，你们都是串通了的，都是一党！

高：（有点害怕）老孙，我走了。（提皮包急出）

  30 M.S.

之棠：（将门推开一线）王医生，对不起，我又得麻烦你。

护士：（烦厌地，露出半边脸）什么事呀！孙先生！医生这会儿没工夫。

之棠：请你告诉孙太太，她是结了婚的，是太太，不是小姐。

护士：（眉毛一抬）这时候告诉她这个，不太晚了么？（砰地关上了门）

31 S.L.

翠华：（气愤地走到之棠前）我不懂，你这话是什么意思？你们全都串通了来骗我！

之棠：谁骗你？我们在汤加岛没住满七天，所以法律上不承认我们是那儿的公民，所以我们在那儿结婚，法律上不生效力，等于没结婚。

翠华：（惘惘地）我们没结婚……（转过脸对镜头走来）也没离婚……我什么都记得……那支歌，我们度蜜月的时候在一个小咖啡馆里第一次听见的。之棠，你弹那个歌。

32 S.C.（之棠苦笑不答。）

33 S.C.（翠华眼睛里渐渐充满了泪水，坐沙发上。）

翠华：那些事情，我一辈子都忘不了，你都忘了！

34 S.C.（之棠感动地。）

之棠：不忘了又怎么呐？

35 C.U.（翠华含泪悲伤地。）

翠华：当然了，你现在有了别的女人，你的心，你的感情，什么都给了她了，（哭）连我三叔的钱，都成了她的了。

36 M.S.（之棠走到她面前安慰她。）

之棠：你别难受，我要是拿到你三叔的遗产，我不会要一个钱的。

翠华：哼！（不信）你倒真大方，居然肯把我的钱给我。

37 S.C.（探甲入。）

探甲：八点五十分。（退出）

38 M.S.（翠华欣然立起向之棠。）

翠华：还剩十分钟了，你明知道没希望，乐得慷慨。谁要你送给我？再过十分钟，整个都是我的了。

（大门外）

39 F.S.（一个胖女人正走进院子，向他们走来。她穿着拥肿的黑呢大衣，肚子顶得高高的，而且双手抄在一起，好似掩护着肚子。侦探甲、乙大疑，互相交换了一个眼色，揎拳捋袖作准备。）

探甲：（喝问）找谁？

40 S.C.（胖女惊疑看着他们。）

胖女：我找孙家。

O.S. 探乙：你是谁？

胖女：我是看护。

41 S.L.（探甲不信。）

探甲：已经有了一个看护，哪儿又跑来一个看护？

胖女：我是来换班的。

探甲：这里头是什么东西？是不是藏着个小孩子？

（探甲探手摸她的肚子，胖女大怒，一巴掌把他打得倒退一步，昂然径入，探乙吃惊，不敢拦阻。）

（客室）

42 F.S.（胖女人，脱大衣露出护士白衣。）

43 M.S.（胖护士对镜戴上护士帽，往卧室门前叩门，护士甲开门。）

护士甲：（疲乏地拭汗）嗳！李小姐，你来得正好！快了！快了！

44 M.S.（之棠与翠华都紧张站了起来。）

之棠：（兴奋地向翠华）就快生了？

翠华：你别问我，我怎么知道，关着个门谁都不许进去，医生看护全都是你们的同党，谁知道你太太肚子里是真有孩子还是假的。就是真的，也不知道到底是不是你的孩子。

45　S.C.（之棠不悦。）

之棠：什么？不是我的孩子？不许你侮辱湘纹！

46　S.L.（翠华不服。）

翠华：我侮辱她了，你打算怎么着？

47　S.L.（之棠抑住怒气。）

之棠：不怎么着，你马上给我走！

翠华：要我走没有这么容易！我非得进去看看，到底你们捣的什么鬼？刚才那个女人肚子那么大，也许藏个孩子谁知道呢！（跑到卧室门前，正把手搁在门钮上，——）

之棠：嗳，嗳——不行，她就要养了。（跑去抓着她，二人挣扎）

之棠：不许你在这儿捣乱！

（二人扭打，之棠把她从房门前拖了开去，拖到客室的另一角，但是她用力一推，之棠跟跄后退，倒在一张小圆台上，打翻了玻璃杯、烟灰缸等等，仰天跌倒在地，急又爬了起来。）

48　M.S.（翠华又跑到卧室门前，正要开门，又被之棠跑来拦住。他们又扭打起来，这次之棠把翠华一甩甩得老远，跌倒在地。）

49　M.S.（之棠拍了拍身上的灰尘，弯腰拾起地上杂物。）

50　M.S.（翠华已经爬了起来，拿起书架上的一只铜质抵书板，向他脑后猛击一下，之棠立即晕倒。）

51　M.S.（翠华放下凶器，平静地牵了牵旗袍，对镜笼了笼头发，走到卧室门前，轻轻地敲了敲门，随即将门推开一条缝。）

翠华：（甜蜜地微笑着）王医生，我可以进来吗？老在外头等着一点也不能帮忙，怪着急的。

(门内传来新生的婴儿呱呱哭声,翠华呆了一呆,然后她走了进去,轻轻掩上门。)

52 F.S.(侦探甲入,四顾不见翠华。之棠躺在地上。他赴卧室门前,[镜头推成S.L.]将门推开一半,把头伸进去大声报告。)

探甲:八点五十五分。

(胖护士叉着腰卷着袖子,威吓地走了过来,探甲急转身逃走,翠华自门内匆匆出,满面春风。)

53 M.S.(之棠晕躺地上。)

翠华:之棠!之棠!(弯下腰去摇撼他)之棠!好消息!(她左右开弓打他的嘴巴)之棠!快醒醒!你做了爸爸了!

(之棠欠伸,半坐起身,但仍昏沉沉。)

翠华:你听见没有?之棠,孩子生下来了!

之棠:你说什么?

翠华:你真急死人了!(大喊)你生了个女儿,明白不明白?

之棠:我生了个女儿?(喜)我生了个女孩子!

翠华:那小东西长得真可爱!

之棠:湘纹怎么样?(踉跄立起)

翠华:湘纹好极了,一点也没什么!

54 M.S.(之棠想进卧室被翠华拦住。)

翠华:嗳!你等一等,先别进去,一会儿医生会来叫你的。

(卧室内传来呱呱的啼声。)

55 S.C.(之棠听见儿啼声。)

之棠:翠华,我真太高兴了!

56 S.C.(翠华也高兴地。)

翠华：我比你还高兴，你添了个千金，我拿到一百万！

57　M.S.（之棠兴奋而骄傲地。）

之棠：可是翠华，我的运气比你更好，我又有湘纹，我又有孩子，我还有我的音乐。

（灵感突来，到钢琴前坐下，试弹一个新的曲谱。）

翠华：之棠，你别弹了，让湘纹安静一会吧！你忘了湘纹啦？

58　S.C.（之棠兴奋地。）

之棠：我没有忘记她，我这音乐就是献给湘纹的，献给她，献给全世界的母亲。（狂热地弹奏）

59　M.S.（王医生开了卧室的门。）

王医：（兴奋地）孙先生，孙先生，快来！

60　S.L.（之棠惊起，向卧室奔去，翠华跟在后面。）

王医：孙先生，现在几点钟？

61　S.C.（探甲入，立门口。）

探甲：九点钟正。（出）

62　S.L.（之棠与翠华挤进卧室。）

（卧室）

63　（胖护士的背影遮住了大半个镜头，她抱着孩子。）

之棠：（惊讶）咦！这不是我们的，这是个男孩子！

王医：是呀！所以我叫你放心，别那么紧张，包你生个儿子，是不是？

之棠：（紧张的）我的女儿呢？

64　M.S.（护士甲也抱了一个婴儿在怀里,和胖护士站在一起。）

护甲：哪，他姐姐在这儿，比他大几分钟。（镜推婴儿C.U.）

65　M.S.（之棠不知说什么好，转身向床上。）

之棠：湘纹！

66 C.U.（湘纹闭着眼睛，脸露在被单外，之棠适才试弹的乐曲突然高涨起来，宏亮喜悦的音乐充满了空间。）

67 F.S.（王医生请他们出去。）

王医：好，现在你们出去吧，别在这儿碍事。一会儿再进来。

（推之棠与翠华出去。）

（客厅）

68 S.L.（之棠与翠华被推了出来。）

翠华：（惊疑愤怒）那男孩子是哪儿来的？

之棠：双胞胎呀，生了个双胞胎。

翠华：哼，双胞胎！

之棠：（兴奋地）我简直不能相信。

翠华：我也不相信！

之棠：（半自语地）这——这简直——

翠华：可不是，简直太奇怪了。

（之棠不理会，又去坐在钢琴前，重新拾起刚才的调子。）

69 S.C.（之棠一边弹着琴一边说。）

之棠：湘纹，我们太好了。

70 S.C.（翠华被之棠的兴奋和琴声[推 C.U.]深深地感动。）

71 S.C.（翠华和之棠并坐在一起，手搭在他肩上。）

翠华：湘纹对你好，我也对你不错呀，她给你生了个双胞胎，我给你五十万。

之棠：我不要钱，我一个钱也不要，我只要我的儿女。

（兴奋疯狂地弹着琴。

（翠华感动地以手臂搂着他。）

翠华：(沉重地) 我不是给你的，是给我们的儿女的。

72 S.L.（之棠弹着，疯狂地弹着，[PAN卧室门] 门内传出两个婴儿的啼声，和之棠的琴声交织在一起。）

剧终

* 香港国际电影懋业有限公司油印本（据此所摄影片于一九五八年一月公映）。

情场如战场

人物

叶纬芳——廿一岁,美艳,擅交际
陶文炳——廿五岁,中产的写字间工作者。漂亮,稍有点浮浅轻率
史榕生——廿四岁,纬芳的表兄。较阴郁,内向,讽刺性
叶纬苓——廿二岁,纬芳之姊,爽直明朗,有点男性化。貌虽端丽,远不及纬芳有吸引力
叶经理——纬芳之父
叶太太——纬芳之母
史太太——榕生之母
何启华教授——三十六岁,貌不扬
王寿南——星洲富豪,乃叶所经营之公司之董事长
王寿南之子
舞会宾客、女主人
咖啡店仆欧
男女佣数人。司机。工役
飞机场送行者、摄影记者等

第一场

(夜。特写:门灯下,大门上挂着耶诞节常青叶圈。跳舞的音乐声。

(镜头拉过来,对着蒸气迷濛的玻璃窗,窗内透出灯光,映着一棵耶诞树的剪影,树上灯泡成为一小团一小团的光晕。

(室内正举行一个家庭舞会。

(L.S. 年轻的女主人带着陶文炳走到叶纬芳跟前,替他们介绍。乐声加上人声嗡嗡,完全听不见他们说话。文向芳鞠躬,请她跳舞。

(M.S. 文与芳舞。以上都是哑剧。

(炫目的镁光灯一闪,二人的舞姿凝住了不动,久久不动,原来已成为一张照片,文左手的手指捏住照片的边缘。

(他用右手的食指轻轻抚摸着照片上芳的头发与脸。)

第二场

景：文炳的办公室。设着几张写字台，他占其一

（文凝视照片。一个同事在他背后走过，他急藏起照片。手按在电话上，发了一会怔，终于下决心打电话。）

文：（拨了号码）喂？叶公馆吗？请叶纬芳小姐听电话。

第三场

景：叶家

（女佣一手拖着一根打蜡杆，一手持听筒。）

佣：二小姐出去了。他们都出去了。你打五七四三〇。

第四场

景：叶家的郊外别墅

（纬芳与父、母、姊、表兄坐屋外大树下，野餐方毕。父吸雪茄看报。芳半躺半坐，在树身上刻她自己的名字。
（门内传来电话铃声。）

叶太：（正削苹果）纬芳，去听电话。

芳：(继续刻字)姐姐你去听。

苓：一定又是你的。(但仍立起，上阶入屋内)

叶太：不是她的，就是她爸爸的。就他们俩的电话顶多。

芳：(刻完名字，把小刀扳了扳，折起来，掷给榕生)表哥，还你。
（榕收起小刀。）

叶太：榕生，吃苹果。(将削好的苹果递给他)

榕：姑妈，你自己吃。

（苓自屋内出。）

苓：(喊)妹妹，你的电话。(回树下)

（芳起，赴屋内。）

叶经理：(抬起头来向芳)嗳，别打得太长。我在这儿等一个要紧的电话。

叶太：(向榕)你姑父就是这样，难得出来玩一天，还老惦记着公司里的事。

榕：你们不大上这儿来，真是可惜，这儿风景真好。

苓：是呀。我们除了夏天上这儿来歇夏，一年到头屋子老是空着，真是白糟蹋了这地方。

叶太：嗳，榕生，其实你上这儿来住挺好的，你喜欢清静。

苓：表哥，你可以在这儿写小说，没人打搅你。

榕：(笑)对了，我可以在这儿写小说，就手给你们看房子。

叶太：好极了。(取过手袋，从钥匙串上抹下一只来给他)哪，这是大门的钥匙，你不嫌冷清，有空就来住。

第五场

景：咖啡馆

（文炳走入，四面张望了一下，找了张桌子坐下，忽然看见榕独坐一隅喝咖啡写稿。）

文：（点头招呼）嗳，榕生！你也在这儿。

榕：嗳，文炳。上这儿来坐。

（文走过来。）

榕：你是一个人？

文：（坐下）我在等一个朋友。

榕：女朋友是不是？

文：（笑）不，不，不过是个朋友。

榕：（打手势招呼侍者）你吃什么？

文：来杯咖啡吧。——你在写稿子？

榕：（笑着叠起文稿）我正打算走。

文：再坐一会。

榕：我走了，让你安心地等女朋友。

文：我给你介绍。

榕：我不想在这儿招人家讨厌。

（侍者送咖啡给文。）

榕：（向侍者）账单。（向文）几时我们去游泳。

文：这天游泳，不太冷么？

榕：不，我有个亲戚借了个别墅给我，有室内游泳池。

文：室内游泳池——这别墅一定非常讲究。

榕：那房子不错，风景也好。

文：在哪儿？

榕：在青山。

文：嗳，榕生，你能不能借给我用一天？

榕：啊，我知道，你要带女朋友去，是不是？（付账）

文：对了。

榕：好吧，你几时要，上我家来拿钥匙。(起)我走了，过天见。

文：过天见。

（榕去。文看表，喝咖啡，幻想中现出郊外风景，一切都特别浪漫化，落花如雪，他和纬芳挽臂在花下走过，两人抬头望着精雅的别墅，相视一笑。他要吻芳，芳挣脱逃去，他在树后追上了她——）

一个声音：对不起，我来晚了。（芳已来到他桌前）

文：（吃惊，立起）不晚，不晚。（帮芳脱大衣）

芳：你一个人在这儿发怔，想什么？

文：我在这儿想，这两天郊外的风景很好。几时我们到青山去玩一天，换换空气，好不好？

芳：你常到青山去么？

文：我常去。我有个别墅在那儿，玩累了可以在屋子里休息休息。

芳：那倒很方便。

文：这个礼拜六你有空么？一块儿去好不好？

芳：礼拜六我有点事，礼拜天吧。

文：好，好。

（仆欧送菜单来，文接过研究。F.O.）

第六场

景：别墅门前

（文开汽车在别墅前停下，看了看号码。芳坐在他旁边，诧异地望望车窗外，又望望他。）

芳：咦，你不是说到你的别墅去？

文：对了，就是这儿。（手持野餐篮下车）

芳：（诧笑）就是这儿？

（文绕到她那边去替她开车门。芳下车。）

芳：（带着惊异的微笑望着房屋）这是你们的房子？

文：（微愠。打趣地）你看我不像住得起这样的房子？

芳：（笑）不，不，你别误会。

文：这房子其实并不好。自己用还可以将就，请客，地方就不够大，设备也不是最新式的。（指墙壁）这颜色也不够大方。

芳：（微愠）我倒觉得挺不错。我最喜欢这颜色。

文：那好极了，我真高兴，刚巧是你最喜欢的颜色。本来打算换一个颜色，现在绝对不换了。

芳：（望着他微微一笑。走到大树下，见树上刻的"纬芳"二字）咦，这是什么？——这不是我的名字？

文：（吃惊）这——这个——

芳：真奇怪，这是谁刻的？

文：（随机应变）还有谁呢？

（芳望着他笑。）

文：（勇气陡增）纬芳，这可以证明我不看见你的时候，也一直想

到你。(握住她的手)

芳：(挣脱走开)我们进去坐会儿，我累了。

文：好。(同上阶，入走廊。文掏出钥匙开门)

第七场

景：穿堂

(狭长的穿堂。文让芳先走入，然后跟了进来。)

文：你累了，上客厅去休息休息。(一开门，却是一个衣橱，里面挂着几只衣架，一件雨衣，橱角立着一只高尔夫球杆袋)

文：(略怔了怔，但立即随机应变)来来，我先给你把大衣挂起来。(转身帮芳脱大衣，挂橱内，再开另一扇门)

第八场

景：客室

(房间很大，新巧精致。有楼梯通到二楼。玻璃门通走廊。

(文推开房门，芳在他后面探头进来张望。)

芳：啊，这是客厅。

文：进来坐，进来坐。(同入)

芳：(看见钢琴上有两张照片，一张是她父亲，一张是她母亲)嗳，这是谁？

文：呃——这是——我父亲母亲。

芳：哦？怎么一点也不像你？

文：是吗？人家都说我活像我父亲年轻的时候。

芳：（转身见书架上姊照片）唔！这是你女朋友吧？真漂亮！

文：我哪儿来的女朋友，除非是你。

芳：得了，别赖了！到底是谁？（持照片看）

文：是我妹妹。

芳：你骗人。

文：真的。（并立看照片，手臂兜住她的肩膀。）

芳：（闪避走开，看到桌上的野餐篮）我们别在屋里吃饭，出去野餐，找个风景好的地方。

文：对了。现在就去，好不好？

芳：也好。（检视篮中罐头）这汤最好热一热。

文：（接过两罐头汤）我去热。

芳：我来帮忙。这儿有厨房没有？

文：有有。

第九场

景：穿堂

（文在前面走，芳在后面跟着。文试甬道尽头的一扇门。）

第十场

景：室内游泳池

(一片黑暗。一扇门推开了，射进一角光来。隐约可以看见文走了进来，芳立门口。)

芳：你怎么不开灯？

文：我在找电灯开关。

芳：嗳，当心，当心。

(訇然一声响。水花四溅声。芳急捻开电灯。原来这里是室内游泳池。文已跌落池中。两只罐头在水中载沉载浮。)

芳：怎么回事？

文：(喘息着在水中游泳)真是笑话，自己家里，都会迷了方向。

芳：你还嫌这屋子太小，屋子再大些，不更要迷路了？

文：(勉强哈哈笑着)可不是！真是笑话！(攀着池边爬上来)我们这房子，这半边是新盖的，盖了之后我就没来过，所以简直摸不清。

芳：幸亏我在这儿，要是你一个人，淹死了都没人知道。

(文以手背拭面上水。)

芳：(不耐烦地)嗳呀，瞧你这浑身水淋淋的，怎么能走出去。上楼去瞧瞧有电炉没有，把衣服烤干它。

第十一场

景：客室

（文与芳同入，经客室上楼梯。文的湿鞋在浅色大地毯上印了一行脚印。）

芳：你瞧，这地毯给你糟践的，简直完了！

文：（强笑）你心疼我这地毯？

芳：这么好的地毯，我怎么不心疼？

文：（感动，窘笑）纬芳，你太好了，处处替我打算。（握住她的手）

芳：（不耐，甩脱他的手）得了得了。

第十二场

景：二楼，楼梯口

（文与芳走上楼来，文推开最近的一扇门。是一个卧室，迎面墙上挂着一张全家福大照片，仅是头部，芳的父母居中，芳与姊分立两旁。文呆住了。配音的音乐突然爆发，高涨。

（文回顾，芳无声地抽搐着大笑。文不知所措。芳终于笑出声来。在她的狂笑声中 D.O.）

第十三场

景：大门前

D.I.（文奔出，上车，开车走。）D.O.

第十四场

景：偏僻的公路上

D.I.（文的汽车横冲直撞而来，一歪，驶到路边，戛然停住。文呆呆地坐在车盘前。片刻，他从袋中摸出皮夹子，取出他与芳共舞的照片，看照片。照片中的芳突然张开了嘴，嘲讽地狂笑起来。他不能忍受，把照片撕成小片掷出车外。他再踏动马达，F.O.）

第十五场

景：榕家。穿堂，灯光下

F.I.（女佣开了门站在一边。文立门口。
（榕自客室出迎。）

榕：嗳，文炳，进来坐。(导入客室门口)

（文瞥见客室内有一老一少二女子，退缩。）

文：你们有客，我改天再来吧。还你这钥匙。(授匙予榕)

榕：(接匙，向他眨眨眼) 今天怎么样？玩得挺高兴吧？

文：(苦笑) 嗳。那地方风景真不错。

榕：(拍文肩,低声) 是谈恋爱最合适的地方。嗳,等你恋爱成功了，可别忘了请客，啊！

文：(苦笑) 好，我走了，过天见。

榕：别走，进来坐一会。(拉入客室)

第十六场

景：榕家客室

（榕母史太太与叶纬苓正坐谈。）

榕：这是我的老同学，陶文炳。这是我母亲。这是我表妹，叶纬苓小姐。

（众点头为礼。文见苓吃惊，想起别墅中照片，知系芳姊。）

史太：陶先生请坐。我去叫他们沏茶。

文：伯母别费事了。

（史太出。榕让文坐，自己坐母座位。）

榕：(向苓) 你刚才问我要邮票，这位陶先生在进出口行做事，世界各国的邮票他都有。

文：叶小姐喜欢收集邮票？

苓：（笑）喜欢是喜欢，可是并没有什么名贵的邮票。

榕：不用客气了，你那张巴西的纪念邮票还不算名贵？

苓：也就那么一张。

文：是纪念第一次革命的，是不是？

榕：你有没有？

文：（摇头）这很少见的，听说市面上一共没有几张。

榕：（向苓）他也是个集邮家。你缺哪一种，可以跟他交换。

苓：澳洲的邮票你有没有？

文：有有。过天我交给榕生。（立起）对不起，我还有点事，我先走了。（点头，出）

榕：有空来玩。（送出）

（苓立起来，走到书桌前面，拿起榕的一叠原稿翻看，若有所思。榕回客室。）

苓：表哥。

榕：嗯？

苓：你这稿子这么乱七八糟的，得重新抄一遍吧？

榕：嗳。

苓：过天我来帮你抄。

榕：不用了，我自己抄。

苓：真的，我反正没事。

榕：好吧，那么谢谢你。

第十七场

景：同上，但有阳光自窗内射入

（苓坐窗前抄文稿，榕坐室之另一隅吸烟构思，面前摊着纸笔。）

苓：（放下笔）表哥，我倒已经抄完了。（立起，整理一大叠文稿，压上一只镇纸。四面看看。没有别的事可做，拿起茶来喝了一口）我走了。（拿起手袋）陶先生这一向没来？
榕：（继续写稿）哪个陶先生？
苓：你那老同学。
榕：哦，你说陶文炳。他没来。
苓：（打开手袋）下次你看见他，你把这张邮票交给他，跟他换一张澳洲的。（递一张邮票给榕）
榕：（诧）咦，这不是你那张巴西的纪念邮票？干吗不要了？多可惜。
苓：其实这种邮票也没什么稀奇，不过陶先生说他没有，所以我想跟他换一张。（向内室嚷了一声）舅母，我走了！（出）
（榕手里拿着邮票，面现诧异之色，抓了抓头发。榕母自内室出。）
史太：纬苓走了？
榕：唔。
史太：她这一向常来。我看她对你很有意思。
榕：不，不，绝对不是。
史太：你又何必瞒着我？亲上加亲，我还有什么不愿意的？
榕：（不耐）妈，你完全误会了。
史太：（恼）得了，反正你不愿意告诉我就是了。

榕：(不得已地)不是呢——告诉你：纬苓这一向老上这儿来，我想她是希望在这儿碰见一个人。

史太：谁？

榕：陶文炳。

史太：那你为什么不给他们拉拢拉拢？

榕：(厌倦地)没用。只要让纬芳知道她姐姐喜欢这人，非把他抢了去不可。抢了去再把他扔了。

史太：(想了想)嗳。纬芳这孩子是这么个脾气。她姐姐呢也太老实了。

榕：(皱眉)她们姐妹俩真是完全相反。(D.O.)

第十八场

同景

D.I.(纬苓、纬芳姊妹俩并坐在沙发上，穿着薄纱夏衣，芳手中捧着一杯冷饮。

(镜头拉开，榕坐一边相陪。)

芳：表哥，我们明天就搬到青山去过夏天，你也去，好不好？

苓：那儿凉快得多。

榕：好，我明天有空就来。

芳：妈还说叫你多带几个朋友来。

榕：(自抽屉内取出一个开口的信封递给苓)差点忘了，有人叫我把这个交给你。

苓：(惊喜，打开，见是许多张邮票) 这么许多！

芳：什么东西？

苓：(不让她夺过去) 表哥，你干吗不请陶先生到青山去住两天，比方礼拜六去，礼拜一回来。

芳：(锐利地看了苓一眼。向榕) 哪个陶先生？

榕：陶文炳。

芳：陶文炳？我认识他。

榕：
苓：(愕然，同声) 你认识他？

芳：(胜利地) 我们是很熟的朋友。嗳，表哥，你告诉他，就说我说的，叫他一定得来。

(苓锐利地看了芳一眼，低下头去把邮票收到手袋里，神色凄凉。)

榕：(看了她们俩一眼) 好，我待会给他打电话。(D.O.)

第十九场

景：榕家

　　D.I.（榕正打电话给文。）

榕：他们家两个小姐你不都认识吗？他们二小姐说她跟你是很熟的朋友。

第二十场

景：文的办公室

（文坐写字台前听电话。）

文：（窘）是吗？他们二小姐是——……哦，就是叶纬芳小姐。我见过的。……（窘，拭汗）她还说什么没有？没说什么？就说我一定来？（喜出望外，惭愧地嗫嚅笑着）好，那么我——好，咱们礼拜六青山见。（挂上。F.O.）

第廿一场

景：飞机场

F.I.（叶经理送王寿南回新加坡。王矮胖，发已花白，戴黑边眼镜。王上机，摄影记者瞄准镜头，一群送行者脱帽挥动。）
王：（忽在机门转身大唤）叶经理！
叶：（趋前）嗳，董事长。
王：我忘了跟你说，我那孩子到香港来读书，想请你照应照应。
叶：那当然，那当然。令郎大概几时动身？
王：大概就是这两天。
叶：好极了，那我等您的电报，我来接飞机。
王：费心费心。（入机）

第廿二场

景：别墅客室

（榕领文入，文手提小皮箱。）
榕：对不起，这儿的主人暂时不能来欢迎你，只好由我代表。
文：（低声）他们有事？要是不方便——
榕：不，不，没关系。坐。（二人坐下）他们在那儿忙着预备招待贵客。
文：什么贵客？
榕：王寿南的儿子明天从新加坡来。
文：就是大名鼎鼎的王寿南呀？
榕：嗳。我姑父那公司，他是董事长。
　　（男仆送茶入。）
榕：（指箱向仆）陶先生是住哪间屋子，你给送去。
仆：噢。（提箱出）
榕：我们也去瞧瞧你的屋子。（偕文随仆出）

第廿三场

景：文卧室

（纬苓正将一只小无线电搬置床前，俯身插扑落。
（仆提箱入。榕与文随入。）
榕：（向苓）咦，你在这儿！

（文与苓互相点头为礼。）

苓：我来瞧瞧还缺什么东西。

文：费心费心，叶小姐。

苓：干吗那么客气。表哥老是叫你文炳，我也就叫你文炳了。

榕：你也就叫她纬苓得了。

（文微笑。）

苓：（旋无线电试听，向文）你喜欢哪一类的音乐？

文：我都喜欢。

榕：（走到窗前，向文）你这屋子比我的好，正对着花园。

文：（也走到窗前）刚才我看见一棵栀子花，开得真好。

苓：你喜欢栀子花？我去给你摘点来。（拿起桌上的一只花瓶走了出去）

文：这位叶小姐真热心。

榕：是的，我这个表妹人真好。（"这"字特别加重）你跟她熟了就知道了。

（纬芳入，穿着游泳衣，外面裹着短浴氅。）

芳：（甜笑）文炳，好久不见了。

文：（有点窘）纬芳。

芳：我叫表哥带话给你，带到了没有？（不等他回答，向榕）妈叫你去陪客去，来了个何教授。

榕：哦，是姑父找他来看古董的，是不是？

芳：嗳。请了人家来，他老人家自己又不在家。

（榕出。）

文：你要去游泳去？

芳：（笑挽文）我想先去照两张游泳照。你来给我照。

第廿四场

景：园中

（芳一手拎着照相机甩来甩去，偕文同行。）
文：你真原谅我了？
芳：不原谅你，也不会请你来了。
文：纬芳！（想吻她）
芳：嗳，原谅了你，你不能就得寸进尺呀。（半推半就）
（苓在树丛后采花，隔花见文吻芳。她拿着一把花，立在那里呆住了。
（隐约见文与芳走了过去。
（苓低下头去看了看手中的花，突感无聊，手一松，花都落到地下。）

第廿五场

景：客室

（榕陪何启华教授坐谈。）
榕：何教授，我姑父丢下话来，请您无论如何要等他回来，晚了就住这儿。
启：（笑）好，好。（立起赴窗前）这儿环境真好。
榕：这儿就是还清静。

启：(指点)那就是青山饭店吧?

榕：嗳。(与启并立窗前)

　　(在远景中,文在草坪上替芳拍游泳照。

　　(启注意到芳健美的姿态,不觉神往。)

榕：(看了启一眼)那是我二表妹。

启：噢。这位小姐活泼得很,活泼得很。

榕：(咳了声嗽)对了,非常活泼,会交际。(笑)所以许多人造她的谣言,说她"玩弄男性"。

启：哦? (回到原座)

榕：(倚窗台立,笑)其实她就是心眼太活,虚荣心又大,恨不得普天下的男人都来追求她。谁要是跟她认真,那可准得受很大的刺激。

启：(微笑)听你老兄这口气,倒好像你也是受了点刺激。

榕：(诧)我?(笑了起来)我绝对没这危险。我太明白她了,知道得太清楚了。

　　(芳把浴氅松松地兜在肩上,露出全部曲线,太阳眼镜拿在手里甩来甩去,袅娜地走了进来。见启,突停步,庄重地把浴氅裹得紧些。文随后入,拿着照相机。

　　(榕与启立起。)

榕：我来介绍。何启华教授,叶纬芳小姐,陶文炳先生。(启与二人握手)

芳：我不知道有客在这儿,衣裳也没换。

榕：咦,刚才不是你叫我来陪客的?

芳：(瞪了他一眼)请坐请坐,何教授。

　　(众坐。)

榕：何教授是考古学专家。

芳：考古学！我对考古学最感到兴趣了。

（文向她看了一眼。）

启：（有戒心）是吗？

芳：几时您公开演讲，我一定去听。

启：一定要请您指教。

（男仆入。）

仆：何教授的电话。

启：噢。（随仆出）

芳：（拿起照相机递给文）给表哥也照一张。

（文将照相机对准榕，芳也凑到镜头上去看，脸与文的脸挨得很近，耳鬓厮磨。二人突然相视一笑。）

榕：（视若无睹，向芳）你觉得这何教授怎么样？（文扳照相机，给他拍了一张）

芳：完全学者风度。我简直崇拜他。

文：嗨，你除了我，不许崇拜别人，听见没有？（握住她的手）

芳：（笑）咳，连何教授这样的人你都要吃醋？

文：不管是谁，你朝他看一看我都要吃醋。

芳：傻子。

（二人含情脉脉四目相视。

（榕半躺半坐，两手插在袋里，吹着口哨，不去注意他们。）

芳：文炳，你去拿了游泳衣，上游泳池等着我。

文：好。你可得快点来。（出）

芳：何教授不知道会不会游泳。

榕：（温和地）嗳，我可得告诉你，那何教授呀，你不用打他的主意，白费心。

芳：我不懂你说什么。

榕：我已经警告过他了，叫他别上你的当。

芳：什么？（走近前来）你跟他说了些什么？

榕：我告诉他你是什么样的人。

芳：我是什么样的人？

榕：(笑) 你还不知道？还问我？

芳：(顿足)表哥，你真可恶。我就不懂,这何教授也有这么大年纪了，还怕他自己不会当心，要你像个奶妈似的照应他。

榕：我不是照应他。老实说，他要是上当也是活该。

芳：那你干吗多管闲事？

榕：因为文炳是我的朋友。

芳：文炳跟我的事你管不着。

榕：我管不着呀？告诉你：不许你跟何教授胡闹，要不然哪——

芳：要不然怎么？

榕：我跟你捣乱，你就是受不了。

芳：(泫然欲涕) 表哥，我简直恨你。

榕：(拍拍她)好，恨吧。我不怕你恨。谁要是给你爱上了可就倒楣了。

（出）

（芳气愤，然后她的怒容突化为满面春风——何启华入。）

启：(见她一人在此，有点着慌) 咦，他们都上哪儿去了？

芳：请坐。他们一会儿就来。

启：(想溜) 我——我上我屋去休息休息吧。

芳：你累了吗？何教授？（整理沙发上软垫）坐这儿，舒服点。

启：(心悸，不安) 不，真的，我还有点事，一会儿再见。

芳：何教授，您在我们这儿挺闷的吧？也没人可以陪您谈谈。我是学问根本够不上，我表哥呢，又有点——（笑着敲了敲头）有点神经。

启：（愕然）哦？倒看不出来。

芳：你不觉得他有点奇怪么？

启：（思索）呃……嗳。也许是有点……奇怪。

芳：其实这话我不应当告诉人。咳，我真替他难受。也是我害了他。

启：（不解）怎么？

芳：（顿了顿。微笑）你听他说话那神气，简直像是恨我是不是？

启：可不是。（片刻的静默）他——不恨你？

芳：（笑）恨我倒好了。

启：（终于恍然）哦，他爱你。

芳：我真不该告诉你这话。至少我应当替他保守秘密。（把两条腿蜷曲着缩到沙发上，坐得舒服点，但忽然发现大腿完全裸露，轻轻惊叫了一声"嗳呀！"急把浴氅拉下来遮住）我真觉得对不起他。自从我拒绝了他，他大概受的打击太重，简直成了神经病。

启：我明白了。

芳：（带笑）你等着吧，他一有机会就会对你说我的坏话，说我是害人精，专门玩弄男性。你不用理他。

启：当然不理他。

芳：（突换轻快的口吻）我们不谈这个了，出去走走，换换空气。（起）

启：（欣然立起）好。

芳：你没事吧？

启：没事。我正想出去瞧瞧。（将偕出）

113

（榕入。芳见榕，立挽启臂，亲昵地向他微笑。启受宠若惊，报之以微笑。然后他发现了榕，与榕目光接触。启有点窘，又有点恼怒，立即掉过头去。）

榕：（闲闲地）出去散步，是不是，何教授？

启：（顽抗地）嗳。

（芳挽启臂昂然走出，不理睬榕。）

（榕瞠目望着他俩的背影。）

（苓在楼梯上出现，下楼。她的头发已改梳与芳完全相同的式样。）

榕：（闻高跟鞋声，回顾见苓）嗳，纬苓，你的头发怎么了？

苓：你说这样好不好？（旋过头来给他看）

榕：（摇头）你光是头发学她的样子有什么用。

苓：（心虚地窘笑）我不懂你说什么。

榕：（低声）我早知道了，你不用瞒我。

苓：（倚在最后一根楼梯栏杆上）你怎么知道的？

榕：那还看不出来？

苓：（恐慌）文炳知道不知道？

榕：他要不是那么个大傻瓜，他也早知道了。

苓：你可千万别告诉他。

榕：我去告诉他干吗？

苓：你看纬芳是真爱他么？

榕：（摇头）她不过是耍弄他。现在倒已经又有了个何教授。

苓：（迫切地）哦？

榕：可是她不会为了个穷教授放弃文炳的。好在王寿南的儿子明天就要来了，又年轻，又是天字第一号的大阔人。敢保他一来，什么教授呀，文炳呀，全给淘汰了。这是你唯一的希望。

（文入。苓急扯了扯榕的衣服示意。榕回顾见文。）

文：纬芳呢？

榕：她出去了。

文：出去了？不会吧？她叫我在游泳池等她。

（启匆匆自玻璃门入，四顾，找了一副太阳眼镜。）

启：这是不是纬芳的？（改口）呃……这是二小姐的吧？

（文向前走了一步，望着启。）

榕：（向苓）这是何教授。（向启）这位是大小姐。

启：（向苓点头微笑，匆忙地）对不起，二小姐等着要。出去散步，忘了带太阳眼镜。（急出）

（静默片刻。文像是要跟出去，走到玻璃门口又停住了，呆在那里。）

（苓同情地望着他，作苦痛的微笑。）

第廿六场

景：饭厅

（芳在餐桌上摊着化装跳舞的服装，加钉花边水钻亮片子等。启坐在旁边看。

（文入。）

文：（强笑）纬苓叫我来叫你们去吃点心。

芳：噢，就来了。

文：这是你今天晚上化装跳舞的衣裳？

芳：嗯。

文：你扮什么？

芳：扮杨贵妃。启华（指启）扮高力士，搀我进去。

文：（忍气，佯笑）谁扮唐明皇？

芳：唐明皇的衣裳没有。好容易借来这么两套。（持高力士帽置启头上试戴）眼镜可不能戴。

（代他摘下眼镜。

（文不能忍耐，猝然转身出。）

第廿七场

景：客室

（榕与苓在吃点心。沙发前矮桌上放着茶点、咖啡。文入。）

苓：文炳，化装跳舞你有衣裳穿么？（替他倒咖啡）

文：我正在想不去了。化装跳舞这玩意儿，实在不大感到兴趣。

（苓失望。榕看看她。）

榕：（向文）你去一会，早点回来也是一样。就在青山饭店，（用下颏指了指）这么近。

文：我也没衣裳穿。

苓：我爸爸有一套衣裳，可以借给你。

（芳偕启入。文立即拿起一张报纸，埋头看报。）

苓：（向芳）爸爸那件化装跳舞的衣裳有没有带来，你知道不知道？

芳：我记得仿佛带来了。(坐下，将三明治递给启。启取食)
苓：(向文)我去拿来你瞧瞧。(出)
　　(芳倒咖啡。)
文：(向芳)待会儿给你多照两张杨贵妃的照片。
芳：对了。(向启)我们照两张相，留着做个纪念。
　　(文气愤，报纸豁喇一声响，又埋头看报。)
芳：启华，你瞧，爸爸新买的古董。(指炉台上铜器)你给估一估是真是假。
启：(起立检视，摇头)我上次就告诉叶经理，这种铜器都靠不住。
榕：(笑)何教授，你总该知道，人家自己愿意上当，你警告也是白警告呀！
启：(怒)你说谁？
榕：(望着他微笑)说谁？说我姑父。还有谁？难道是说你？
芳：(打岔，以手帕扇风)真热，一点风都没有。(向启)咱们出去坐一会。(自玻璃门出，至走廊上)
　　(启狠狠地瞪了榕一眼，随芳出。)

第廿八场

景：走廊

　　(芳倚柱立。启出，立她身旁。)
启：你那表哥——真是神经病！
芳：你别理他。

启：（抚芳臂）他这一向有没有跟你找麻烦？

芳：（长叹）他反正总是那样疯疯癫癫的。我真替他难受。

启：你的心太好了。

芳：我知道。我的毛病就是心太软。

启：对了。比方你对陶文炳，其实你应当老实告诉他，叫他死了这条心。

芳：（别过脸去）你又来了。

启：你没看见他那神气，就像你是他的。

芳：他也怪可怜的。

启：你还是有点爱他。

芳：不，不，绝对不。

启：那你为什么不肯告诉他？

芳：我实在是不忍心。他已经够痛苦了，再也禁不起这打击。

启：有时候一个人非心狠手辣不可，拖下去反而使他更受刺激。

芳：你这话很有道理。可是……我这人就是心软，踩死一只蚂蚁，心里都怪难受的。

启：反正迟早总得告诉他的。（握住她的手，低声）你现在马上就去告诉他。

芳：别这么逼我好不好？（撒娇地把头倚在他胸前）你老是欺负我。

启：（软化）纬芳！（抱住她）

芳：也不知怎，自从遇见了你，就像你有一种魔力，使我完全着了迷。

启：（晕陶陶）真的？

芳：不知道别的女人看见你，是不是也像我这么着迷？

启：（俨然以大情人自居）你放心，纬芳，我反正只爱你一个人。

芳：启华！

启：可是你得老实告诉我，你对我不是一时迷恋吧？你是真爱我？

芳：你还用问吗？傻子。

（启想吻她。苓自玻璃门出。芳先看见了她，急推开启。）

芳：姐姐，上这儿来，这儿挺凉快的。

苓：我找不到那件衣裳。爸爸房间里没有。

芳：那么就在大箱子里。

苓：我去瞧瞧。（入玻璃门）

芳：（恐慌）她刚才看见我们没有？

启：不知道。

芳：说不定她站在那儿半天了，我们说的话都让她听了去了。

启：那有什么要紧。我们也没什么瞒人的话。

芳：不是这么说。我们的感情太纯洁，太神圣了，别人是绝对不能了解的。

启：（握住她的手）是的。可是我们总不能永远保守秘密。

芳：那当然。可是暂时无论如何，不能让人知道。

（文炳自玻璃门入。启放下芳手。文望望他俩，郁郁地踱到一边去，凭栏立着。）

启：（指指他，轻声向芳）快告诉他。

（芳猛烈地摇头。启迫切地点头。文回过头来看看他们。）

芳：（匆忙地）你们谈谈吧，我得去洗澡去了。（急去）

启：（踌躇片刻，咳了声嗽，摸出烟匣来递给文）抽烟。

（文不理睬。）

启：（自己点上烟吸）陶先生，我正想跟你谈谈。

文：有什么可谈的？

启：纬芳有两句话跟你说，又怕你听了太受刺激。
文：(爆发) 笑话! 她有话自己不会说，要你做代表? 你凭什么代表她? 凭什么? (打启) 凭什么? (再打启)
启：(大喊) 好，你敢打我? (还打。二人扭作一团)
（榕急自玻璃门出。）
榕：嗳，嗳，怎么回事?
启：这家伙——动手就打人!
文：(一面扭打，向榕) 抢了我的女朋友还在我面前得意——不打他打谁?
榕：(拚命拉劝) 好了好了，你们这算什么?
文：(向榕) 我就不懂，纬芳不知道看中他哪一点?
榕：咳，你不懂么，他是个男人哪。反正只要是个男人，就得爱她，追求她，要不然，就不能满足这位小姐的虚荣心。
启：好，你侮辱纬芳! (打了榕一个耳刮子，打得榕跟跄倒退几步)
文：(向启) 他侮辱纬芳，关你什么事? (拍胸) 有我在这儿，轮不到你管!
启：你才是多管闲事——你是纬芳的什么人?
文：你管不着! 你自己呢，你算是纬芳的什么人?
（启打文，文还敬。榕抚着面颊站在一边，看见他二人又打成一团。）
榕：(拉劝) 得了得了，为这么个女人打架，真不犯着!
文：好，你又侮辱纬芳! (打榕)
启：不许你打他! 这是我的事! (打榕)
（三人混战。走廊上的桌椅都被撞倒在地，玻璃门也敲碎了。）

第廿九场

景：芳卧室

（灯下。芳正坐妆台前化妆。杨妃服装挂在衣橱外。
（苓扮古西方贵妇人，穿着钢丝撑开的广裙。）

苓：妹妹，你看我这件衣裳怎么样？

芳：好极了。真美。——嗳，你过来我瞧瞧。（立起来，仔细检视苓衣后身）这儿有点不对。（扯苓裙）

苓：（回顾镜中背影）妹妹，我有话跟你说。

芳：唔？（继续扯苓裙。针线嗤的一声裂开）糟糕！

苓：怎么了？

芳：不要紧，我来给你缝两针。（取针线，蹲下缝裙）你说你有话跟我说？

苓：刚才我听见你和何教授说话。

芳：噢。你听见多少？全听见了？

苓：我听见你说你爱他，不爱文炳。

芳：哦？（继续缝衣）

苓：你不爱文炳，为什么不告诉他？

芳：（一心一意地缝衣）为什么要告诉他？

苓：你不告诉他，我就告诉他。

芳：（在片刻沉默后，抬起头来微笑望着苓）姐姐，原来你喜欢文炳，我真没想到。

苓：你有什么不知道？你早就知道了。

芳：（笑）好吧，希望你恋爱成功。

苓：(尖叫）嗳呀！（急抚腰）

芳：嗳呀，针戳了你一下，是不是？疼不疼？

苓：你不打算告诉他？

芳：嗳。

苓：那我就告诉他。

芳：他根本不会相信。他一定非常生气，以为你造谣言。

苓：(想了想）你这话也有理。

芳：(咬断了线，替苓整理裙幅）哪，现在好了。

苓：(转身返顾，在镜中自照）那么，你不肯放弃文炳？

芳：唔。

苓：那何教授呢？

芳：我两个都要。

苓：妹妹我跟你商量：王寿南的儿子明天就来了。一个他，一个何教授，你还不够么？

芳：不行，我喜欢热闹，越多越好。

苓：越多越好，刚才他们为你打架，你知道不知道？

芳：唔。(微笑)我听见说，今天打架也有表哥。真奇怪，关他什么事？

苓：你恨不得连表哥也要，是不是？

（芳微笑不语，对镜涂唇膏。镜中映出苓悄然离室。）

第卅场

景：客室

(苓戴黑绒面具,挽着斗篷拿着手袋走下楼梯。到了楼梯脚下,回顾,见芳穿着便装下楼,诧。)

苓:咦,你怎么还不换上衣裳?

芳:(微笑)我不去了。

苓:为什么?

芳:有点头疼。

苓:(突然恐慌起来,取下面具,轻声)文炳知道不知道你不去?

(文穿苏格兰装入室,衣服太短小,格子呢短裙只齐大腿。)

文:纬苓你瞧——不行,太短了。

芳:(纵声大笑)呦!真漂亮!文炳,你自己去照照镜子。

(文羞惭,自己低头看了看,牵了牵裙子。)

苓:稍微太短一点。没关系。

文:不,实在不能穿。纬苓,对不起,我想不去了。

苓:衣裳其实没关系,大家都是闹着玩嚜。

文:不,真的。你们去吧。反正有榕生,他跳舞跳得比我好。

(苓无语。)

文:(向芳,用漠不关心的口吻)我听见说你也不去。

芳:嗳,我累了。难得有机会在家里休息休息。

文:我们可以在花园里散散步,今天晚上月亮很好。

芳:(媚笑)你也跟我一样,最喜欢清静。

文:嗳。(向苓)纬苓,真对不起。

苓:(戴上面具,轻快地)没关系。表哥呢?我去瞧瞧他打扮好了没有。(出)

文:你姐姐是不是有点不大高兴?

芳:我怎么知道。

文：纬芳，待会儿我们上花园去，那何教授要是又跟了来，你可千万别理他。

芳：咳，你不知道，这人简直像牛皮糖似的，黏上了就不放。

文：我真不懂，你干吗不老实告诉他，叫他别在这儿讨人厌。

芳：我就是心太软。

文：有时候非心狠手辣不可，拖下去反而让他受痛苦。

芳：你这话说得真对，可是我这人就是这样，踩死一只蚂蚁都不忍心。

文：可是这是没办法的事。

芳：（叹息）我知道。老何也真可怜。（把头偎在文胸前，低声，热情地）文炳，你到底爱我不爱？

文：（低声）我爱你，我爱你。（吻她）

（启入。）

启：（大怒，向文）嗳，你在这儿干什么？

文：（回顾）干什么？你猜我在干什么？（再吻芳）

启：（一把拖开他，挥拳相向）这小子——非揍死你不可！

芳：（拉劝）嗳，启华，你别这么着。

启：纬芳，你走开，不关你的事。

文：（向芳）对了，你走开，我来对付他。（二人扭打）

芳：（竭力拉劝）你们怎么了？都疯了？

（榕入，一只手臂绑着绷带吊着，颊上贴橡皮膏，十字交叉。）

榕：（遥立大声喊）好了好了，别打了，下午已经打了一架。

（苓随榕后入室。）

芳：（拚命拉开文与启）表哥，你快来帮我。

榕：（连连摇手）刚才我劝架，已经给打得这样，再劝，我这条命也没有了。

（文与启自觉惭愧，住手。）

文：（走到榕身边）你怎么了，榕生？

苓：我看他这胳膊伤得不轻，我给他绑上了绷带。

芳：（向榕）你这样子，还去跳舞？

苓：（笑）不去了，我们都不去了。

（女佣入。）

佣：太太叫表少爷搽上这药。（递一盒药给榕）

苓：（代接，看盒面）这是云南白药，听说灵得很。

芳：（向榕）值得试一试。来，我给你解开。（要解绷带）

苓：到他房间里去搽。

（榕，苓，芳同出，女佣随出。）

文：（向启）好，现在我们可以开诚布公地谈一谈。

启：好。

（二人坐。沉默片刻。）

启：（恳切地）我得跟你道歉。

文：（恳切地）我们大家都有不是的地方。

启：不，不，我承认是我不对。（有点羞涩地）纬芳要不是爱上了我，你也不会失恋。

文：（诧）爱上了你？（失笑）何教授，你怎么知道她爱你？

启：当然是她自己告诉我的。

文：（大笑）得了，你别自己骗自己了，何教授！她刚才还在那儿跟我说你讨厌，像牛皮糖似的，钉着她不放。

启：（跳起来）你胡说！这小子——你是讨打！（挥拳作势）来来来！

文：（也跳起来）打就打，谁怕你？

（二人相向立，准备动武。静默片刻，启突然大笑。）

启：你这身打扮，实在太滑稽了！（笑倒在沙发上）

文：（低头看了看自己的短裙）嗳，是有点古怪。

启：你这样子，我实在没法跟你打架。

文：别打了，我们还是平心静气地讨论一下。

启：好吧。（坐直了身子）

文：你听我说：刚才我劝纬芳，我说她应当告诉你老实话，索性叫你死了心。可是她说她不忍心告诉你——

启：（错愕）不忍心告诉我？

文：（举手制止）你听我说。她说不忍心，我就说：有时候非心狠手辣不可，拖下去反而害人家受痛苦。

启：（变色）哦？……那么她怎么说？

文：她说她就是心软，踩死一只蚂蚁都不忍心。

启：什么？（站起来激动地走来走去）她真这么说来着？

文：当然了。

启：她说踩死一只蚂蚁都不忍心？

文：嗳。

启：天哪！（踉跄倒退，废然坐在沙发上）

文：怎么了？

启：我简直不能相信——我不相信！这都是你造谣言，破坏我们的感情！（跳起来指着文）今天下午我跟纬芳说话，你一定是躲在什么地方偷听，都听了去了。

文：别胡说！

启：我也是跟她这么说，我说她非心狠手辣不可，拖下去反而害你受痛苦。她的回答也完全一样。

文：（怔了怔）她说什么？说蚂蚁？

启：（点头）说蚂蚁。

文：总而言之，她完全是耍弄我们？

启：对了。完全是水性杨花，玩弄男人。

文：（怒）你这话太侮辱她了！（跳起来挥拳作势）

启：（举手制止）嗳，你冷静一点，冷静一点。

（文废然坐下。二人凄苦地并坐，手托着腮。）

文：我们怎么办呢？

启：我们两人一块儿去，当面问她，到底是爱哪个。

文：（悲哀地）她要是说爱我，我可就完了。

启：你难道还相信她？

文：我明知道她是扯谎，我还是相信她。

启：她要是说爱我呢？

文：这是我唯一的希望。

启：(慷慨地拍了拍文的肩膀）那么，为你着想，我希望她说爱我。

文：（感动）启华，你真够朋友。（拍他肩膀）

启：哪里哪里，这不算什么。

文：启华，咱们出去痛痛快快地喝两杯。

启：好，文炳，走！我请客。

（两人勾肩搭背向外走，正遇见榕走进来。）

文：（兴奋地）榕生，我跟启华上青山饭店去喝酒，你去不去？

榕：（瞠目望着他们）"我跟启华"！你倒真是"不打不成相识"！

（让开路，但忽然想起来，拉住文臂）嗳，纬芳叫我告诉你，她在花园里等着你呢。

文：让她等着去。

启：(向榕)你告诉她,我们非心狠手辣不可,拖下去反而害她受痛苦。

文：告诉她走路小心点,别踩死了蚂蚁。

（文偕启出。榕望着他们的后影发怔。）

第卅一场

景：别墅门前

（走廊上点着灯,照亮了台阶与一角草坪。文扶启跟跄回,走入灯光内。

（榕独坐廊上吸烟。）

文：嗳,榕生,你来帮我搀一搀他。

榕：(帮搀启)何教授喝醉了？

启：(打呃)我没醉。

文：他真能喝。（扶启自玻璃门入）

第卅二场

景：客室

（文与榕扶启入。）

榕：(向文)送他上他屋去吧？不早了,该睡了。

文：不，我们还得跟纬芳开谈判呢。

榕：开谈判？（与文扶启到沙发上坐下）

文：唔，叫她老实说出来，到底是爱我还是爱他。（在启身边坐下）

启：（头枕在沙发背上，用下颏指了指文，向榕）他还在那儿痴心妄想呢，要是她说一声爱他，他马上投降，你信不信？

文：要是你，你不投降？不过你自己觉得没希望，所以乐得充硬汉。

启：（怒）你这是什么话？（突然坐直身子）

榕：（急捺住启）好了好了，别又打起来。

（文与启悻悻地互看了一眼，复松弛下来。）

榕：（坐）照客观的看法，纬芳要是在你们两人中间挑一个，大概是挑文炳。（向启）他比你年轻，比你漂亮。

启：（不服）他的确是比我年轻。（顾影自怜地摸摸头发，托了托眼镜）

文：（嘲笑地）可并不比你漂亮。

榕：来来来，你们二位，怎么了？你们这样不团结，怎么能对付纬芳？

启：这话有理！天下女人都不是好东西，我们男人要是不愿意做奴隶，非团结不可！

文：对，对！（高举一臂）全世界男人团结起来，打倒女人！

榕：（也举臂高呼）赞成打倒女人的举手！

启：（高举双臂）我举两只手赞成。

文：（故态复萌，代举另一手）三只手！偷人家女朋友！你没来的时候好好的！

榕：（打他的手）你又来了！

（芳徐徐地走下楼梯，面容庄严而悲哀。启抬头看见了她，急用肘弯推了推文与榕。三人不安地站了起来。）

芳：(向文与启) 刚才你们叫我表哥带话给我，我不懂你们说什么。可以解释给我听么？（走到楼梯脚下）

（没有人回答。）

榕：(望望文与启) 怎么都不开口？……来来来，谁放第一炮？

（二人仍不语。）

榕：(向芳) 这两位先生认为你是欺骗他们，拿他们当玩物。

启：嗳。你告诉我说你爱我，讨厌文炳，又告诉文炳你爱他，讨厌我。

文：到底你是爱谁，讨厌谁？

芳：(鄙夷地) 哼！（掉过身去，走开）

榕：怎么，你不肯回答？

芳：当然不。我爱谁，不爱谁，完全是我自己的事，谁也管不着。

榕：(笑了起来，转身向文与启) 好厉害。我真佩服了她。

（芳转身上楼，但榕抢先抓住她的手臂。）

芳：干吗？

榕：你得先回答这问题。

芳：不回答，就不让我走？

榕：嗳。

芳：(甩脱榕手) 好。你们问我爱谁。那我就告诉你们。（向榕）我爱你。

（榕退缩。谁也不作声。死寂。）

芳：明儿见。（上楼）

（文与启呆呆地望着她离去。榕软瘫在沙发椅上。）

启：(搔头) 我们到底算打了胜仗，打了败仗？

榕：(苦笑) 打了胜仗？真是做梦！

文：(阴郁地) 至少在我这方面是打了胜仗——没有危险了。

榕：我害怕。我真害怕。

启：(严厉地将手搁在他肩上) 年纪轻轻的，怎么这么没出息？

榕：我没法抵抗她。

启：你坚强一点。不能破坏我们的联合阵线。

榕：我要你们俩答应我一件事。

文：什么事？

榕：我要你们跟着我，一步也不离开我，绝对不让我跟纬芳单独在一起。

启：(向文) 这小子简直不中用，胆儿这么小。

文：(向榕) 好，我答应你。

榕：(感激地与他握手) 到底是老朋友。

启：(摇头) 真没出息。我得去睡了，明儿见。(出)

文：(长叹) 其实你又何必这么害怕。她看中你，你应当高兴，别人还求之不得呢。

榕：算了吧。跟她这样的人谈恋爱，不是自讨苦吃？我理想的对象刚巧跟她相反。

文：哦？你的理想是什么样的？

榕：第一要爽快，要心眼好，跟我谈得来，而且是真爱我。当然得相当漂亮，可是不至于漂亮得人人都追求她。

文：听你说的，倒有点像纬苓。

榕：(想了想) 嗳。(微笑) 可惜有一个条件不合：纬苓并不爱我。我要是你，我一定追求她。

文：什么？

榕：(突然发现自己失言) 糟糕，一不小心，给说漏了。

文：你刚才说什么，我还是不明白。

榕：你这傻子，纬苓爱你，你一点都不知道？

文：（诧笑）别胡说八道。

榕：真的。谁骗你。

文：我不信。

榕：你不信，你追求她试试。

文：（着急）嘘！她来了！

（苓易便装入。）

苓：表哥，你的胳膊怎么样？疼得厉害么？

榕：好多了。

（文微张着嘴，呆呆地望着她，眼光中充满了惊异猜疑与窘意。）

苓：（向文微笑）你们后来还是上青山饭店去了？

文：（窘）嗳。没跳舞，跟何教授去喝酒。

苓：何教授呢？

文：他喝醉了，去睡了。

苓：你喝醉没有？要不要吃点水果？

榕：吃点水果吧。我去给你拿。（出）

（寂寞片刻。文踟蹰不安。）

文：纬苓。

苓：嗯？

文：（徐徐地从沙发后面兜过来，向她走来）今天真对不起，没陪你去跳舞。

苓：没关系。我根本也不爱跳舞，不过是凑热闹。

（寂静片刻。）

文：纬苓。

苓：嗯？

文：没什么。（惘惘地走了开去，绕室而行）刚才我们回来的时候，像要下雨似的。

苓：是吗？我希望明天别下雨。

（静默。文自袋中取出香烟匣。）

文：（突然作了一个决定，旋过身来向苓）纬苓，我有句话想跟你说——（他正打开了烟匣，一旋身，香烟全部散落在地）

（苓笑，蹲下去帮他拾。文也蹲下来拾。文突然凑上去像要吻她。）

第卅三场

景：饭厅

（榕走到长条柜前，拿起一只大水晶碗，内盛各色水果。榕正要离室，芳入。）

芳：（温柔地）表哥。

榕：（震惊，力自镇静）你还没睡？

芳：我有话跟你说。

榕：不早了，我得去睡了。（急趋出，但她紧紧拉住他的手臂）

芳：我刚才告诉你的话，你大概不相信。

榕：（焦急地四顾求援）不相信。

芳：（安静而悲哀）我知道你不会相信。可是不管你信不信，我得告诉你——

榕：（狂乱地挣脱手臂，急趋室之另一隅）有话明天再说。

芳：表哥，我除了你从来没爱过别人。我跟别人好都是假的，都是为了想叫你妒忌。

榕：可惜我一点也不吃醋。

芳：(走开)我知道你看不起我。(苦笑)想想也真可笑，我说假话人家倒相信，这一次我倒是说真心话，人家倒不相信。

榕：谁叫你扯谎扯得太多了。活该，自作自受。

芳：(悲哀地)好，我走了。明天见。(在门口旋过身来)我爱你。我从小就爱你。

榕：(冷笑)得了得了。

芳：我永远爱你。

榕：(低声诅咒)这鬼丫头。(终于不克自持，走到她跟前热烈地拥抱她)

芳：(狂喜)表哥，你说呀。

榕：(仍想闪避腾挪)说什么？

芳：说你爱我。

榕：(废然走开)非说不可？——咳！(绝望地大喊)我——爱——你！

芳：(狂喜)表哥！

榕：(悲愤地)你这总该满意了吧？(拿起水果夺门而出)

(芳面上现出胜利的微笑。)

第卅四场

景：客室

（榕持水果入，正撞见文吻苓。榕急退出。苓与文均不觉。
（苓用力推开了文。她惊疑，惶惑，心乱。文也不解苓何以并不欢迎他吻她。）

苓：你真是喝醉了。
（文不语。
（榕在门外咳了声嗽，缓缓踱进来。文急起立。）
榕：吃水果。
文：（自碗内取一苹果）我去睡了。明儿见。（出）
榕：他怎么了？
苓：他刚才非常奇怪。
榕：哦？
苓：他是不是喝酒喝多了？
榕：（在片刻的沉默后）一定是因为我告诉了他。
苓：（恐慌）表哥，你告诉他了？说我爱他？
榕：你别生气。
苓：我真生气！表哥你真是！这以后他看见我一定非常窘，简直怕看见我。
榕：不要紧，明天我再跟他解释，就说我是扯谎，跟他闹着玩的。
苓：得了，越解释越糟。你害得我还不够！
榕：（颓丧地）别骂我了，纬苓。我已经够倒楣的。
苓：你怎么了？
榕：（烦躁地踱来踱去）纬芳说她爱我。
苓：你呢？
榕：我一直爱她的。

苓：那还不好么？你发什么愁？

榕：你想想，要是娶她这么个太太，我这一辈子算完了。我写小说怎么养得活她？为了我的前途，我的理想，我非逃走不可。

苓：你逃到哪儿去？自己亲戚，还能一辈子不见面？

榕：我一回到城里，马上买飞机票上仰光去。

苓：上仰光去干吗？

榕：去做和尚去。

（画面上角出现一个圆圈，圈内另一个榕已剃光头，风吹着他淡橙黄的袈裟，赤着脚在仰光的金顶佛寺前徘徊，面色平静，耀眼的热带阳光使他眯着眼睛。）

榕：纬苓，明天早上我要是走得早，见不到你，我先跟你辞行了。

苓：表哥，（一只手搁在他肩上）我想，她倒许是真爱你。

榕：（痛苦地）得了，别说了。（转身出。上方的圆圈缓缓相随。出至户外，树枝横斜划过圆圈。树的黑色剪影随即遮没了它。它再出现的时候，已是一轮大半满的淡橙黄的月亮。榕凄然望月）

第卅五场

景：穿堂

（次晨。榕的房门悄悄地开了一线。文探头出来张望了一下，向里面点头招手。榕拎着一只皮箱踮手踮脚走出来。文在前开路。

（文推开大门向走廊上张望。见芳抱着胳膊倚在柱上。）
文：（轻声向榕）当心，当心！纬芳在这儿。
（榕抛下皮箱奔回卧室，砰然关上房门，下了锁。）
文：（代他拎起皮箱，耐心地敲门）嗳，你出来，出来，没关系。有我在这儿。

第卅六场

景：走廊

（芳倚柱立。榕硬着头皮拎皮箱出，文跟在后面。）
芳：（拦路）表哥，你怎么忽然要走了？
榕：嗳，我有点事，得赶紧回去。
芳：（向文）文炳，请你走开一会，让我跟表哥说两句话。
（文抱着胳膊屹立，不答。）
榕：你有话尽管当着文炳说，没关系。
芳：我不能当着人说。
榕：那你就别说。
芳：（沉默了一会）好吧。我也没什么可说的。你要走我也不拦你。我知道你是要躲开我。（泣然）
榕：（稍稍软化）好在你很快就会忘了我。
芳：我是永远忘不了你的。你有空就写信给我。
榕：（软化）好，一定写信给你。一天写一封都行。
芳：表哥，我想——（手搭在他肩上，仰脸望着他）最后一次了——

我想跟你说再会。
　　（很长的静默。榕的脸上现出内心的挣扎。）
榕：（猝然）文炳，你走开。
　　（文屹立不动。）
榕：你走开，文炳。
　　（文只当听不见。）
榕：（威吓地向他逼近一步）你走不走？
文：（缓缓地）你理智一点，理智一点。
　　（榕瞪眼望着他，逐渐恢复自制力。）
榕：多谢你提醒我。（拿起箱子走下台阶。文跟在后面）
　　（芳自知失败，赌气一扭身走了进去。）

第卅七场

景：汽车间外

　　（车间门大开。内空。文偕榕走来，向内张了张，工役持浇水橡皮管走过。）
榕：（唤住工役）嗳，你们的汽车呢？
工：老爷坐出去了。今儿一早就上飞机场去。
榕：（向文）噢，去接王寿南的儿子。
　　（工役走了过去。）
文：（低声向榕）恭喜恭喜，你的替身来了。人家有了王寿南的儿子，还要你吗？

（榕苦笑。）

第卅八场

景：饭厅

（苓正吃早饭。芳坐在她对面，怔怔地用茶匙搅着红茶。）

苓：（冷嘲地）你还不去打扮打扮，预备招待贵客。有了王寿南的儿子，表哥就是在这儿，你也没工夫理他。

芳：姐姐你也学坏了，这张嘴真讨人嫌。（故意地）文炳呢？怎么不来吃早饭？

苓：我没看见他。

芳：我想想真有点对不起文炳，得好好地安慰安慰他。

苓：（吃惊）怎么，你又看上文炳了？

芳：（甜笑）还是文炳好。姐姐你看中的人准没错。

（起，离室。

（苓忧虑，食不下咽。

（文入，见苓，窘甚。）

苓：（若无其事）表哥走了？

文：还没走。等汽车呢。

苓：（起）我去送送他。

文：纬苓，我要跟你道歉。昨天晚上真是喝醉了。

（苓低头无语。）

文：也都是你表哥不好，无缘无故跟我捣乱。他告诉我——（干笑）

我真有点说不出口——太荒唐了。他说你自从第一次见面就爱上了我。（笑）
苓：（低声）表哥真是胡闹。
文：我要不是酒喝多了，也决不会相信他。（笑）当时我就觉得奇怪，你并没说，"好容易有今天这一天！"
苓：要是那时候我说，"好容易有今天这一天！"你怎么着？
文：那我大概会说，"我一直爱着你，自己都不知道。"
苓：不会不会，你不会这么说的。
文：（抱歉地）不，昨天晚上我是有点神经错乱，因为受了点刺激。
苓：（安静地）你今天不神经错乱吧？
文：（笑）不，不，你不用害怕。现在我完全好了。
苓：以后你也不会再神经错乱？
文：不会，绝对没这危险。你放心。
苓：（自长条柜上取酒一瓶，酒杯一只）要是你现在又喝醉了，要是我又告诉你我表哥说的都是真话，那你会不会又像昨天一样？
文：（抑制住感情）那说不定。我不敢担保。
　　（苓开瓶倒酒，文走到她背后抱着她，吻她的脸。酒汩汩地从杯中溢出，汪在桌上，流下地去。）
苓：好容易有今天这一天！
文：我一直爱着你，自己都不知道。

第卅九场

景：走廊

（叶太太立大门前等候。二男佣二女佣左右侍立。）
叶太：（紧张地）大小姐呢？——叫二小姐快下来。
女佣甲：噢。（去）
叶太：表少爷走了没有？请他来帮着招待。
男佣甲：噢。（去）
叶太：飞机上不知吃过早饭没有？叫他们马上预备开饭。
女佣乙：噢。（去）
叶太：多叫几个人来搬行李。
男佣乙：噢。（去）
（芳盛妆出。）
叶太：嗳，纬芳，快来！他们来了！来了！
（母女并立廊上欢迎，芳立母右。榕来，立叶太左。苓在榕背后出现，榕让出地方，苓立母与榕之间。
（汽车驶到门前停下。司机下车开门，叶经理下车。一个十一二岁的男孩跟着下车，吮着一根棒糖，东张西望。
（男佣率工役数人自车上搬下行李。）
叶经理：（牵孩上阶）到了这儿，就像自己家里一样，可千万别客气。
叶太：路上辛苦了吧？累不累？
叶经理：（向叶太）这是我们董事长的少爷。
叶太：欢迎欢迎。快进来歇歇。
（众簇拥孩进屋，工役拎行李后随。

（榕与芳目光接触，榕突然狂奔下阶，跳上汽车，开动马达。
（但芳已追了上来，跳入后座。
（榕听见后面砰然一声关上门，知已不及脱逃，颓然，两手仍按在车盘上。马达声停止。喇叭声大作，代表他心境的焦灼紊乱。
（芳伏在前座靠背上，笑着搂住他的脖子。
（喇叭声化为乐队小喇叭独奏，终融入欢快的音乐。）

剧终

* 国际电影懋业有限公司油印本，题《情战》（据此所摄影片《情场如战场》于一九五七年五月公映）。收入一九八三年六月台北皇冠文化出版有限公司《惘然记》，题《情场如战场》。

桃花运

人物

杨福生——饭馆主人，四十多岁，过去是厨房大师傅，相当老实

瑞菁——杨妻，卅余岁，是个贤慧的妻子，极聪敏

丁香——女歌手，廿多岁，艳丽活泼，惟近做作

陈乃兴——小职员，貌英俊，服装近飞型，且稍形褴褛，廿多岁

徐小姐——女管账

陶先生——杨友，汽车商

一号——侍应生，老油子，跟随杨夫妇多年，关系特深，极爱管闲事

二号——侍应生

三号——侍应生

四号——侍应生

五号——侍应生

六号——侍应生

小王——音乐队指挥

小李——乐师

好莱坞女明星——近四十岁

范先生——影片公司代理人

乐队甲

乐队乙

讨饭女孩
剪彩揭幕女明星××小姐,×××小姐
宾客六十人

第一场

外景:热闹马路
时间:下午
人物:丁香、行乞老妪、来往行人

F.I.
 1 F.S.（老妪在街道行乞,丁香手抱乐谱走入给老妪一毫钱,急匆匆踏上停在路旁的"的士"。）
 2 S.C.（丁香坐上的士,对司机说。）
丁香:到快富街新开的贵妃酒家。
 （车即开动。）

              D.O.

第二场

外景:香港,九龙全景

时间：下午

人物：

1　L.S.（香港九龙全景及不同式样的街道。）

2　L.S.（街道。）

3　L.S.（街道。）

4　L.S.（街道。）

5　L.S.（街道。）

6　L.S.（街道。）

7　L.S.（街道。）

8　L.S.（街道。）

9　L.S.（街道。）

10　L.S.（街道。）

11　L.S.（街道。）

12　L.S.（街道。）

（叠印片头字幕。）

D.O.

第三场

内外景：贵妃酒家门口及街道

时间：下午

人物：杨福生，瑞菁，丁香，一号Boy，来往行人男女二十人，男女小孩六七人

D.I.

1 L.S.（贵妃酒家门口花篮堆积如山，豪华的建筑，一连几家门面，檐下悬挂一排宫灯。[镜头推向招牌]贵妃酒家四个霓虹灯字，另一霓虹灯大招牌一直高到楼顶。老板杨福生在门口忙着指挥工友们装修。）

2 S.C.（福生指挥工友们装修，挂灯，抹窗，自己也卷起袖子帮着忙。）

3 S.L.（一号Boy又捧着一只特大花篮自门内走出，但花篮太挤，他就放在布告牌上丁香照片框的前面，整个挡住了照片。）

4 S.L.（福生看见忙叫住一号Boy。）

福生：一号，你怎么放在这儿呢，不是整个挡住了吗？

（边说边自己动手搬动，重新又把布告牌框搬搬正。）

5 C.U.（布告牌："贵妃酒家，音乐宵夜，青春歌后丁香小姐长驻献唱。"

（框内，丁香穿着露胸晚礼服的照片。）

6 C.U.（福生注视照片，发了呆。）

7 S.C.（一号Boy见福生看照片出了神，甚感惊异。）

8 C.U.（福生对丁香照片出神。）

O.S.丁香：杨老板。

（福生吃惊，以为照片发出声音。）

丁香：杨先生！

（福生才惊醒四顾。[PAN]丁香本人抱着乐谱在他背后向他微笑。）

丁香：（娇笑）对不起，吓了你一跳。

　　9　M.S.（福生有点窘，迷惘地一时说不出话来。）

福生：没有，没有。进来坐，进来坐。

　　（边说边招待丁香入店内。）

　　（PAN 一号 Boy 注视着他们俩。）

C.O.

第四场

内景：贵妃酒家广厅（华美的宫殿式广厅）

时间：下午

人物：福生，丁香，瑞菁，一号 Boy，小王（乐队指挥），小李（乐师），音乐队二人，工友二人，二号、三号、四号、五号、六号 Boy，陶先生，管账徐小姐

C.I.

　　1　S.L.（福生领丁香入内。）

丁香：乐队到齐了没有？我想练习练习两支新歌。

福生：嗳，（对音乐台 [镜头成 L.S.PAN 摄]）小李，你们人到齐了没有？人家丁小姐已经来了。

　　（广厅内见到工友们仍在赶着工作，Boy 们布置桌椅。）

　　（福生妻瑞菁在账台上和管账徐小姐在整理发票账单。）

　　（音乐台上，小李和二位音乐师正调弦检视乐谱。）

　　2　S.L.（小李手持乐器由音乐台上迎上来，到福生面前。）

小李：人都来了，就只有小王不知跑哪儿去了。

（丁香听了不悦。）

丁香：这些人就是不守时间，（看表）我还得赶场子去呢。

福生：丁小姐，我来给你介绍。

（边说边走向账台。）

福生：瑞菁！

（瑞菁忙放下发票迎上。）

福生：这是我太太，这就是丁小姐。

3　S.C.（瑞菁微笑点头。）

瑞菁：丁小姐。

4　M.S.（丁香微笑恭维地。

（见瑞菁背。）

丁香：常常听人说起，都说杨太太人缘好。

福生：开饭馆子的，也就是靠个人缘。

5　F.S.（乐师小王匆匆携提琴赶入，奔向音乐台。）

小李：丁小姐，小王来了！

6　S.L.（丁香客气地。）

丁香：有两支新歌要跟他们练习练习，临时钻锅，怕今天晚上准得出丑。

瑞菁：丁小姐真客气。

（丁香挟乐谱上台。乐师调整乐器。）

7　S.L.（福生热心地走到工友前吆喝。）

福生：嗳，轻点儿，人家乐队演习哪！

（工友们为了赶工作，还是不理。福生大声喝止。）

福生：轻点，当当当的。

（工友即用力将工具"砰"地放下。瑞菁忙上前调解。）

瑞菁：大家先休息休息吧，抽支香烟。

（边说边递烟给工友。）

8　S.L.（乐队开始演奏。

（丁香唱歌［推成S.C.］。）

9　M.S.（福生听得出神，抱着胳膊走到柱旁，得意地按着拍子。）

10　M.S.（一号Boy在轻轻整理桌椅，看看福生，又偷眼看瑞菁。）

11　M.S.（瑞菁在账台上理单据，似未注意。）

12　M.S.（丁香一面唱着，瞟了福生一眼。）

13　M.S.（福生受宠微笑。）

14　M.S.（丁香又对他微微一笑。）

15　S.C.（福生更倾倒。）

16　M.S.（一号Boy为瑞菁不平，故意将椅大声放下。）

17　M.S.（福生忙轻轻喝止。）

福生：一号……

18　F.S.（杨友陶君推门入，见在练歌，即放轻脚步站立不动，便对瑞菁点头招呼。）

19　S.C.（瑞菁向他点头微笑，便转身向福生。）

瑞菁：陶先生来了！

20　S.C.（福生没有听见，正在听得出神。）

21　S.C.（瑞菁生气大声地。）

瑞菁：陶先生来了！

22　M.S.（福生才被惊醒，但轻轻地不敢打扰丁香的唱歌。）

福生：唔，——咦，老陶，来来，进来坐。

（边说边迎上老陶。

（老陶亦迎上。）

老陶：恭喜恭喜，你们是不是今天晚上开幕？

福生：嗳，坐坐。

  23 M.S.（瑞菁走到一号 Boy 前。）

瑞菁：上厨房去看看有什么点心，拿两样出来。

一号：是。

（瑞菁又转身招待老陶。）

老陶：杨太太，千万别费事，我还上别处去。

瑞菁：晚上可一定来，请你吃饭。

老陶：一定来，一定来。

（老陶游目四顾［拉成 S.L.］。）

老陶：布置得真好！

（又看看台上唱歌的丁香。[PAN] 丁香在练习。）

  24 M.S.（丁香在练习，连唱带做。）

  25 S.L.（福生得意地对老陶夸耀。）

福生：唱得不错吧？

老陶：人也漂亮。

瑞菁：咦！陶先生你看不出，（瞟了福生一眼）她做工也不错呀！

  26 S.C.（福生忘形地。）

福生：我在月华楼听她唱，我就说，我要不就不请女歌手，要请就非她不可。

O.S. 老陶：我走了。

福生：坐会儿吗？

153

27 S.L.（老陶告辞。）

老陶：晚上多带几个朋友来捧场。

福生
瑞菁：谢谢！谢谢！

（PAN 送出门口。）

C.O.

第五场

内外景：贵妃酒家门口及街道

时间：下午

人物：瑞菁，福生，老陶，老陶的汽车司机，来往行人男女二十人，男女小孩六七人

C.I.

1 L.S.（福生夫妇送老陶出门，福生见门口停着汽车。）

福生：你这部车子是新买的？

老陶：你们要不要买车？去年的林肯牌，全新的，很便宜。

2 M.S.（福生羡慕地，又怕瑞菁不肯。）

福生：我们就住在这楼上，汽车根本用不着。

老陶：你们为什么不另外找房子住呢？住在饭馆子楼上多不像话！

福生：那你得问我太太了。

3 S.C.（瑞菁忙解释。）

瑞菁：我就是图这儿交通方便。

  4　S.C.（老陶完全生意经地。）

老陶：交通方便？难道你杨太太出去应酬，还去挤电车公共汽车？漂亮衣裳都得挤坏了。

  5　M.S.（福生乘机而入。）

福生：漂亮的衣裳她根本舍不得穿。

瑞菁：你就说得我那么孤寒。

福生：她就是不会花钱，给她钱也不会花！

  6　S.L.（老陶笑着挥手告别。）

老陶：晚上见！晚上见！

  （老陶上车驶去。）

  7　M.S.（瑞菁有点生气对福生说。）

瑞菁：你别老对人家说我孤寒，人家还真当我孤寒呢。

福生：我说着玩的。

瑞菁：我向来省在我自己身上，可没省在你身上。

  （说完便扭转入内，福生忙拉住她的手臂。

  （福生微觉诧异，陪笑地。）

福生：你今天怎么回事，真生气了？

  （瑞菁一扭身要进去，却又回眸微笑。四目相视，她刚才积累的不愉快，都消失了。

  （卖报的呼声。）

福生：买份晚报，看看我们的广告怎么登的。买报！

  8　S.L.（报童急奔来递份报纸给福生，瑞菁抢住接过来看。）

  9　M.S.（福生与瑞菁争看，瑞菁兴奋地指着。）

瑞菁：在这儿。

10 C.U.（报上广告。）

"贵妃酒家谨订于今夕七时开始营业，特请××小姐剪彩，×××小姐揭幕。"

C.O.

第六场

内景：贵妃酒家广厅

时间：晚上

人物：福生，瑞菁，一号Boy，丁香，小王，小李，乐师二人，老陶、徐小姐，Boy四人，宾客男女百余人，××小姐，×××小姐，摄影记者四人

C.I.

1 L.S.（广厅内，客满，热闹，人嘈杂。门外汽车声不息。

（音乐台旁堆满花篮。

（福生瑞菁忙着招待客人。

（Boy们忙着领位，点菜。

（福生走上音乐台，立刻一片掌声。）

2 M.S.（福生满面春光，对台下客宾们报告。）

福生：现在我们请××小姐×××小姐，剪彩揭幕。

（说完又引起一片掌声。）

3 S.L.（瑞菁招待××小姐×××小姐上台。

（全场掌声不息。

(镜头推××小姐×××小姐剪彩,后二人拉开音乐台绒幕。(镁光灯闪闪不停。)

4 L.S.(全场掌声不止,二位小姐揭幕后,又有二位男女小孩献花。场面显得非常热闹。)

C.O.

第七场

外景:尖沙咀大钟
时间:夜十二时

C.I.

1 S.C.(大钟打着十二时正。)

C.O.

第八场

内外景:贵妃酒家门口
时间:夜十二时正
人物:丁香、陈乃兴、要饭小女孩

C.I.

1 F.S.(贵妃酒家门口,停了几辆汽车,内传出乐声悠扬,丁香正在唱歌，已近尾声。小职员陈乃兴在门前一个人踱来踱去。一个要饭的小女孩跟着他要钱。）

2 S.C.（陈乃兴不耐烦地来往踱着。）

3 S.C.（要饭的小女孩见他不给，便顺手在花篮里摘了一朵花递给乃兴。[镜头成S.L.] 乃兴接花，给女孩一毫子，女孩才奔去。）

4 S.C.（陈乃兴看看半萎的花，嗅着。）

5 S.L.（丁香由门内出，见乃兴即走上。）

丁香：我就猜着你一定在外边等我，怎么不进去？

6 M.S.（乃兴笑了笑不答，丁香亲热地挽着他的手臂同行。）

丁香：你等了多少时候了？

乃兴：不送你回家，我总觉得不放心。

7 S.C.（丁香娇笑。）

丁香：你不放心我？（笑）多少人要送我回去，都被我拒绝了。

（乃兴苦笑不语，随手把一朵半萎的花给她。丁香把头靠在他的肩上，两人渐渐走远。）

F.O.

第九场

内景：贵妃酒家广厅

时间：晚上十一时后

人物：丁香，陈乃兴，杨福生，瑞菁，管账徐小姐，一号、二号、三号、四号、五号、六号Boy，宾客夫妇，宾客男女六十人，音乐师

小王，小李及乐师二人

F.I.

    1 S.C.（小王拉着提琴 [拉开成F.S.]。

（丁香在台上唱着歌 [PAN]。

（宵夜吃客甚多。）

    2 M.S.（丁香唱着歌。）

    3 M.S.（陈乃兴据一桌，凝神听着。）

    4 S.L.（福生立账台前，与管账徐小姐谈话。）

福生：八号桌子是报馆里的朋友，不用开账，我们请客。

（福生又看了看陈乃兴。）

    5 S.L.（陈乃兴听着歌声，又喝了一口茶。）

    6 M.S.（福生气愤地。）

福生：一杯清茶喝了两个钟头了，都变了白开水了，还喝！

徐小姐：那是丁小姐的朋友，天天来接她一块儿去。

（福生闻语刺心。）

福生：一坐就是两三个钟头，占着我们一张桌子。

    7 S.C.（徐小姐微笑地。）

徐小姐：丁香小姐不走，他是不肯走的。大家都在打听，几时吃他们的喜酒呢！

    8 M.S.（福生听了更刺激 [见徐小姐背]。）

福生：徐小姐，开账单！清茶，一块钱，加捐一块五毛。

    9 S.L.（丁香在台上唱着歌。）

    10 S.C.（乃兴全神灌在丁香身上。）

    11 S.L.（瑞菁招待一对夫妇入座，四号Boy跟着侍候。）

女客：杨太太，有什么好点心，给介绍两样。

  12 M.S.（瑞菁殷勤招待。）

瑞菁：枣泥锅饼，荠菜春卷，好不好？这两天荠菜正上市。

  13 S.L.（男客边坐边说。）

男客：好，再给我们来客汤面饺。

  （四号写下菜单去。）

瑞菁：你们请坐，不陪你们啦！

  （边说边跟上四号Boy。）

  14 S.L.（四号Boy正上账台去，被瑞菁叫阻。）

  15 S.C.（瑞菁对四号说。）

瑞菁：你给丁小姐的朋友也送一份去，春卷、锅饼，告诉他这是敬菜，是我们一点小意思，请他不用客气。

四号：是……

  （四号边走边开菜单。）

  16 S.L.（一号走到陈乃兴前，送上账单。）

  17 M.S.（乃兴持账单看，脸色由诧异转为愤怒。）

  18 M.S.（一号Boy在旁立候。）

  19 S.L.（乃兴终于没说什么，掏钱付账。[PAN]一号取钱去交账，也正好四号Boy送点心[PAN]到乃兴桌上放下。）

  20 M.S.（乃兴诧异。）

乃兴：我没有叫过点心呀！

  21 M.S.（四号Boy很客气地［见乃兴背］。）

四号：这是敬菜，一点小意思，请您别客气，丁小姐的朋友，我们应当有点表示。

  22 M.S.（乃兴稍为溶化。）

乃兴：你们太客气了，点心请你拿回去，我不饿！

23 S.L.（四号Boy指着点心。）

四号：您随便吃点，这是一点小意思。

（说完即离去。）

24 M.S.（乃兴即取筷吃点心。）

25 S.L.（一号Boy送还找的钱，到乃兴桌上，诧异，急又回去报告。[PAN]至中途，又回头看看桌上点心。）

26 S.C.（桌上点心、春卷、锅饼。[PAN]乃兴吃锅饼，因太热，烫了一下嘴唇。）

27 M.S.（一号Boy急忙转身报告福生。）

28 M.S.（一号对福生用下额指乃兴。）

一号：又点了锅饼、春卷。

（福生瞠目看乃兴处。）

29 S.L.（乃兴吃了锅饼又吃春卷。）

30 M.S.（福生怒极，[PAN]到账台对徐小姐大声说。）

福生：徐小姐，开账！锅饼一客，春卷一客。

31 M.S.（徐小姐开好账单，交福生。福生交给一号Boy。）

福生：拿去给他。

一号：是……

（一号奉了命令似的直奔乃兴桌去。）

32 S.L.（一号到乃兴桌，送上账单。）

（乃兴愤怒地放下筷子。）

乃兴：咦！这是敬菜，怎么又开账单给我？

一号：敬菜……

（回头看看福生。）

33　S.L.（福生煞气腾腾踱了过来，立在一号背后不远。（一号态度立即硬化。）

一号：先生，敬菜，我们这儿没有这规矩。

乃兴：奇怪，刚才明明是你们饭馆请客。

34　S.C.（乃兴继续说。）

乃兴：因为我是丁小姐的朋友，叫他拿回去，一定不肯。谁要吃点心，我根本不饿。

35　M.S.（一号 Boy 看了看桌上点心。）

36　C.U.（桌上两只空碟。）

37　S.L.（一号 Boy 见，一笑。）

一号：还不饿……

（乃兴窘。）

38　S.C.（福生也冷笑一声。）

39　S.L.（一号 Boy 轻飘地。）

一号：那么这笔账还是记在丁小姐账上，还是现付，您说一声，好让我去交账。

乃兴：你们做生意不是这么做法的！（大声）我找你们老板说话！

（乃兴一回头见福生立旁，威胁的脸色。）

福生：我就是老板。

（乃兴气馁。

（一号 Boy 轻飘地。）

一号：好吧，好吧，您找我们老板说话吧！

（乃兴一语不发，掏出钱来付了账，匆匆走了出去。）

40　S.L.（福生向一号说。）

福生：打算白吃，还好意思说是丁小姐的朋友，这不是侮辱丁小姐！

（一号摇头作慨叹状，持钱到账台去交账，二号来收拾碗碟。）

　　41　S.L.（五号Boy走到福生前。）

五号：杨先生，您电话。

（福生随五号去。）

　　42　M.S.（一号Boy交账毕，走到三号Boy前轻轻说话。）

一号：你看见没有？老板的醋劲可真大！

三号：怎么？我摸不清是怎么回事。

一号：还不是为了那位小娘儿们！

三号：她跟老板有一手？

一号：没有那么容易。(摇头)嘿！这小娘儿们，真有一手，一会儿冷，一会儿热，一会儿是狐狸精一会儿又假正经，等你死了心了，她又来逗你一下，老板怎么不让她迷昏了！

三号：老板娘知道不知道？

一号：老板娘贤慧，也不知道她是真不知道还是假不知道！

（三号拍了一下一号肩。）

三号：你反正什么都知道！

（一号见丁香走来，忙阻止三号说话。

（丁香从他们背后走过，大衣搭在肩上。）

　　43　S.L.（福生自另一方向迎上前来。）

福生：丁小姐辛苦了！

　　44　C.U.（丁香媚笑着。）

丁香：您干什么这么客气?!

　　45　S.C.（福生心虚地四面看了看，证明妻子不在。）

福生：丁小姐，你回去之前，我有两句话跟你说，（再四顾一下）请到这边来坐。

46 S.L.（福生领丁香在一柱后一张桌坐下。）

47 M.S.（福生色迷迷地轻轻对丁香说。）

福生：想跟你谈下个月的公事，这儿简直就没机会跟你说话。明天请你吃饭，好不好？找个清静的地方谈谈。

48 S.C.（丁香微笑着。）

丁香：明天不巧，我得去唱片公司灌片子，完了又得赶场子。

49 S.C.（福生苦笑地。）

福生：说我忙，丁小姐比我更忙，那么……

50 M.S.（福生边说边在衣袋内掏出一小盒，又四顾一下，便轻轻对丁香说。）

福生：这是我一点小意思，希望你留着做个纪念。

（边说边打开小盒。）

51 C.U.（小盒是一只钻石别针。）

52 C.U.（丁香见了知福生来意。）

丁香：这我不能接受。（低声）你的这番好意，我也没法接受。

53 S.C.（福生闻言，沉默了一会之后。）

福生：为什么？

54 S.C.（丁香凑近一点，轻轻地告诉福生。）

丁香：你已经结了婚，我呢……

55 S.C.（福生紧张地［见丁香侧背］。）

福生：你没结婚……

56 S.C.（丁香还是媚笑地。）

丁香：我订了婚了。

57 M.S.（福生急追问。）

福生：是谁？……就是天天来的那个人？

58　C.U. （丁香一笑低下头去。）

59　M.S. （福生握她的手。）

福生：你爱他？

60　C.U. （丁香看着福生半晌轻轻地说。）

丁香：他爱我！

61　M.S. （福生仍握住她的手〔见丁香背〕。）

福生：那么你不爱他？

62　S.L. （丁香突然挣脱他的手，站了起来。）

丁香：不要你管！

（她匆匆走了，〔PAN〕走过一号Boy面前，一号已经早在注意他俩的说话。）

63　M.S. （福生还坐那里发楞。）

64　S.L. （一号忽见瑞菁来，急抹桌，整理花瓶菜单，作忙碌状。（PAN 瑞菁走过到福生面前。）

瑞菁：报馆里的人快走了，你去敷衍敷衍。（见桌上钻石别针）这是哪儿来的？

65　S.C. （福生惊惶。）

福生：不知道是谁丢在这儿的。

66　M.S. （瑞菁取别针看，心里有点怀疑。）

瑞菁：谁这么粗心，金钢钻别针装在盒子里会丢了！

67　M.S. （一号见状替福生担心，突然灵机一动，忙走到瑞菁前，匆忙地。）

一号：刚才这桌上有个客人忘了个别针，（作搜寻状）我看看地下有没有。

（福生愕然。）

165

福生：什么？

　　（一号见瑞菁手中小盒。）

一号：呵，杨太太您拣了，就是这个是不是？

　　（边说边伸手来接。）

　　68　M.S.（瑞菁不给［见福生与一号背］。）

瑞菁：什么别针？看他说得对不对。

　　（她在说话时瞟了福生一眼）

　　69　M.S.（一号撒谎编词，福生在担心［见瑞菁背］。）

一号：他说是金钢钻别针。他说刚走没一会，一看东西丢了，知道一定是丢在这儿，赶紧回来拿。

瑞菁：人呢？

一号：在汽车里等着呢。

　　70　S.L.（福生以为是丁香在门外，急乘机从瑞菁手中取过别针往外走。）

福生：我拿去给他——

　　（一号嬉皮笑脸地伸出手来。）

一号：杨先生，让我送去，人家一高兴，说不定给我个十块八块小账呢！

　　（福生不理，走向门去。）

　　　　　　　　　　　　　　　　　　C.O.

第十场

内外景：贵妃酒家门口

时间:晚上十二时

人物:福生

C.I.

 1 F.S.(福生兴匆匆走出门外,左右顾路边不见丁香,亦无汽车。)

 2 M.S.(福生微笑,知一号在替自己解围,把别针盒揣入袋中,转身返入。)

C.O.

第十一场

内景:贵妃酒家广厅

时间:晚上十二时

人物:瑞菁,一号Boy,管账徐小姐,二号、三号、四号、五号、六号Boy,宾客夫妇,宾客男女六十人,音乐师小王、小李及乐师二人

C.I.

 1 M.S.(瑞菁仍在原处与一号Boy在谈话[见一号侧背]。)

瑞菁:是男客,还是女客?

 2 M.S.(一号Boy为难地撒着谎,连说带做状。)

一号:女客,年纪不青了,胖胖的……戴着眼镜。

 3 S.L.(福生微笑走到二人面前。)

167

瑞菁：给她拿去了？

福生：嗳！……

瑞菁：你看那人靠得住吗？是什么样的人？

  4 M.S.（福生强笑，撒谎。）

福生：那可没法说，西装笔挺，坐着汽车，我想不会错的。

  5 M.S.（瑞菁微笑了下。）

瑞菁：是男人？

福生：是男人！

瑞菁：你说是女客。

  6 M.S.（一号急得忙又编了谎词。）

一号：没错，丢东西的是女客，同车的是个穿笔挺西装的男人，没错！

  7 S.L.（一号边说边对福生做鬼脸，瑞菁装不注意。）

一号：杨太太，您放心，一点不会错的。

瑞菁：一号！

一号：唔。

瑞菁：你这样会做事，老板要加你工钱了。

  （一号知道她在损他，弄得手足无措。

  （四号入内对福生说。）

四号：杨先生您电话……在经理室。

  （福生忙借机而下。

  （瑞菁对一号笑了笑，也走开。

  （一号也尴尬地笑了笑。）

              C.O.

第十二场

内景:贵妃酒家经理室
时间:晚上十二时后
人物:福生、丁香

C.I.
 1 F.S.——S.C.（福生入经理室,接电话）
福生:喂……是哪位?
O.S.丁香:是我啊……您是杨老板吗?
福生:啊……是丁小姐……
 （福生惊喜交集,心虚地四顾,忙用手盖着听筒下端。）
C.O.

第十三场

内景:丁香卧室
时间:晚上十二时后
人物:丁香、福生

C.I.
 1 F.S.（室内到处都是洋娃娃、荷叶边装饰、小摆设。
（丁香坐在妆台前打电话,一边说话一边对镜做姿态。）

丁香：你没跟我生气吧？……刚才我说的话，我怕你误会，我想跟你解释解释……

  2 S.C.（丁香继续说。）

O.S. 福生：没有误会，没有误会，不过我总想跟你好好谈谈，明天中午我在深水饭店等你好吗？……啊……

 丁香：……好吧，明天中午，在深水饭店……

C.O.

第十四场

外景：深水饭店门前树荫下

时间：下午一时后

人物：丁香，杨福生，一号 Boy，客人男女六人，侍应生一人

C.I.

  1 L.S.（深水饭店外景，客人很少，来往地走着。）

  2 L.S.（饭店门前的海景，海浪一起一伏地滚上沙滩。）

  3 F.S.（热带树 [PAN] 下，布置着十几个餐桌，下临海滩。（丁香与福生坐在蔷薇花棚下一个座位。）

  4 M.S.（福生与丁香正喝着饭后的甜酒。）

丁香：你还不明白？陈乃兴别的好处没有，人还老实。吃我们这行饭的，追求的人虽然多，对我有真心的人很少。

福生：我是真心。

  5 S.C.（丁香瞟了他一眼，可惜地。）

丁香：可是你有太太。

　　6　M.S.（福生真情地［见丁香侧面］。）

福生：她管不了我。你是我的，谁也不能干涉。

丁香：我怎么能是你的？是你什么人？

福生：只要你爱我，我们的事，谁也管不着。

　　7　S.C.（丁香知道福生的意思，便挑逗性地。）

丁香：我爱你又怎么呢？我爱也是白爱，痛苦也是白痛苦，自找苦吃，自作自受！

　　8　M.S.（福生情不自禁，要吻她。）

福生：丁香！……

　　（丁香挣扎不给。）

丁香：你这样我不来了……给人家看见了像什么？

福生：你答应我，别跟他来往。

丁香：你别逼我行不行？

　　（福生又生气地放开她。）

福生：你一定还是爱他？

丁香：我并不爱他，可是他至少还尊敬我。

福生：我不尊敬你？……

　　（边说边用手搂她。）

　　（丁香打他的手。）

丁香：你这是尊敬我？

　　（福生才笑着放了她。）

　　（丁香嘟着嘴。）

丁香：还说尊敬我呢，你完全拿我当个高等妓女，又是送首饰，又是加薪水、分红，打算用钱买我？

福生：你这是什么话？绝对没有这样的心思！

（丁香看表。）

丁香：我要走了，不早了！

（丁香匆匆站起被福生兜过拦住。）

9　S.C.（福生又乘机拉住她的手。）

福生：你不答应我，我就不让你走！

10　（丁香也挑拨地。）

丁香：答应你什么？

11　M.S.（福生心痒痒地笑了笑。）

福生：你别误会，我是要你答应跟陈乃兴马上一刀两断。

（丁香看了看他，不语。）

（福生紧紧地拥抱着她。）

福生：不行，你得答应我！

（丁香微微点了点头。

（福生狂喜，又想吻她，被她推开了。）

丁香：再不走，我得误场了。

福生：好……好，走。（对Boy）账单。

（PAN 丁香穿大衣。

（福生忙帮她穿大衣。）

12　C.U.（大衣上，赫然是那只钻石别针，亮闪闪地别在大衣襟上。）

13　S.C.（丁香看了别针，用手绢抹了下。）

14　S.L.（福生替丁香穿好大衣，一边取钱付账。）

福生：这地方总算还清静，不像我们那儿，连说话都没机会。一号那混账东西，鬼头鬼脑专门爱听人家说话。

（Boy送上账单，福生付账。

（丁香已先走了，福生忙跟上。

（PAN另一桌，一个带着假发的一号Boy正在偷听他们的说话。）

15 S.L.（福生追上丁香，正想挽着她走，她突发现了海滩。）

丁香：你看，那儿多好玩！（边说边奔去，福生又急忙追上）

16 L.S.（海滩，丁香奔入，脱了鞋，奔向海水。）

17 S.L.（福生追上，见鞋，忙代拾起追上。）

18 S.L.（丁香玩着海浪，跟着海浪一起一伏地来回奔跑。）

19 S.L.（福生见她玩得高兴，自己也兴奋地，提着皮鞋参加一起玩。）

F.O.

第十五场

内景：贵妃酒家广厅

时间：下午七时后

人物：丁香，陈乃兴，杨福生，瑞菁，一号、二号、三号、四号、五号、六号Boy，徐小姐，宾客六十人，乐师小王，小李及乐师二人，好莱坞女明星，范先生，新闻记者四人

F.I.

1 M.S.（丁香与陈乃兴对坐，丁香沉着脸吸烟。）

乃兴：你老像是有心事。

丁香：我替你想想实在发愁，一点打算都没有。

   2 S.C.（丁香抽口烟，瞟了乃兴一眼。）

丁香：当个小职员，吃不饱，饿不死。你想，将来我们结了婚，怎么办？

   3 S.C.（乃兴反驳［见丁香侧面］。）

乃兴：我穷，并不是今天才穷的。

丁香：穷不要紧，就怕没有志气。上次你气烘烘地告诉我，这贵妃酒家欺负人，下次无论如何不来了，怎么又来了呢？

乃兴：（愕然）不是你说，别理他们，你来好了。

丁香：别又推在我身上，你反正就知道一天到晚死钉着我，别的什么都不在乎。

乃兴：你这是存心找事跟我吵架……我知道，你爱上了别人，这个人有钱是不是？

   4 C.U.（丁香气他不争气，靠下椅背，白他一眼。）

丁香：又瞎疑心！就是知道吃醋，我是爱钱的人吗？

   5 S.L.（瑞菁与福生来晚饭，在靠墙角一张桌子坐下。

（四号送上饭菜。

（福生看见丁香与乃兴坐在一起。）

   6 S.L.（丁香与乃兴坐在一起，还在轻轻地争论。）

   7 S.C.（福生见状不悦。）

   8 M.S.（瑞菁不觉，坐下吃饭。）

   9 S.L.（瑞菁持筷用饭。）

瑞菁：今天的菜还不错。

   （福生忙掩饰他的妒愤，举筷用饭。）

   10 M.S.（丁香见福生在生气，即故意对乃兴态度突然一变而为柔情蜜意。）

丁香：你瘦了。

（边说边用手摸乃兴的脸。

（乃兴情不自禁地握住她的手吻着。）

  11 S.C.（福生见了刺激，脸色也变了，用力扒饭，也不吃菜。）

  12 M.S.（瑞菁看了他一眼，不介意地拣一筷菜给他。）

福生：你吃呢……

瑞菁：多吃点菜营养营养，这两天好像你瘦了。

（福生听了，吓得一口饭几乎哽着喉咙。）

瑞菁：快喝口汤。

（此时，饭店内忽然一阵骚动，瑞菁向门方向看去。）

  13 L.S.（一群男女簇拥着一个艳装的好莱坞女明星进来。

（后面跟着新闻记者，摄影记者。他们拣了张桌坐下，记者们四面围定。）

  14 S.L.（一号张惶地跑到福生夫妇报告。）

一号：杨先生！杨先生！听说那是好莱坞的女明星，特为到我们这儿来吃中国菜的。

（福生夫妇忙放下饭碗上前去招呼。）

  15 S.L.（丁香与乃兴也在注意。丁香立起到盥洗室去。）

丁香：你坐一会，我就来。

（言毕 [PAN] 到盥洗室去。）

  16 S.L.（福生与瑞菁正到明星桌上去。福生见丁香走，即站住注视，见瑞菁已不在，即偷偷赶上丁香去。）

  17 S.L.（福生赶到盥洗室，见丁香已入内，只得在室外等候。）

  18 F.S.（大家忙着争看好莱坞明星，把张桌子围得水泄不通。

（摄影记者忙着拍照。）

19　S.L.（瑞菁招待着，范先生介绍与明星握手，一号端上好几样点心。）

一号：来……先请吃点我们中国点心。

（边说边靠紧女明星，此时正镁光灯闪闪地拍几张，一号还做足端菜姿势，拍完非常得意。）

范：哈……跑堂的居然也会抢镜头……

（大家哈哈大笑了一阵，一号又得意地说。）

一号：上次那位叫阿娃阿娃的我也跟她拍了一张。

范：阿娃阿娃是谁呀？

瑞菁：叫阿娃嘉娜……

（大家又笑了一阵。）

瑞菁：快去……快去……

（一号才退下，瑞菁重新招待大家坐下。）

20　S.L.（福生在盥洗室外等候，丁香由内出。

（福生气愤地质问。）

福生：你不是答应我跟他断绝来往？怎么他又来了？

（丁香急忙四面看看。）

丁香：别这么样好吗？

福生：你到底跟他说了没有？

21　S.C.（丁香苦着脸。）

丁香：我实在狠不起心来，他说他要自杀！

22　M.S.（福生刺激地。）

福生：照这样下去，我也要自杀了，刚才你跟他亲热的样子，（突然失去控制，大声）我受不了！

（边说边转向墙壁。）

23　S.C．（丁香不忍心离开乃兴。）

丁香：我自己觉得对不起他，他到底是我的未婚夫。

24　M.S．（福生沉默片刻，又到丁香面前，轻轻地说。）

福生：我除了不能跟你结婚，你要什么就什么，房子、汽车、保证金，只要你一句话。

25　S.L．（丁香摇头，凄然微笑。）

丁香：你想金屋藏娇，把我当金丝鸟。你是把我当那种人吗？（说完想走，被福生拦住）

福生：那你说，你要什么？

26　S.C．（丁香坦白地。）

丁香：一个女孩子总希望有个正当的归宿。

27　S.L．（福生颓然背过身去。）

28　M.S．（丁香到福生面前，抚他的肩，安慰着。）

丁香：你别难过，反正我就是嫁了别人，也还是永远爱你啊！

29　S.L．（丁香说完悄然离去，福生木立不动，一号又在旁边出现，他轻轻到福生前。）

一号：杨太太请您去吃饭。

（福生刚走，又回头对一号说。）

福生：给我拿酒来。

一号：是……

（迷笑着走了下去。）

30　S.L．（瑞菁仍坐原处吃饭，福生走入坐下。）

瑞菁：刚才吃了一半，菜都凉了，这是现热的，快吃点吧！赚点钱，可真辛苦。

177

（福生不语。一号拿上酒壶、酒杯。"茅台酒"，福生自斟。）

31　M.S.（瑞菁知道他心事，佯作不知，反体贴地。）

瑞菁：少喝两杯，快吃饭吧！

32　M.S.（福生不理，举杯一饮而尽，皱着眉头，重重地把酒杯一搁。）

福生：这哪儿是茅台酒？告诉他们多少遍了，酒搁在地窖子里，搁在厨房里都变了味！

33　S.C.（瑞菁忙劝道。）

瑞菁：别又为了点小事生气，你这一向也不知怎么，脾气从哪儿来的？

34　M.S.（福生昏眩地摸摸自己的脸。）

福生：我自己也不明白是怎么回事。

35　M.S.（瑞菁安慰着。）

瑞菁：你太紧张了，睡得不够，酒也喝得太多了。

36　S.L.（福生误会了她的好意，便大声地。）

福生：你反正动不动就教训我一顿！

（瑞菁不语。

（福生自觉惭愧，伏桌上，手托头，绝望地。）

福生：瑞菁！

（瑞菁抚摸他的头发。

（他脸色凄凉，乞援地抬起头来，但不能正视她，立即移开目光，倒酒饮，做了个苦脸。）

福生：这个味道……

（掷酒杯。）

37　M.S.（一号站在柱后偷听，恰巧酒杯正掷在柱子上，吓得惊叫起来。)

38　M.S.（福生对一号恨恨地。）

福生：妈的，你又在这儿偷听！

39　S.L.（福生不饶地。）

福生：一号过来。（一号用手巾抹着脸上酒，走到福生面前）刚才那位电影明星也喝的这个酒？

一号：我上厨房去问问。

福生：混蛋！问你什么都不知道！（抓起酒壶）我自己去，叫他们尝尝，人家真正的茅台酒，全让他们给糟塌了。

40　M.S.（一号受了委曲似的，抹着脸上的酒，摇头叹气。）

一号：我跟了老板这些年，没有见他脾气这么大过！

41　M.S.（瑞菁掩饰自己的不悦。）

瑞菁：他这一向太忙了，神经衰弱，脾气特别坏。

42　M.S.（一号摇头叹息，故意说穿瑞菁。）

一号：还不是那个狐狸精害人！（凑近瑞菁）太太你还不知道吗？

43　S.C.（瑞菁忙阻止。）

瑞菁：我又不是瞎子，不用你多管闲事！

44　S.L.（瑞菁推开碗筷，站起来。）

瑞菁：明天记着叫人把柱子修修！

（瑞菁说完走去。

（一号没精打采地收拾碗筷。

F.O.

第十六场

内景：贵妃酒家广厅
时间：早上九时
人物：一号、二号 Boy，漆工一人

F.I.
    1 F.S.（广厅内空空，只一号、二号 Boy 在整理桌椅，另一漆工在修理柱子。）
    2 S.L.（漆工在修理柱子。）
    3 S.L.（一号在收拾音乐台，收拾到麦格风前，他不满意丁香，便学麦格风前作状，学她各种唱歌姿态，恶意夸张。（他忽灵机一动，低身下去在麦格风下做了一个手脚。）
    4 L.S.（一号在偷偷做完手脚，离开音乐台。）
                                D.O.

第十七场

内景：贵妃酒家广厅
时间：晚上十时后
人物：丁香，一号、二号、三号、四号、五号、六号 Boy，乐师小王，小李，乐师二人，福生，瑞菁，徐小姐，宾客男女六十人
D.I.
    1 L.S.（广厅上又是满座，热烘烘的。丁香走上音乐台，准

备唱歌,引起一片掌声。)

2 M.S. (丁香得意非常。麦格风太高,她略移下。她开始唱,刚开始唱,麦格风直往下缩。她连忙抓住往上拉,一面继续唱着。)

3 M.S. (一号在柱旁看着暗笑。)

4 S.L. (丁香一手拉着麦格风,只剩一只手打手势,但唱到得意处,双手齐伸,大打手势,麦格风又往下溜,急忙又拉住,引得哄堂大笑。)

5 L.S. (哄堂大笑,丁香越急,麦格风越下溜。)

6 M.S. (丁香唱着,又要做手势,又要拉住麦格风,忙得一团糟。她无法,只有随着麦格风往下溜。

(宾客还以为她有意在卖弄姿势,掌声不息。)

7 S.L. (一号看在眼里,非常高兴。

(四号走近一号说。)

四号:怎么啦,麦格风坏了?

8 M.S. (一号对四号挤挤眼。)

一号:别管它。

四号:又是你捣的鬼。

(一号忙使眼色阻止。)

9 M.S. (丁香越唱越有劲,双手握住麦格风,不慎一放手又溜了下去,忙又从底下拉起。

(好容易唱完,宾客还以为她做得好,拍以热烈掌声。)

C.O.

第十八场

内外景：贵妃酒家门口
时间：晚上十时后
人物：陈乃兴

C.I.
　　1　F.S.（陈乃兴在门口人行道上踱来踱去，里面传出热烈掌声。）
　　2　M.S.（乃兴不时回头向门内望。
　　（PAN 玻璃橱窗内，福生掀起纱帘向外张望，见乃兴已在，不悦地缩了进去。）

　　　　　　　　　　　　　　　　　　　　C.O.

第十九场

内景：贵妃酒家广厅
时间：晚上十时后
人物：丁香，福生，瑞菁，徐小姐，乐师小王，小李，乐师二人，一号、二号、三号、四号、五号、六号 Boy，宾客六十人

C.I.
　　1　M.S.（福生缩回，气愤，看表，知丁香将行。）
　　2　F.S.（福生急赴大门口等候。）

3 M.S.（福生隐身在玻璃门后。）

4 S.L.（丁香走到门口。福生走了出来，丁香见是他略怔了怔。）

丁香：你吓我一跳。

5 S.C.（福生眼睛冒火。）

福生：他又在外边等你，你别出去。

O.S.丁香：为什么？

福生：不许出去。

6 S.C.（丁香也着急地。）

丁香：真拿他没办法，天天非得送我回去。

7 M.S.（福生拥抱她，丁香挣扎。）

福生：丁香，我下了决心，决定离婚！

8 S.C.（丁香听了一怔。）

丁香：离婚？……你真的肯离婚？（受宠）你太太肯答应吗？

9 S.C.（福生迷昏着。）

福生：她一定会答应，她爱我，她不能看着我死。

10 M.S.（丁香又酸溜起上来。）

丁香：她爱你，你呢，你不爱她？我凭什么来破坏你们这一对恩爱夫妻？

福生：不……不……像我们这样的爱情，她那样的女人，完全不明白。

（边说边拉丁香到花架后，拥抱热吻。丁香挣扎不得。）

11 M.S.（一号又在偷看。瑞菁叫他，他急忙跑向瑞菁。）

瑞菁：一号，你又在干什么？

一号：没什么！

瑞菁：你的事做完了？

一号：是……

  12　S.C.（瑞菁明知福生在捣鬼，佯作不知，自己走上楼去。他走开。）

  13　M.S.（瑞菁走上楼去。[镜推梯口一小牌"楼上住宅，来宾止步"]。）

D.O.

第二十场

内外景：贵妃酒家顶楼，卧室外洋台（平台）

时间：夜，十二时后

人物：杨福生、瑞菁、一号 Boy

D.I.

  1　L.S.（洋台上，看到贵妃酒家的霓虹灯大招牌挂在空中，在洋台栏杆上露出大半截。

（洋台面积颇大，搁置各种盆栽，高低不一。

（玻璃门通卧室，能看到卧室内的陈设。

（福生服装未易，坐在围着一张藤桌的藤椅上。

（卧室内灯光反射出来，正照在福生的身上，其他部分都在黑暗中，只能看见远远的灯火。

（瑞菁已易睡衣和晨楼，由卧室内走出，在福生的对面坐下。）

  2　S.C.（福生看了看瑞菁。）

福生：……瑞菁……

   3 M.S.（瑞菁已知他来意，但佯作不知。）

瑞菁：嗯？

   4 S.L.（福生又不语，瑞菁终究按不住。）

瑞菁：有话为什么不痛痛快快地说？几次要开口又咽了回去。

福生：我实在说不出口。

   5 S.C.（瑞菁按不住，先替他说了。）

瑞菁：是不是，关于丁香小姐？

   6 S.C.（福生一怔。）

福生：你……你早知道了……我真对不起你……

   7 （瑞菁进一步追问。）

瑞菁：你要离婚？

   8 S.C.（福生瞟了她一眼，不敢回答。）

   9 S.L.（瑞菁等他回答，他默不作声。）

瑞菁：你要跟丁香结婚？

  （福生仍默不作声，但忽然发一大串话，半带呜咽。）

福生：你可怜可怜我吧！这样的热情我从来没有过，简直整个毁了我！

瑞菁：你放心，我们是夫妻，当然希望你幸福，总不能为了我，叫你痛苦。

  10 S.C.（福生紧张地。）

福生：那么你……你同意了吗？

  11 S.C.（瑞菁压制自己的感情，大方地。）

瑞菁：只要她是真心爱你。

  12 M.S.（福生忘形，得意地［见瑞菁侧面］。）

福生：嗳，她倒绝对不是看中我的钱，最难得的就是这一点。就凭我这个普通的商人，都快四十岁了……

  13 S.C.（瑞菁深意地看了他一眼。）

  14 S.C.（福生窘，急改口。）

福生：……都过了四十岁了，她居然会爱上我。

  15 M.S.（瑞菁慨然地。）

瑞菁：好，只要她对你真心，我什么都答应你……

  （说完后边难过地站起来，走到 [PAN] 栏杆去。）

  16 S.C.（福生感动地，看着她。）

  17 M.S.（瑞菁背着身在拭泪。）

  18 S.L.（福生起身走到她身后。）

福生：瑞菁，你的牺牲，我永远没法补偿，可是至少让我在物质上对你尽一点心。你要什么，只要你说！

瑞菁：（拭泪）我不要你的钱。

  （瑞菁边说边坐在靠栏杆旁的藤椅上。）

福生：那怎么行，我总不能让你一个人孤苦伶仃地吃苦挨饿！别让我良心上太过不去！

瑞菁：一定要我说，那么……

  （福生也坐在她的身旁，凑近她。）

福生：你尽管说，我什么都答应。

  19 M.S.（瑞菁瞟了他一眼，正经地 [见福生侧背]。）

瑞菁：我们没有孩子，就只有这爿饭店，是我们俩合办的，由小饭馆开起，费了十四年的心血，总算有了今天，这饭馆可以说是我们结婚十四年的纪念品，你给我做个纪念……

  20 S.C.（福生大感意外。）

福生：你要这饭店干什么？你一个人也照顾不了。

21　S.C.（瑞菁泰然地。）

瑞菁：我需要精神上有个寄托。

22　M.S.（福生沉吟半晌［见瑞菁侧背］。）

福生：……你这话也有理……可是现在市面不好，这饭店不但不赚钱，还得贴本。

瑞菁：资本当然也要。

福生：要多少呢？

瑞菁：做生意有赚有蚀，总得另外多留点钱。是你说的，我一个女人，孤苦伶仃的，将来老了靠谁？……

福生：你算算得要多少，你说个数目。

瑞菁：就算五十万吧！

23　M.S.（福生吓得跳了起来。）

福生：五十万，我哪儿还有这么多钱呀？

24　S.C.（瑞菁镇静地。）

瑞菁：你还有股票？

25　S.L.（福生不语，急得踱来踱去，突然停在瑞菁面前。）

福生：没有这笔钱，你就不肯离婚，是不是？

瑞菁：我为什么要离婚？不离婚，你的钱也就是我的。

（福生再踱了一个圈子，面对她。）

福生：分期付，行不行？

26　S.C.（瑞菁不负责任地。）

瑞菁：福生，我根本就不愿意跟你谈条件，是你一定要我跟你提出条件。至少我们不要讨价还价。

27　M.S.（福生无言可对，踱到远远一张椅子坐下，半晌，惨淡地。）

福生：好……就么说吧！

  28 S.C.（瑞菁似下了决心。）

瑞菁：明天一早上律师那儿去签字。

  29 M.S.（福生苦笑。）

福生：你为什么这么心急？

  30 S.C.（瑞菁冷笑了一下。）

瑞菁：我是怕你等不及呀！

  31 F.S.（瑞菁大声叫一号。）

瑞菁：一号，不管你在哪儿，我知道你准躲在这儿偷听我们说话，快给我拿瓶香槟酒来！

（一号的应声来自空中，响亮清晰。）

一号：是……太太！

（福生吃惊，四顾无人。）

福生：这家伙躲在哪儿呀！（向菁）你要香槟酒干什么？

（瑞菁高兴地站了起来。）

瑞菁：我们来庆祝一下。

福生：有什么可庆祝的？

  32 S.C.（瑞菁微笑地。）

瑞菁：庆祝你恋爱成功，我呢，我发了财，还不值得庆祝！

  33 M.S.（福生不放心他的钱［见瑞菁侧背］。）

福生：我倒要请问，你拿到这笔钱打算怎么办？要是投资，可得小心呀！

  34 M.S.（瑞菁报复地［见福生侧背］。）

瑞菁：你不用替我担忧，我这下半辈子（边说边走开）打算自己享受享受。（转向福生）你总说"我不会花钱，给她钱也不会花"，我倒不相信。别的不会，花钱谁还不会？我买，我把百货公司全买回来，再把它卖了，买来卖去，我很会拿钱这么玩。（说完又走向洋台栏杆 [PAN]）

35　M.S.（福生忧疑地。）

福生：你……你打算再结婚？

36　M.S.（瑞菁看着远远的灯火，头也不回。）

瑞菁：这一点我还没有考虑到。

37　M.S.（福生愤怒，带试探地。）

福生：听你这口气，当然是预备再结婚了。

38　M.S.（瑞菁转过脸来，也试探他是否有回心转意。）

瑞菁：奇怪，我以后结婚不结婚，关你什么事？

39　M.S.（福生颓丧地。）

福生：……对不起，是我多管闲事。

40　S.L.（一号托盘自卧室内走出，盘中有冰桶，中置香槟酒一瓶，杯两只。）

41　M.S.（一号开香槟酒，瓶塞和酒沫，沾得他满脸。）

42　S.C.（福生不舍地看看瑞菁。）

43　S.C.（瑞菁也默默无言地看着他。）

44　S.L.（一号神色沮丧，送上两杯酒，福生与瑞菁各取一杯。（瑞菁向福生举杯庆祝。）

瑞菁：恭喜恭喜！

45　M.S.（福生苦笑地向她举杯。）

福生：恭喜发财！

（举杯饮尽，不慎将杯落地。）

46 C.U.（酒杯被跌得粉碎。）

　　　　　　　　　　　　　　　　　　　　　　　C.O.

第二十一场

外景：律师楼门口街道

时间：上午十一时

人物：瑞菁、福生、行人

C.I.

1 C.U.（"钱锵锵大律师"招牌。）

2 F.S.（人行道，一幢洋房门口，瑞菁自律师楼门内走出，趾高气扬，携特大皮包。

（街边恰有一辆的士驶过。）

3 M.S.（瑞菁招手停住，上车。

（福生自门内出，拟跟上的士，而车门"砰"的一声关上了，[PAN]驰去。）

4 S.C.（福生见的士驰去，只得垂头丧气。）

　　　　　　　　　　　　　　　　　　　　　　　D.O.

第二十二场

内景：丁香卧室

时间：下午

人物：丁香、杨福生

D.I.

 1 M.S.（丁香尚未易装，兴奋地走到福生前，紧贴他坐下［镜头成 S.L.］。）

丁香：已经签字离婚了？那么快？

福生：（神情萧索）嗳！

 2 M.S.（丁香高兴地。）

丁香：我们到日本度蜜月去。嗳，我们几时去看房子？我可不住在那饭馆子楼上！（推他）你怎么了？（嘟着嘴）你这种神气，一点都不高兴！

丁香：不行！你说！为什么垂头丧气的？是不是舍不得你太太？懊悔了？

 3 M.S.（福生勉强欢笑地。）

福生：别胡说。（搂住她）丁香！譬如……要是……（窘笑）要是我忽然变成穷光蛋，你还爱我吗？

丁香：呃？（推开他）你这话是什么意思？出了什么事了，你瞒着我？

福生：没有，（慌张）没有！

 4 S.C.（丁香怀疑。）

丁香：那就是有人说我的坏话，说我是爱你的钱！

 5 S.C.（福生掩饰。）

福生：没有的事，是我跟你开玩笑。

 6 M.S.（丁香急得站了起来。）

丁香：这不是开玩笑的事。(略一笑)哦……你是试我的心,是不是?

7 S.C. (福生苦笑着,随着她的话。)

福生：嘻……是我实在爱你。

8 M.S. (丁香又投在他的怀里,腻声地。)

丁香：告诉你：我爱的是你的眉毛,(抚摸他的眉毛) 我爱你的眼睛,(抚摸他的眼睛) 你的眼睛里那神气。

(丁香顺着面额摸下去,福生吻着她的手。)

(丁香忽然想起,看了看自己的手指。)

丁香：嗳,我们就是马上结婚,也得给我买个订婚戒指,你别想赖!我要金钢钻的,要大,这是一生一世留着做纪念的。

福生：好好,(为难,强笑)过两天陪你去买戒指,今天我那边还有许多事没完呢,得回去了。(边说边起身)

9 S.L. (福生起身,丁香叮嘱他。)

丁香：好,你先走,待会儿我来找你。

福生：你今天别上那边去,大家见了面不好意思。

丁香：她还没有搬出去?我才不怕她呢。有你做我的保镖,我什么都不怕。……

(一阵娇笑,福生又舍不得走的拥抱她,想吻她。)

F.O.

第二十三场

内景：贵妃酒家顶楼,瑞菁夫妇卧室。

时间：下午

人物：杨福生

F.I.
    1 S.C.（福生整理箱子。）
    2 S.L.（福生将自己的西装放下皮箱，再走向衣橱取另一套西装。）
    3 M.S.（福生见瑞菁晨褛挂在橱外，怅然，略踌躇了一下，伸手抚摸晨褛，颓然地抱住西装呆坐在橱门口。）

                                      C.O.

第二十四场

内景：贵妃酒家广厅
时间：下午
人物：瑞菁，陈乃兴，徐小姐，一号、二号、三号、四号、五号、六号 Boy，宾客六十人，杨福生，丁香

C.I.
    1 L.S.（贵妃酒家广厅，上座甚盛，瑞菁在一边照料。）
    2 S.L.（陈乃兴推门入内，神色紧张，一手插在衣袋内，一边走，一边张望，似在寻人。）
    3 M.S.（一号见状吃惊，忙紧张地奔告瑞菁。）
    4 M.S.（一号轻轻对瑞菁说。）
一号：杨太太，你看，今天这个人神气不对。

5 S.L.（陈乃兴神色紧张地在寻找福生。）

6 M.S.（瑞菁见了也紧张起来。）

瑞菁：恐怕是在找杨先生。

一号：一定是丁香告诉他了，说要嫁给我们杨先生，所以他找杨先生来报仇了！他身上一定还带着家伙。

瑞菁：杨先生在哪儿呢？（焦急）不能让他看见。

一号：杨先生不知道回来了没有？

瑞菁：不要紧，我去对付他。

（边说边走出。）

7 S.L.（瑞菁走到陈乃兴面前。）

瑞菁：陈先生，今天来得早！

8 M.S.（乃兴粗暴地［见瑞菁侧背］。）

乃兴：你们老板呢？

瑞菁：他出去了，你找他有什么事？

乃兴：我找他算账！

9 M.S.（瑞菁平静地［见乃兴侧背］。）

瑞菁：陈先生，你别紧张，坐下来，我们谈谈好吗？

10 S.L.（瑞菁拉开椅子，逼他坐下［推成M.S.］。）

瑞菁：我早该找你商量商量，也许事情不至于闹到这地步。

11 M.S.（陈乃兴汹汹地。）

乃兴：他跟你离了婚了，是不是？（冷笑）等我来给你报仇！

12 S.C.（瑞菁劝解。）

瑞菁：陈先生，我知道你是受了很大的刺激，可是我劝你再好仔细想想。

13 S.C.（乃兴悲愤。）

乃兴：我想穿了，大不了一命抵一命，反正不能饶他。

　　14　M.S.（瑞菁也紧张，但态度镇静［见乃兴侧背］。）

瑞菁：千万别这么想，你年纪这么青，还有你自己的前途，难道就这样胡里胡涂地牺牲了自己！

乃兴：你自己的丈夫都管不了，还管别人的事？

瑞菁：事情并不是不能挽回，只要你肯拿我当个朋友看待，让我帮你一笔钱，你跟丁香小姐马上可以结婚。

　　15　S.C.（乃兴怀疑地看了她一眼。）

乃兴：……你想拿钱来收买我？

　　16　M.S.（瑞菁诚意地。）

瑞菁：我不过是希望丁香跟你结婚；你有了二十万，三十万，自己做生意也行，进大学念书也行；反正可以让她满意。

　　17　M.S.（乃兴不服她的说法。）

乃兴：你以为什么问题都可以用钱来解决？你当丁香是个拜金主义，就认得钱！（跳了起来，［S.L.］似要动武，使瑞菁吃了一惊）你侮辱她！

　　18　C.U.（瑞菁吃惊，看着他。）

　　19　M.S.（乃兴气愤地［见瑞菁侧背］。）

乃兴：丁香是个纯洁的女孩子，她完全是给你那坏蛋丈夫引诱的！你那丈夫简直是个魔鬼！

　　20　S.L.（福生正提着皮箱两只由楼上下来，见瑞菁在，即向她走来［PAN］。）

　　21　M.S.（一号托一盘菜"烤鸭子"走来，见福生，想叫阻已不及。［PAN］福生到瑞菁面前放下皮箱，取出一串锁匙交给瑞菁，完全没见陈乃兴。陈乃兴也已气得又坐下，瑞菁急起身阻止。)

瑞菁:福生。

福生:我走了,这个交给你。

(边说边递给锁匙。

(陈乃兴见是福生,急起身拔刀相向。

(一号机警,急将烤鸭迎上,乃兴一刀正刺在鸭子上,一号用很快的动作,不停留地托了出去。

(乃兴不见刺刀奇怪。)

乃兴:咦,我的刀呢?

(此时瑞菁已护住福生,把他推开。

(乃兴抬头见一号已走向小房间。)

22 S.L. (一号托"烤鸭"走向小房间。)

(小房间)

23 S.L. (男女吃客对坐,一号托盘入,置桌上。)

24 C.U. (一部份刀柄与刀尖露出鸭子。)

25 S.C. (女客见一惊)

女客:嗳呀!这是什么?

26 S.L. (男客也惊问。)

男客:这算什么玩意儿?

一号:嗳,您不知道,(接得飞快地)真正的北京烤鸭是这样吃法的,这是西太后发明的,所以叫太后鸭,又叫万寿鸭,又叫嗳呀鸭。怎么叫嗳呀鸭呢?因为人家一看见都吓的叫嗳呀。你看多新鲜,现杀现烤,有刀为证,讲究杀鸭子不见血,刀不往外拔,血一滴都不流出来,所以嫩。您二位请尝。

(男女心惊胆怕地举筷想试。

（陈乃兴奔入，径赴桌前拔刀，但油腻滑手，拔不出刀。

（女客惊叫不已，男忙护之。）

27 M.S.（男客惊慌地。）

男客：这是怎么回事呀？这是谁？

28 M.S.（一号气喘吁吁与乃兴夺鸭上的刀，一面向男客低声说。）

一号：喝醉了，发酒疯！

（陈乃兴与一号夺来夺去，碗碟统统打碎，未拔出刀，只拔下一只鸭腿。

（一号急抱鸭子逃了出去。）

29 M.S.（女客吓得直抖索。）

女客：吓死人了，我们快逃吧！

（PAN 兜过乃兴逃去。

（陈乃兴见手上是鸭腿，即掷地，抢男女客先，追出，又把女客吓了直叫。）

C.O.

第二十五场

内景：贵妃酒家经理室

时间：下午

人物：瑞菁、福生、丁香、陈乃兴、一号 Boy

C.I.

1 F.S. (瑞菁推福生入内,将门锁上。)

瑞菁:先在这儿躲着再说,不是闹着玩的,他拿着刀呢!

2 M.S. (福生吓得要打电话。)

福生:这人简直是神经病!我打电话叫警察。

(刚拿起电话,忽有人"砰砰"打门,他吓得急又放下。)

(瑞菁走上,二人惊惶。)

瑞菁:快打电话!

福生:(拨电话)喂!

3 M.S. ("砰砰"地打门,丁香在门外叫声。)

丁香:福生!福生!

4 M.S. (福生惊喜,忙停拨电话。)

福生:是丁香!

5 M.S. (丁香在门外"砰砰"打门,猛转门钮。)

6 S.L. (福生急放下电话向门奔去,被瑞菁阻止。)

瑞菁:你等等,先别开门!得小心点!

福生:我怕那神经病看见她,又要杀她!

(福生上前开门,略开一线,窃视。)

福生:你怎么来了?

(丁香挤进门一半。)

丁香:咦!你忘了?我来找你一块去看订婚戒指。

(她抬头见瑞菁,冷笑,此时瑞菁背走上。)

丁香:哦……怪不得叫我别上这儿来!好让你们关起门来谈心,临别记念!

福生:别胡说!你快进来,把门关上!

丁香:我进来干什么?你们谈你们的,我走了!

7 M.S.（瑞菁镇静地。）

瑞菁：丁小姐，你不用躲着我。

8 M.S.（丁香傲然。）

丁香：我干什么要躲着你！

9 M.S.（瑞菁反平和地。）

瑞菁：是呀，现在这个世界，离婚根本是平常的事，我也并不恨你。

10 S.L.（福生焦急地要拉丁香进来，丁香不耐烦地甩脱他的手，仍立门口，大方地［见到瑞菁侧背］。）

丁香：杨太太，我对你非常同情，希望能得到你的谅解。

11 M.S.（瑞菁点头微笑。）

瑞菁：我完全谅解，不离婚，是三个人痛苦；离了婚，至少有两个人是幸福的。

12 M.S.（丁香对瑞菁略有好感。）

丁香：杨太太真爽快。

13 M.S.（瑞菁瞄了福生一眼，有意地对丁香说。）

瑞菁：福生比我更爽快，他因为觉得对不起我，把全部财产连这片饭店在内，都给了我。

14 M.S.（丁香听了一怔，便对福生逼问。）

丁香：啊……她这话是真的？你的全部财产连这片饭店都给了她？（福生窘极，一时答不出话来，走向另一角，丁香追上。）

丁香：你说呀？……你说呀？……

15 M.S.（瑞菁把话逼紧一步。）

瑞菁：他看我孤苦伶仃，无依无靠的，怕我将来吃苦挨饿。

16 C.U.（福生低头无语。）

17 S.L.（丁香大声向福生。）

丁香：怪不得你刚才吞吞吐吐说什么变成穷光蛋，你还爱我不爱我！说了还要赖，（推福生 C.U.）还要给我买大金钢钻戒指，还说上日本去度蜜月！你对我完全是欺骗！到现在还要欺骗我！

  18 M.S.（陈乃兴在门口窃听。）

  19 S.L.（瑞菁故意做好人。）

瑞菁：丁小姐，你别着急，福生这个人，你嫁了他，决不会穷一辈子，根本我们这点财产也都是赤手空拳赚来的。

福生：你听我说：我打算在钻石山开爿家庭饭馆，我们自己下厨房，自己招待，凭我这点经验，管保你越开越大。只要你肯吃苦，我们一块儿奋斗，要不了十年，又是一爿贵妃酒家！

  20 M.S.（丁香气愤地。）

丁香：跟你去开小饭馆子，你再当大师傅，我去当女招待？我上你的当还不够！

  21 M.S.（福生绝望地拉她出去再谈。）

福生：来来，我们出去谈谈，你再考虑考虑好吧！

  （丁香甩脱福生。）

丁香：你滚开，从今天起，我们谁也不认识谁！你再跟我啰苏，我打你的耳光！

  （福生看了她半晌，愤然走至一边。

  （狠辣地左右开弓，打了自己两下耳光，又头向墙上撞，撞疼了，又不好意思摸。）

  22 M.S.（瑞菁冷眼旁观，没有表情。）

  23 F.S.（丁香不理，匆匆走出，正遇陈乃兴冲进。）

丁香：乃兴，我们走！

（陈乃兴"劈"一下耳光打在丁香脸上。

（丁香惊叫，逃在一边。）

24　M.S.（乃兴愤恨地指丁香。）

乃兴：你完全是拜金主义！我瞎了眼睛，看错了人！

25　M.S.（丁香吓得节节后退。）

丁香：你……连你也来欺负我！

（丁香抱头痛哭。）

26　M.S.（乃兴指着丁香的脸。）

乃兴：听你说的话，一点人气都没有！

丁香：你这算什么？要你替他打抱不平！

乃兴：口口声声就知道要钱，认钱不认人，把我的脸都丢尽了！

丁香：丢你的脸，你是我什么人？我们已经解除婚约了，你凭什么资格管我？

乃兴：你不要脸，我就有资格骂你！

27　F.S.（瑞菁劝解。）

瑞菁：算了，算了，大家都不要再闹下去了。

丁香：谁理他，发了疯了！

（边说边挟皮包走出。

（乃兴看看福生和瑞菁，一言不发，自己打了两下耳光，掉头便走。）

瑞菁：你等一等，我有话跟你说。

乃兴：我承认你对，我错了，还有什么说的？

28　M.S.（瑞菁走到乃兴面前。）

瑞菁：陈先生，我看得出你是真心爱她。

乃兴：对了，我爱她，可是她不爱我，她爱的是钱！

瑞菁：你说得不完全对。你想，追求她的人那么多，她为什么单单看中你？你并没有钱！

乃兴：可是她变了。

瑞菁：她爱你的心没有变，那是她年青糊涂，你原谅她吧！其实就连我年纪不算青了……

（她说到此看了福生一眼。）

29　C.U.（福生低头惭愧。）

O.S. 瑞菁：也不见得不糊涂，陈先生！我们还是要互相原谅。

（福生木立不动，闻语突觉希望复燃。）

30　S.L.（瑞菁向乃兴说。）

瑞菁：刚才我说过愿意帮助你一笔钱，我还是希望你肯接受！

（言毕走向写字台取支票。）

31　M.S.（陈乃兴感激地。）

乃兴：杨太太，我非常感谢你，钱我不要！

32　M.S.（瑞菁写支票。）

瑞菁：你一定不肯要，那是你看不起我这个朋友。

33　M.S.（陈乃兴坚持不收。）

乃兴：不……不……我不要……

（边说边走出，瑞菁持支票赶上拦住。）

瑞菁：这二十万是我个人名下的钱！

乃兴：我没有名目拿你的钱！

瑞菁：这是我这个朋友，送你们的结婚礼物，还不可以吗？！

（将支票塞在他手里。乃兴干笑着。）

乃兴：结婚得两个人同意才行。

瑞菁：你去找她，给她好好地陪个不是，不就完了？你刚才也实在是太没有礼貌了。

乃兴：我真不知道说什么好！

瑞菁：去吧！说不定她在等你呢！

（瑞菁推他出门后，眼看着福生。）

  34 S.L.（福生有了生气，但又舍不得他的钱。）

福生：是你的钱，你爱怎么花就怎么花，可是钱给了他，结果还是便宜了那个女人，这不是存心气我！

瑞菁：你爱生气,活该！依我,恨不得全部送给别人,一个钱也不留。

福生：干什么跟钱赌气呢？

  35 M.S.（瑞菁存心气他［见福生侧背］。）

瑞菁：因为钱多了，会作怪。把钱送光了，再到钻石山开个小饭馆，你当大师傅，我当女招待，只要你肯吃苦，我们再从头干起。

福生：我去叫一号，又准躲在哪儿偷听我们说话。

瑞菁：叫一号干什么？

福生：叫他拿酒来……

（拉住瑞菁的手，同到门口去叫一号。）

福生：一号，一号，咦！奇怪！现在怎么倒不在了!？

（正说时一号突然持酒进来，［拉 F.S.］高兴地在室内转了个大圈。）

一号：来了……来了……这回是从地窖子里拿来的真正茅台酒！我们值得庆祝一下了……哈……哈哈……

  36 S.L.（陈乃兴拉丁香进来。）

瑞菁：咦！你怎么又回来了？

（丁香不好意思地将支票放在桌上。）

丁香：我不要钱！

福生：咦！那你要什么呢？

　　（丁香睿笑地走向陈乃兴，挽着乃兴微笑不语。）

D.O.

第二十六场

外景：香港，九龙全景
时间：晚上七时

D.I.
　　1　L.S.（香港，九龙全景。）

（叠印"剧终"）

*国际电影懋业有限公司油印本（据此所摄影片于一九五九年四月公映）。

六月新娘

人物（出场序）

汪丹林（简称丹）——卓然的独生女，廿四岁，从小娇生惯养，心高气傲，自己守身如玉，所以对于别人的要求也特别严格，认为"爱情的眼睛里面不能容忍一颗沙粒"

林亚芒（简称芒）——即阿芒，西名"Almond"，廿七岁，肤色黝黑，菲律宾华侨，习音乐，人品介乎音乐家与洋琴鬼之间，生活习染完全洋化

汪卓然（简称汪）——败落的世家子，自幼挥霍惯，场面收不拢，于是信口开河，到处拉钱（五十余岁）

董季方（简称董）——南洋橡胶大王的儿子，廿九岁，受过完美教育，故无纨袴子弟的倾向，但仍难免"大少爷"气派，喜欢结交朋友，懂得各种"玩乐"，自以为很有分寸

老周（简称周）——五十余岁，董家两代的老佣人，忠心耿耿，也难免有些唠唠叨叨

白锦（简称白）——廿五岁，红舞女，久历风尘，识透人情，本性很忠厚，因此多少有点欢场女儿的"侠气"，而并没有染上太多的坏习气

麦勤（简称麦）——卅三岁，身材粗壮，香港出生，十九岁时到外洋轮船上做事，十四年后衣锦还乡，积了一些钱，想讨一个太太，六分中国楞小子加上四分洋水手的气味

何小姐（简称何）——廿四岁，丹林的女同学，充满着"香港小姐"的韵味

第一场

景：邮船头等舱外甲板上
时：初夏某日黄昏
人：丹、芒、乘客甲夫妇、幼女、众乘客

  （大海中，一条邮船行进着。
  （丹林一个人正在凭栏眺海，海风吹着她的头发。
  （黄昏的海上，天边有晚霞。
  （丹林望着远处，沉在回忆中，忆起一些甜蜜的事，嘴角浮起一个微笑。
  （一个绳圈堕在丹足边，丹微一惊，阿芒走近拾起绳圈。）

芒：对不住！
  （丹摇摇头，表示没有关系。）
芒：（走过来挨近丹林）明天就到了啊,到了香港,我能不能来看你？
  （丹仍不答，把身体挪远一点。）
芒：丹林，你好像怕我，为什么老是躲着我？
丹：你为什么老是跟着我？

芒：(一摊手，一个洋表情) 为什么不？我心里怎么想就怎么做，一个人一生当中，也许就只有这一次机会，遇上了就不能轻轻放过。

丹：我告诉过你，我到香港的第二天就要结婚了。

(芒作势，正要大批倾诉，乘客甲夫妇牵幼女并肩走过。)

丹：(招呼) 陈太太，你们看见我父亲没有？

甲妇：刚才还在这儿，劝我们买他那公司的股票。

丹：(不禁流露忧色) 你们没买吧？

甲：我们钱没有富余，没法子买。

甲妇：汪小姐，您父亲这家卫华公司很赚钱，是不是？

丹：唔……(沉吟半晌一笑) 我对于做生意一窍不通，我去瞧瞧他在哪儿？(向甲夫妇略一点头，走，芒跟上)

(甲夫妇目送丹及芒走远，牵着幼女在附近一张长靠椅上坐下来。)

甲妇：这个菲律宾人一天到晚盯着她，她父亲也不管管。

甲：不是菲律宾人，是那里的华侨。

甲妇：(露出自己的势利) 华侨也不一定有钱！唉！汪小姐的父亲也真是，一天到晚就知道赌钱，喝酒。

C.O.

第二场

景：邮船娱乐室
时：接上

人：丹，汪，乘客乙、丙、丁、戊、己

C.I.

(娱乐室内，一端是几张桥牌桌，另一端放着几样乐器。丹林进来时，汪卓然正与乘客乙丙丁戊己等五六人围着桥牌桌子掷骰子，呼幺喝六。丹皱着眉头走上去。)

汪：(又输了一庄，轻轻地骂) 唉! 今天手运真悖。

丹：(走上按着汪肩膀) 爸爸!

汪：(回顾) 嗳! 等爸爸翻了本，给你吃红啊!

丹：(轻轻地在汪耳际) 爸爸不要来了吧，出去走走。

汪：(大不以为然) 哎! 外面走来走去有什么意思? 我这里手气就要转了，怎么可以不来?

(丹林失望地走开，走至另一端，无聊地玩弄乐器。)

汪：(抓着一把骰子，暂时不掷下去，擎起一指，指着在座诸人) 你们看见我女儿了吧，这次我到香港去，一来是送她去结婚，二来是扩充营业。香港方面，马上就成立分公司，我女婿打算大量投资。

赌客乙：(心动) 啊? 你女婿预备投资? (向赌客丙) 汪小姐的未婚夫就是南洋橡胶大王董家的少爷!

赌客丙：(肃然起敬) 哦!

汪：嗳! 我们那位姑爷呀，别瞧他年纪青，可精明得很啰! 赚钱的生意反正少不了他一份，不然董家怎么就能发财? 没办法，我只好答应把三分之一的股子让给他，谁叫我们是自己人呢?

赌客乙：(关心地) 你们姑爷预备投多少?

汪：(随口撒谎) 第一期付五百来万! 不过我名下的股份当然由我

处理,你们要买要趁早,回头等知道的人多了就不好办啰,我劝你们买是卖交情啊,我汪某人从上海混到香港,从香港混到日本,就是爱交个把朋友……

(丹林听着汪吹牛,忧形于色,同时又感无聊,拔足出室。)

C.O.

第三场

景:邮船头等舱外甲板上
时:接上
人:丹,芒,汪,乘客五六

C.I.
(丹从娱乐室出来,往栏边走,斜刺里又走出阿芒,手中拿着两瓶饮料。)
芒:来来!喝一瓶!
(丹林微一惊,然后舒一口气,意思说"又是你",伸手接过饮料,往栏边走。)
芒:(跟上)丹林,你好像有心事?
丹:我们不谈这些好不好?
芒:好好,不谈这些,我们谈音乐怎么样? (丹似同意)你知道吧,我是学音乐的,我从小生在香港,十八岁到菲律宾,南美洲也去过,我对现代爵士音乐有一点研究,几时我玩儿给你听听。
丹:(开始轻松)那好极了,我对爵士乐也很有兴趣。

(娱乐室内传来乐声，迎着乐声，阿芒开始哼起一支低音歌曲，中人欲醉，哼至一半，丹林不禁曼声应和。

(歌唱完，音乐继续，Diss.至晚间九时余，甲板上灯光迷离，有两三对情侣在甲板上跳舞，阿芒技痒，先独自跳起来，丹也与之共舞，情调幽美。

(乐止，丹偕芒退至甲板上靠椅上休息。汪卓然自娱乐室出，一手持扁形小酒瓶，不时喝一口，看样子钱已输光，望丹、芒坐处蹒跚行来，向阿芒招呼。)

汪：林先生！

芒：（立起）汪先生，您这儿坐！

汪：（一屁股坐下，向芒）你们华侨回国，多少总有点积蓄。我劝你买我公司的股票，利息大，又稳当。怎么样？要不要？

（芒向丹看看。）

（丹微微摇头，被汪觉察。）

汪：（生气地向丹）明天一早船就到了！还不去收拾行李？

丹：（向芒）再见！（去）

芒：（向汪）再见！（去）

（剩下汪一个人坐在靠椅上，惘然不知所措，只得拿起酒瓶咕一口。）

              Diss.

第四场

景：海上

时：同日晚上十一时

人：

（邮船在海上鼓浪前进的远景。
（邮船中灯光闪闪，颇为壮观。）

第五场

景：汪氏父女舱房内外
时：接上
人：丹，芒，汪，男女乘客各二人

C.I.
（丹林舱内。丹斜欹枕上，不能成眠。窗外灯光照在丹的脸上，突然在窗外传来情歌歌声。
（舱外甲板上，灯光幽黯。阿芒抱着吉他倚栏低唱热带情调的情歌。
（丹林舱中。丹为歌声所激动，心中情潮汹涌，眼中泛出泪水。
（汪卓然舱中。汪翻来覆去不能入睡。）

汪：(喃喃地）吵死了，半夜三更还开无线电？（一骨碌坐起来侧耳听着）
（舱外甲板上，阿芒继续唱着，歌声与吉他情致缠绵。下层一只圆窗洞开启，窗中一对情侣仰脸向上望着，随即关窗，黑影相拥。

（船舷暗处，一对黑影拥吻。

（阿芒唱到回肠荡气之处，面前一扇圆窗豁地打开，阿芒紧张地凑到窗前。）

芒：(颠声) 丹林！A kiss, give me a kiss！（凑上去误吻汪额）
汪：好小子！好大的胆子，你别跑。

（芒被扭住不放，极力挣扎。

（丹舱房外的圆窗豁地推开，丹惊异地探出头来看。）

汪：(喘吁吁地，仍抓住芒) 你跑不了，半夜三更，调戏我女儿，你这小子跑不了，当我们是好欺负的。

（芒举起吉他猛砸汪头，弦索琤琮齐鸣。阿芒挣脱跑去。

（丹林舱中。丹林慌忙跑入汪舱。

（汪舱中。丹林跑入，拧开电灯，汪的头仍伸在窗外，像戴枷一样，吉他横架在窗洞外面，头缩不进来，两脚乱蹬。

（丹忙上前，伸手窗外为汪除去吉他。）

第六场

景：夜香港（实景）
时：接上
人：

C.I.
（从九龙一端摄香港的远景，满缀灯火，水中倒影掩映，像一座皇冠浮在水上。

（俯摄或跟摄北角一带街道夜景，霓虹光管闪烁，车如流水。）
D.O.

第七场

景：董家（客厅，走道，卧室）
时：接上
人：董、周

D.I.
（董家是豪富之家，不过在香港是客居。室内是中上级的陈设布置。董季方穿上上衣，正预备出去，老周在旁侍候。
（董经小地毯，皮鞋在地毯角上碰着了，有点灰尘。老周忙为之拭去。）
周：少爷，这么晚了，您还出去？
董：出去办点事。
周：恐怕是上舞场办事吧？后天就是您大喜的日子，也该收心了。
董：别啰苏，我上舞场还不是有业务关系。
周：（点着头，仍旧不大放心）早点儿回来，汪小姐他们的船明儿一早就到的。
董：知道了。（出门，周跟至门口送董出门）
（董至电梯旁，按电钮，等候电梯。）
D.O.

第八场

景：香海舞厅门口
时：十分钟后
人：董，行人若干，董车司机

D.I.
　　（董的私家车开至门口，董下车进舞厅。）
　　　　　　　　　　　　　　　　　　　　　C.O.

第九场

景：香海舞厅
时：接上
人：董，白，麦，大班，舞女及舞客若干，乐队若干，茶房若干

C.I.
　　（董进，茶房领至一桌坐下，众大班包围。一大班入，解围，众退。）
大班：（与董之间有默契，不用嘱咐）白锦马上过来。
　　（董点头。茶房端上茶，董掏烟抽。
　　（舞池里闹哄哄地跳着。
　　（白锦袅袅婷婷地走了过来。）
白：（坐下，讨一枝烟抽）今天你还来，真难得。

董：我惦记着你。

白：得了，别骗人了。

董：什么时候骗过你？就说我后天要结婚了，也都告诉了你。

白：(一笑，有点醋意)那是承你看得起，把我当个朋友。

董：(捉住白的手)白锦，不要这样，我们以前是好朋友，以后还是一样。

(茶房送来两杯茶。白立刻拿起一杯。)

白：好朋友，来！以茶代酒，敬你一杯，后天我就不来道喜了。(一饮而尽，向董照杯)

董：(勉强地持杯与之共饮)谢谢你。(感情激发地)白锦，我劝你还是找个老实人，早点结婚，别做这一行了。

白：(一笑)老实人？老实人上了这儿也变不老实了，不做这一行又做哪行？

董：话不是这么说，人总要有个归宿。客人当中老实人还是有，总要自己先存下这条心。我同时也给你留意，朋友里面看有什么合适的人……

白：算了，你的朋友，还不都是大少爷，高等人！谁要讨舞女？

(大班走来，手里拿着个小电筒。)

大班：白小姐转台子，董先生，对不起！

(白起身轻佻地拍了拍董肩，随大班行。

(舞池里在闹哄哄地跳着。

(门口进来一个醉汉——即麦勤——跟跟跄跄地走向舞池，在路上与白锦相遇，一把抱住白锦。)

麦：(醉态可掬)阿妹！我找到你了。

(白锦慌忙挣脱，大班帮着上前解围。

（麦勤放开手，独自走进舞池，跟着音乐跳起来，东歪西倒，两手作抱持状，口中还哼着音乐。

（众舞客纷纷停下来看他。两个茶房上前，想把麦勤拖出池，麦力大，一掌劈倒一个，一个拐子腿又踢倒一个，另一大班及茶房四五人蜂涌而上。坐着的舞客纷纷立起来看热闹，一片哗笑。

（董觉得心烦，付账出门。）

C.O.

第十场

景：香海舞厅门口

时：接上

人：董，麦，茶房三人，黑衫人二，董车司机

C.I.

（董走出舞厅。

（麦勤被三个茶房架住，猛力向外一扔，恰巧扔在董身边。二人抱着摇晃了几下，才侥幸没有跌倒。）

麦：（抱着董）阿妹，你勤哥回来了，回来跟你结婚。

董：（使劲推开麦）怎么醉成这样？

麦：（掏出皮夹）阿妹你看，我赚了钱回来了，你看。（掏出一厚叠美钞在董面前直晃）

（墙角一个黑衫人向这边注视。）

董：(看了黑衫人一眼，硬把麦的钱塞回皮夹内）你带了这么多现钞满街走，也不怕丢了。

麦：怕什么？（自另一口袋中又掏出一把钞票晃着）港纸我也有。

（黑衫人又来了一个，董不安地看了他们一眼。

（董司机见董应付不了，跑来帮忙。）

董：(向麦）你住在哪儿，我送你回去。

麦：(被冷风吹着，略为清醒一点）什么？

董：你住在哪里？告诉我。

麦：美国旧金山林肯街三百二十九号。

董：林肯街三百二十九号，这是一家公司吗？（向司机）跟我们有来往的。

麦：那是我舅舅开的，我是在船上做事。

董：啊，是个海员，怪不得！你在香港住什么旅馆？

麦：没住旅馆，预备找房子结婚，我回香港专为了跟阿妹结婚。

董：(知道没法理论）好！好！好！（与司机二人将麦扶至汽车前，开车门，推麦进去，二人亦上车）

（车开行。）

（二黑衫人目送车行，无计可施。）

D.O.

第十一场

景：某旅馆账房间

时：十分钟后

人：董，麦，司机，旅馆职员，男女客各一

D.I.
　　（董及司机携着麦进来，行近柜台，一位男客正在填写旅客登记簿，同来的女客在旁等候，董等行近，麦醉醺醺地倚在柜台上。）

董：（向职员）我这位朋友要一个房间。
职：（看看麦，迟疑地）照规矩，吃醉的人我们不招待。
董：请你通融一下，（哄职员）他没有喝多少，不算怎么醉。
职：（用铅笔搔头）这个……
麦：（醉态可掬，打量女上上下下穷看）真漂亮！（口中啧啧不已）
　　（女客板着脸，绕到男客一边去。）
麦：（一把拖住，或可用粤语）阿妹！别跑！你看你看，我有大把银纸！
　　（又掏出大把港纸。
　　（男客女客、职员及董同时大声说话，嚷成一片。）
男客：岂有此理，侮辱我太太！
女客：混账东西，拿我当什么人？
职员：我们这儿是正经旅馆，名誉要紧。
董：对不起，对不起，他是喝醉了。
　　（董及司机连忙拖着麦跑走。）

　　　　　　　　　　　　　　　　　　　　C.O.

第十二场

景：某旅馆大门口
时：接上
人：董，麦，司机，行人二三

C.I.

（街上行人寥落。

（董及司机挟着麦，脚不点地飞快走出门来，一撒手，麦立即瘫倒在地。董想掉头不顾而去，两手互相挥了挥，表示不管了，走到汽车前，回顾麦倒卧路上，微微摇了摇头，意思说"爱莫能助"，正要上车，总觉不忍，又招司机行近麦，扶起麦拖至车边，推上车，二人随上车，车行。）

　　　　　　　　　　　　　　　　D.O.

第十三场

景：董家客厅连卧室
时：十分钟后
人：董、麦

D.I.

（董独自携麦上电梯，很吃力。司机开房门，三人入，麦一屁股倒在沙发上。司机退出，麦似乎清醒过来，走到柜边，再欲取酒,被董阻止。麦见董,又缠住不放。)

麦:阿妹,你等了我十四年,总算没白等,总算熬到今天,洞房花烛夜。

(董听麦胡说,摇摇头,把麦一只手拿下来,推麦至门边,用左手将麦按住,可是麦又歪歪斜斜地要倒下去,董连忙用两手扶住,拧开电灯,正要扶麦进去。

(麦突然精神大振,霍地将董横抱起来,按照新娘进门惯例,踏过门槛。董大惊,两手挣扎,进屋后麦终以气力不济,腿一软,二人同时跌倒。)

F.O.

第十四场

景:邮船汪氏父女舱房内外
时:次日清晨
人:丹、芒、汪

F.I.

(长天一碧,邮船在海上行驶。

(阿芒精神抖擞地走来,口中吹着口哨,两手搓着,走到汪舱房前,以为是丹林的舱门,敲敲。

(汪舱房内,汪着睡衣,头上敷着橡皮膏,走近舱房门口开门,一看是阿芒,下意识地一按头上橡皮膏,拉开门想揍阿芒。

(阿芒一见是汪,立刻将门反面拉住。

(阿芒见里面没有动静,续行至隔壁丹林舱房门外,再敲敲。

(丹林舱房内,丹林正在整理衣箱,闻声开门,一见是阿芒,想关门,阿芒用力撑住,丹林爽性出来,至甬道上。)

丹:你要干什么?

芒:我想请您吃早餐。

丹:谢谢了,我在房间里和我父亲一起吃。

(芒欲出,又转身入内。)

芒:那你把香港的住址告诉我,过两天我来看你。

丹:我们在香港住旅馆,没有固定的地址。

芒:住哪家旅馆?或者把你未婚夫的住址告诉我。

丹:(冷笑)嘿嘿,用不着吧?

芒:(还想打主意)那么……

(丹林一闪身已抢入房内,随手把门关上。

(阿芒很失望,一摊手一个洋表情,返身走。

(邮船汽笛长鸣。

(香港在望,由船上向岸上拍,渐行渐近。)

C.O.

第十五场

景:董家客厅连卧室

时:接上

人:周、董、麦

C.I.

（早晨的阳光从窗帘缝中射进，在客厅地上投下一片花纹似的影子。

（老周匆匆地收拾着。

（厨子准备早点，用车推出置餐桌上。

（老周匆匆行至卧室门口，轻轻地敲两下，就把头伸进去探视。

（室内衣衫凌乱。

（床一端有两个头并枕而睡。

（周一怔，立刻退出门，定了定神，神秘地笑笑，咚咚地蹬两脚，装着自远而近，然后敲门，又大声咳嗽。）

董：(朦胧地) 唔……进来！

周：(进房至床边) 少爷，得赶快起来了，要去接船。(干咳两声，往床里瞟一眼，里面一位正在蒙头而睡) 汪家老爷和小姐今天到。

董：(睁开眼，欠身看了看床边的钟，直跳起来) 啊！(上身赤着，手忙脚乱地找汗衫)

（周见董赤着上身，心想少爷多风流，瞅着床里神秘地笑。

（董穿了汗衫，着袜子，只有一只，另一只满床乱找。老周在地上找到，递给董。董匆匆穿上，又匆匆穿衬衣，穿错一只袖管。）

周：(帮着董穿正) 请少爷外面吃早点，都预备好了。

董：不吃了，皮鞋拿来！

（周取鞋，蹲下代穿鞋。）

董：领带。

（周递过领带。）

董:(一面系领带,一面往外跑,忽然想起,指了指床上)叫他起来就走。

周:噢!

(董奔出。周至床前,贼忒嘻嘻地迟疑片刻,伸手推麦。)

周:喂!起来起来,不早啦,你这位大姑娘还不起来,一会儿有人来啦!

麦:(动几下子)唔……

(周骨头一轻,老不正经,眯着眼打量下去,看见一只脚伸在被外。

(周一耸肩,用手中鸡毛帚子在麦脚上逗两下,脚一缩。周浑身得意。)

周:(凑到枕边)起来吧!小东西!小宝贝!(掀开被窝上角,发现一个壮汉的头,怔住)

麦:(惺忪地伸一臂搂周颈)阿妹!

周:嗳!你放手!你放手!

C.O.

第十六场

景:码头

时:接上

人:董,码头上的人群

C.I.

（邮船已经泊岸，旅客已走掉一半，其余一半及海关人员等闹哄哄地上下。董赶至，排开众人，赶上船。）

C.O.

第十七场

景：邮船客舱内外

时：接上

人：董，芒，侍役二三，乘客若干

C.I.

（董挨着客舱找人，找不到汪氏父女，拉住一个侍役问讯，不得要领，回头看见一男一女快要下船，女的背影像丹林。）

董：（冒冒失失地跑过去）丹林！（将女客肩头一扳）

（女客一回头，不是丹林，嫌董冒失，狠狠地瞪董一眼。）

董：喔！对不起。（一面讲一面后退，一个脚夫搬着一只大箱子正下船，董的头撞在箱子上，痛得几乎跌倒，头部周围有金星闪闪——卡通——忙扶着舱墙休息）

（芒胁下挟着一支小喇叭走过，见状把董扶进娱乐室。）

C.O.

第十八场

景：邮船娱乐室
时：接上
人：董、芒

C.I.
　　（芒扶董坐下，代董倒一杯水。）
芒：撞了哪里，不要紧吧？
董：（摸着头上撞的地方）不要紧。（但一定神，金星又闪耀——卡通——）
芒：你行李呐？要不要我给你招呼一声？
董：我是来接客的！
芒：没有接着？
董：（点头）
芒：你知道他们住什么舱位？我来替你去问问。
董：是从日本来的，姓汪，父女二人。
芒：姓汪，女的叫汪丹林，是吗？他们已经下船了。
董：（失望）喔！
芒：你姓董，是不是？（走上来与董重新握手）董先生您府上住哪里？我改天来拜访。
董：欢迎欢迎。（随手给了芒一张卡片）您贵姓？
芒：我姓林，人家都叫我阿芒。这次从日本来，和汪小姐他们同路，大家很说得来，他们常常提起您。
董：谢谢您一路照应，他们临走有没有留下地址？

芒：(无意间漏出自己的心事，惋惜地) 就是没有啊！不过有了您的地址也就行了，他们会来找你的！
董：(听不懂芒的意思) 喔！(想走) 嗨……林先生，你还不下船？到了香港住在哪儿？有没有什么需要我效劳的地方？
芒：我随时都可以下船，船上乐队领班是我的朋友。(掩不住心中高兴) 你听我给你吹一段啊！(拿起小喇叭吹了一段拿手的曲子，节奏非常轻快)
董：(拍手) 好极了，你吹得真好！
芒：这还不是我拿手的，(以手作弹吉他状) Guitar 我最拿手。
董：啊那更好了，我最喜欢 Guitar，明天晚上我家里有个 Party，欢迎你来。(站起告辞)
芒：一定来！(与董握手，另一手拍董肩) 只要您不怕麻烦！
董：哪里话。(告辞) 再见再见！

　　　　　　　　　　　　　　　　　　　　C.O.

第十九场

景：百乐酒店套房
时：接上
人：丹，汪，侍役二人

C.I.
　　(侍役提着三四口箱子前导，丹及汪进，丹的表情很不高兴。)
汪：(向丹) 你住这间，我就在隔壁。(向侍役) 那箱子搬到我房间去，

（伸手向袋中取酒，瓶已空）回头再带几瓶酒上来，下去时候给账房讲一声，我们是董季方董家的亲戚，这里的房间总要用一阵子，这个账一起结。

（对汪的口气，丹大起反感。

（侍役退。）

汪：（向丹）你休息一会儿，回头就去看季方。（出室）

丹：（叫住汪）爸爸！

汪：（留住）嗳！

丹：回头见着季方的时候，给您公司投资的事先别提行不行？

汪：那有什么关系，女婿嘛是自己人！

丹：爸爸你那间公司是个什么局面，季方也不会不知道，现在您去说投资的事，要他一下子拿出很多钱，倒像拿人去换钱似的。

汪：那是什么话？投资归投资，嫁女儿归嫁女儿，完全是两回事。季方大方得很，不会那么小心眼儿。再说，你们又不是刚认识，大家好了倒有两三年了，现在不过是个手续。

丹：爸爸，你觉得季方现在对我怎么样？

汪：不是很好么？

丹：像今天接船，他怎么会不到？

汪：也许是他去迟了。爸爸是老香港，没有人接又怎么样？丹林你不要胡思乱想，要是你觉得委屈，我先去，叫季方来旅馆接你，总算了吧？

（丹林不语，汪出室带上门。）

C.O.

第二十场

景：董家客厅
时：接上
人：董、麦、周

C.I.
（老周开门，董入，二人在门口讲话。）
周：少爷回来了，接着没有？
董：（懊丧地）迟了，没有接着。
周：糟糕！（低声指里面）不肯走！
董：谁？（已经忘了那客人）
周：昨天在这儿过夜的那位先生。
（董皱眉入，麦正坐在沙发上看报，仍衣冠不整，满脸络腮胡子。）
麦：（起立）你是董先生？我非得等你回来谢过你再走。
董：请坐，你贵姓？
麦：我姓麦，昨天晚上喝醉了，怎么上这儿来的自己都不知道。
董：本来不关我事，我看你在街上当着许多人拿出那么多钞票，恐怕你遇到坏人，有生命危险，把你送到旅馆去，旅馆又不肯招待，只好上我这儿来。
麦：我一点都不记得。
董：记不记得你一个人跳舞，逢人就抱着叫阿妹？
麦：（惭愧）我昨天是受了点刺激，这梁阿妹，我跟她约好等我到美国赚了钱回来娶她，我辛辛苦苦地在船上做了十四年，好不容易积了一点钱，回来找她，她倒已经嫁了人了，你说可恨不可恨？

董：(好笑)十四年？你当她还在这儿等你？

麦：可不是？

董：(有些感动，默然片刻)那么你现在打算怎么样？

麦：我自己都不知道。

董：你可以在香港住下来，慢慢再找一个，成家立业。

麦：(点头，取身上钱)董先生，照昨天晚的事情看起来，你真是一个难得的好人。这些钱我想存在你这里，等我要用的时候再问你拿。

董：你倒放心？

麦：这有什么不放心？你们董家在香港，我是知道的。

董：(暂时仍不接)也好，不过我只能给你保管几天，明天我就要结婚，结了婚到夏威夷去度蜜月。这儿就剩两个工友看家，没有办法给你保管。

麦：(沉吟)你们走了，这房子空在这里，租给我一两个月好不好？等你从夏威夷回来，我大概也可以找到对象了。

董：(想一想)那也好，你搬来住好了。

麦：(指钱)这些钱还是请你暂时保管一下，免得遗失。

董：多少？

麦：(将钱递董)美金八千，港纸三千，我留五百块钱这几天零用。

董：(数钱)你真是个老实人，(突然站起来，来回走着，自言自语)倒真是个老实人，还有点积蓄！(猛然旋身向麦)我给你介绍一个对象怎么样？你有什么条件？

麦：(寻思片刻)年纪要在五十岁以下。

董：(不禁好笑)那好办，我马上请她来，包你满意。(走近电话机拨号)

麦：(忙上前掩住话筒)这位小姐是你的朋友？

(董点头。)

麦：不行不行，这些正派的女孩子我见了害怕的。

董：你放心。

C.O.

第二十一场

景：白锦卧房
时：接上
人：白

C.I.
(白锦蒙头大睡，好梦正酣，床头电话铃响个不停。白自被中伸出手来摘电话，糊里糊涂地听着。)

白：哪位？

C.O.

第二十二场

景：董家客厅

时：接上

人：董、麦、周

C.I.

董：(继续讲电话)喂！白锦，我季方。我有要紧的事给你商量，你能不能马上到我这里来？

(插白锦卧房。)

白：(仍渴睡，答应了再说)好！就来。(挂上电话)

(董家客厅)

董：(挂上电话向麦)好极了，她马上来。她来了，你招待一下，我还有事得上别处去。

麦：最好你也在一块儿。

董：你怕什么？来，喝杯酒壮壮胆子。(自酒橱中取威士忌倒一杯给麦)可别喝得太多，醉了就糟糕！

麦：(饮酒)嗳！这位小姐脾气怎么样？

董：(想了一想)挺好的！而且最喜欢金山伯，当海员的。

麦：哦！喜欢当海员的！(得意地整一整领带)

(门铃响。)

(老周去开门。)

麦：(惊)已经来了？(摸下巴)我今天还没剃胡子！

董：没那么快，你去剃胡子好了，头上抹点儿油，给小姐个好印象！

(引麦入卧室边的漱洗室)

C.O.

第二十三场

景：董卧室连漱洗室
时：接上
人：董、麦、周

C.I.
 （董引麦上楼入室。）
董：（拍）你在这儿就跟自己家里一样，不用客气。
麦：谢谢。（入洗澡间）
 （董打开保险箱，将麦的钱放进去。老周在房门口出现。）
周：少爷！汪小姐来了！
 （董愕然，急急出。
 （周随出。）

               C.O.

第二十四场

景：董家客厅
时：接上
人：丹、董、周、汪

C.I.
 （丹林已在客厅内，正在脱外套，董连忙赶上来接过外套挂衣架上，然后亲热地抱住丹肩膀。）

董：丹林！（看看丹的脸）

丹：(持保留态度，将董推开）你没有想到我现在会来吧？今天早上……（找沙发坐下。老周原在一旁看呆了，现在才想起，赶快去倒茶）

董：（跟上）今天早上去迟了一刻钟，真该死，昨儿晚上睡得太迟。

丹：你现在应酬很忙啊？

董：也没有什么，昨天是一个朋友喝醉了酒。（岔开）老伯呐？

丹：我就是为了我爸爸，所以先来一趟。季方！你老实告诉我，这两年里头，你给我爸爸寄过多少钱？

董：没有多少钱，不过是零用。

丹：季方！我家里的景况，你是知道的，从前在上海的时候，我们家很有钱，现在给爸爸化光了，因此现在手头紧了，偏又有你寄钱给他，但是我可不愿意你为了我的缘故寄钱给他。

（董十分尴尬，不知说什么话方好。）

丹：还有，爸爸的那一家卫华公司，什么生意都不做，就是顶着一块空招牌，这次他叫你投资，千万不能给，你帮他反而害了他。

董：不给怎么成呐？他是我的岳父，你这不是叫我为难嘛？

丹：因为我爸爸是你岳父，所以你要给，那你投资就是为了我啰？等于出钱买我这个人。

董：（急了）这叫什么话，那我不投资好了。

丹：那么，季方，你老老实实地告诉我，你到底爱不爱我？

董：哎！我们恋爱倒有三四年，订婚也有两年了，你怎么还问我爱不爱？你……这是从何说起嘛？

丹：那你的信为什么愈写愈冷淡，近来一个月干脆不写了……

董：哎呀，那是因为马上就要结婚，信当然不用多写了嘛！你真是神经过敏。

丹：哦！是我神经过敏？

董：是你自己多疑末。

丹：（悠悠地）那么有个白锦，你跟她感情怎么样？

董：（怔住，语无伦次）白锦是谁？你怎么知道的？（看门口）

丹：我爸爸告诉我的，白锦他也认得。这位舞小姐一定长得很漂亮，你给她迷住了吧？

董：什么话？这完全是两回事，有时候上舞场完全是为了业务上的应酬。

丹：（有些安慰）难道说是逢场作戏？

董：是，是逢场作戏！（又看门口，头上直冒汗）这里好热，我们出去找一个有冷气的地方谈一谈，走。

丹：我倒觉得还好，不要出去了。（站起来四处打量）这间厅布置得不错。

（门铃响。

（董立刻丢下丹往门口跑。

（老周已去开门。董煞不住脚，被小地毯绊了一跤。一跤掼出去，正跪在来客面前，客人是汪。）

汪：（扶董）起来，起来，太客气了，不敢当。

周：（殷勤代答）应该的，应该的。

汪：你们少爷太多礼，其实鞠躬就可以了。

（董憋着一肚子怨气爬起来，老周代为扶起。）

董：（舒一口气）老伯里面坐吧，丹林已经来了。

汪：（一惊）哦！她已经先来了。（踱进客厅）

董：（低声向周）老周，一会儿白小姐来，你告诉她我不在家，别让她进来。

周：噢，知道了。

（董亦走至客厅中心，汪已经在自动倒酒喝，丹立窗前看风景。）
（老周给汪敬茶后退下。）

汪：怎么？你老太爷他们还没有到？

董：（歉然地）我爸爸他们正在南美洲，赶不及来，他要我向您致意一下。

汪：这个没有问题。（得意洋洋）礼堂和请帖这些个都……？

董：都准备好了！证婚人也请妥了，这儿的太平绅士王伯高。

汪：真可惜……

董：老伯您……

汪：可惜请了王伯高来证婚。其实，请唐裕老更合适，前清的翰林，年高德劭。凭我一句话，包你请到，你老丈人穷虽穷，可是这块招牌硬。

（董漫应，不安地偷眼望丹。）

汪：嗳！季方！（改变态度）我信上给你提的投资事怎么样？

（丹连忙转身向董做眼色。）

董：老伯的事业我当然应当投资，可是目前一时没有那么多现款。

汪：得了得了！你这话谁相信？

董：是真的，这一阵子钱不凑手。

汪：你说这个话就不像自己人了。告诉你，从今以后卫华公司你

237

就是大股东兼董事长,合同我都请律师拟好了,你瞧瞧,条件多么优厚?(袋中掏出合同给董看)

(丹林又连忙向董使眼色。)

董:(会意,向汪)我年纪太青,缺少经验,做董事长不能胜任。

汪:(觉察是丹林捣鬼,向丹)这些事你懂什么?不要你管。

丹:我又没说什么。

汪:(拉着董往餐间走)走,我们那边儿去谈。(拉着董走进餐间——餐间与客厅相连)

(丹林抿着嘴目送二人进餐间。电话铃响,丹林接听。)

C.O.

第二十五场

景:白锦卧室

时:接上

人:白

C.I.

(白已起床,尚未梳洗,着睡衣,头发蓬松,拿着话筒说话。)

白:你们少爷没有出去吧?我叫白锦,请你告诉你们少爷,我马上来!(挂电话)

C.O.

第二十六场

景：董家客厅连食间
时：接上
人：丹、董、汪、周、芒

C.I.
　　（丹林色变，挂上话筒，心里痛恨董季方当面撒谎，几乎立不牢，扶着手头的椅子坐下，两眼发直，心中大起波动。
　　（汪、董自食间出来，好像已获得圆满的协议，一路说着。）
董：事情总有办法，老伯您别急，慢慢来！
汪：把香港分公司办起来再说，几时你陪我去看看房子。（向丹）丹林，现在我们一同出去吃饭！
丹：（脑中像一团乱丝，想一个人留在家里清清静静地清理一下）我吃不下，你们去吧，我想留在这儿休息一下。
董：（取外套，代丹披上）去，去，把你一个人留在这儿，像话吗？走！我本来应该给你接风，就在对街正兴楼，几步路就到了。
　　（丹林勉勉强强地随着董等外出，老周抢前一步去开门。
　　（门铃突然先响。周呆住了，驻足不前，董也怔住了，主仆面面相觑，丹林也很紧张，只有汪莫名其妙地望着三人。
　　（门铃声这次更响，汪趋前开门。门外是阿芒，一手提着小皮箱，一手携扁鼓。）
董：（如逢大赦，赶快迎上去握住阿芒的手摇个不停）欢迎欢迎，林先生，欢迎你来！
芒：我特地来拜访，同时我在香港（指小皮箱）新买了一个

Guitar，想来弹给你听一听。
汪：(直往后躲，低声自言自语)这小子，神通广大，追到这儿来了。
董：(代芒介绍)这是我未婚妻汪小姐，这是汪老先生，你们在船上认识的吧？
汪：(下意识地摸着头上橡皮膏)敢情认识！
　　(丹林用戒备的眼光冷冷地看着芒。)
芒：好极了，全都认识。你们明天晚上的Party我一定来参加，今天先来给你们讨论一下音乐节目！
董：好极了，非常欢迎。(向汪、丹)林先生的音乐造诣很高，过两天我要把他介绍给唱片公司。(向芒)现在我们同去吃饭，吃完饭再细谈！
芒：饭我已经吃过了，我在这儿等你们好了！
董：留你一个人在家里怎么可以？
丹：(一直在以戒备的眼光看着芒。她既已捉到董的错处，自己的立场先要站稳，不要因为芒的介入而使事情更加复杂，所以立刻果敢地采取主动，同时她还有一个打算，想留在家里看一看将要来访的白锦)季方！这样好了，我原来就有些头痛，根本吃不下，你们叫馆子里给我送一点东西来好了，我留在家里招待林先生。
董：(只得表示大方)那也好，我们很快就回来！
汪：(不大放心)丹林，你要小心啊！
　　(丹使眼色要汪不要多讲。汪偕董出，老周关门，帮着林提着小皮箱导引入客厅，为林倒茶。)
丹：(冷峻地)林先生，我有几句话跟你讲！
　　(二人移步走向洋台。)

芒：(满不在意，抬头打量全屋)

丹：我跟董季方是认识很久了，而且订婚已有两年了，请你不要老缠着我！

芒：(又起劲了)认识时间的长短没有关系呀，你们两个人之间，根本没有一种……一种沸腾的爱情。这一点，我看得出来的。

丹：林先生，你从小在外洋，根本不懂得中国的女孩子，她们所要的是稳定可靠的爱情，不是什么沸腾燃烧的爱情。

芒：(轻视)稳定可靠的爱情？你是指金钱、地位、生活的保障？哼！根本是买卖式的婚姻！（态度傲慢）

丹：(自尊心受创，直立起来)胡说，你怎么可以这样给我说话？我和董季方彼此相爱，不要你来干预！

芒：彼此相爱？他对你完全忠实？什么事也没有瞒着你？你拿得准嘛？

丹：(一语刺心)有件事我拿得准，要你给我马上滚！（爆发了歇斯底里的啜泣）

（芒亦立起徘徊，还想设词挽回。）

丹：(锐叫)滚！

（芒略耸耸肩，微微鞠躬出。

（丹坐下拭泪，竭力抑制自己，取出粉镜整容理发。）

C.O.

第二十七场

景：董季方卧室及漱洗间

时：接上
人：麦

C.I.

(麦已穿戴整齐，发光可鉴，下巴剃得光溜溜地，吹着口哨，兴冲冲地出来，远远见丹，没想到"白小姐"如此年青貌美，喜出望外。)

C.O.

第二十八场

景：董家客厅
时：接上
人：丹、麦、周、白、董、汪

C.I.

麦：(已行近丹) 咦，你已经来了！
（丹茫然，欠一欠身，不答。）
麦：你脸色不大好，是不是有点不舒服？
丹：（摇摇头，打量麦）你是季方的朋友？
麦：对了！（四顾）董先生呐？
丹：出去了。
麦：答应给我们介绍，他倒溜了，只好我自己介绍啰。我姓麦，大麦小麦的麦，叫麦勤！

丹：我姓……

麦：（剪断）我知道，他都告诉我了，（上下打量丹）我可没有想到你长得这么漂亮。

（丹淡然一笑，被麦看得不好意思，将旗袍角紧一紧。）

麦：（取桌上汪卓然遗下的酒瓶，斟两杯，递一杯给丹）来，我们喝一杯。你脸色不好，喝一杯就好了。

（丹以为"酒能浇愁"不知道厉害，接过来一饮而尽，突感眩晕，闭上眼睛仰靠在沙发背上休息。

（麦也喝干，粗鲁地在丹肩上一拍，用力甚猛，丹林一震。）

麦：我知道你能喝，（手中又斟一杯，放在丹林面前矮桌上）再来一杯！（自己又斟一杯，端在手里，跑过去把落地收音机拧开，传出热情的音乐）

（丹仍仰靠着养神。麦行近，并坐在沙发里，色迷迷的。）

麦：（定睛望着丹）阿妹要是有你这么漂亮，别说十四年，等她四十年都可以！

（丹仍不答。

（麦慢慢伸一臂，搁到丹林背后的沙发背上去。丹林觉察，想站起躲避，却被麦拖着一臂甩落在沙发上，侧过身去，完全是水手的动作，强吻了丹。

（丹林顺手给麦一个耳光，挣脱跑开。）

麦：（捂着脸）好，你打我，有点意思了。

（门铃响。）

丹：（恐麦再犯，指着门）季方回来了！

麦：让他回来好了，怕什么？

丹：我爸爸来了！

麦：你爸爸？（疑心有圈套）你爸爸来这儿干什么？

（一跃而起，至门口探视。

（麦跑至门口。周已经开门，在与白锦说话。）

周：白小姐，对不起，少爷出去了。

白：(很不快)出去了？

麦：(自言自语)白小姐？(回顾客厅,突然省悟,大惊失色)不好了！

白：(向周) 他什么时候回来？有没有留话？

周：没说什么时候回来，也没留话。

（白悻然转身走，周关门。

（麦奔回客厅。

（丹仍坐原处，精神颓唐。）

麦：(取外衣,向丹)对不起,对不起！我有事先走一步！(拔步奔出)

（丹受阿芒奚落，精神上创伤未复，又无端被麦欺负，伤心已极，不禁饮泣，索性把面前一杯酒一饮而尽，一阵昏眩，倒在沙发椅上。

（落地收音机的音乐仍在响着。

（从丹林眼睛地位仰摄厅中的吊灯，光影迷离。）

D.O.

第二十九场

景：丹林梦境

时：不拘

人：丹，董，麦，芒，汪，舞女一

D.I.

(此段梦境,以表现丹林的心理苦闷为主。先是丹与董正在田野间徜徉,忽然跑出一个妖艳的女人[白锦]把董抢去。这时出现一个市井小流氓阿芒,与之纠缠,忽又出来一个壮汉麦勤,将阿芒击倒,欲向丹林图加强暴。丹林不从,麦勤就把丹林推倒在地上,并用手将丹林的头掀在地上要闷死她,丹林大叫。

(以上音乐由落地收音机的音乐一直连下来。)

C.O.

第三十场

景:董家客厅
时:廿八场的十分钟以后
人:丹,董,汪,饭店伙计一

C.I.

(丹林蜷曲在沙发上,鼻子下面闷着一个椅垫,正在恐慌地大叫。

(汪及董立在跟前,饭店伙计提着一个食匣立在一边,见状莫名其妙。)

汪董:丹林,你醒一醒,醒一醒!

丹：(惺忪地搓一搓眼睛）唔？(看见董及汪，想起梦境，觉得不好意思)

汪：怎么会睡着了呐？（乱嗅一通，觉察有酒味）你吃了酒啦？
（丹不答。董注意到矮桌上的两只酒杯，拿起来嗅嗅，确有烈酒气息，很诧异，再看了看丹，仍旧不相信她会喝了烈酒，侧耳听见音乐声，去将收音机关掉。)

董：大概是太累了，得休息休息！

汪：东西还吃不吃？
（丹望着食匣摇摇头。）

汪：我送你回旅馆去睡。(搀扶丹起行）

董：回去好好睡一觉，四点钟还得去试礼服，别忘了！
（见丹立脚不稳，忙搀扶。）

汪：(携丹至门口，向董)别送了，你还有事。

董：好，一会儿晚上见。
（丹、汪、饭店伙计相继出。
（董目送众人出去后关上门。老周向之耳语。沉吟片刻，拨电话。）

董：(电话已通，说话口气很歉然地）白锦吧，我季方啊，今天真对不起，让你白跑一趟……（显然对方在咆哮，董将听筒远离耳朵）不怪你生气，我实在是没办法，没想到我的未婚妻忽然来了！她父亲也来了。
（插白锦卧室。）

白：(讽刺地，拖长声音）哦……什么原谅不原谅？我就是奇怪，你会有什么要紧的事马上逼着我上你那儿去……给我介绍朋友，（冷笑）你这番好意我心领了，可是你给我做的媒我准不

答应……为什么？因为你的朋友也没有好人。（拍地将电话挂上）

董：喂喂喂！（见已无法再通，索然挂上电话，怔了一会，快快走开，看见桌上阿芒留下的扁鼓，无聊地用手指骨节敲了两下，发出幽沉的登登之声）

Diss.

第三十一场

景：某服装公司
时：同日下午四时余
人：丹，汪，店员三四，顾客二三（芒）

（门外橱窗中，布置着男女人像模特儿。从橱窗内望进去，可以看见汪卓然倚在柜台上翻着呢料样本，一店员在旁侍候。

（在里间，丹林已试好结婚礼服，正在往下脱，一位裁师还蹲在地上东看西看。丹林的表情很不高兴。）

汪：（翻着样本）这种多少钱？
店员：（心中盘算一下）这是开士未，价钱大一点，连工五百二。
汪：（又换指一种）这个呐？
店员：这个便宜，二百八就行了。
汪：一样再做一套，连昨天做的三套，星期六之前要做好，（指指里间）账和结婚礼服一起结！
店员：好，明天请你过来试身！

汪：做工不可以马虎啊！

店员：您放心，董公馆是我们老主顾，这一次董先生办喜事，特别关照过，您放心好了。

(丹林礼服已脱下，女裁师仍在用软尺为丹度身。

(丹听见汪在大做衣服，十分厌恶，镜子里看到自己的影子，腰际的软尺竟幻化为一条条的绳子，将自己捆了起来，耳际听见《结婚进行曲》，越奏越快，最后变为金鼓齐鸣。

(当丹林从幻想中恢复正常时，又听见阿芒的O.S.。)

芒：哼！根本是买卖式的婚姻……

(丹受刺激，突然将女裁师为她戴上的披纱等扔在地上，狂奔出室。女裁师等追出。)

汪：(见状)什么事？什么事？

(丹不顾，奔出。

(汪及店员等跟着追出去。)

C.O.

第三十二场

景：董家客厅

时：接上

人：董、周、麦、汪

C.I.

(董正在拆看结婚开支的各种账单，翻阅记事簿，老周在旁侍候。

（门铃响，周去开门，麦偷偷地进来。）

周：麦……

（麦连忙禁止周扬声，蹑手蹑脚地走进来。）

麦：（轻声向董）嗳！

董：（抬头见麦）这半天你上哪儿去了？到处找你。

麦：嘘！别这么大声。

董：干么这么鬼鬼祟祟的？

麦：你的客人呐？刚才有位小姐在这儿。

董：哦，那是我的未婚妻汪小姐，她早走了！

麦：（颓然）唉！我就猜着是你的未婚妻！

董：（走近麦身边）我给你介绍的女朋友临时有事不能来，改天我另外给你介绍一个！

麦：谢谢你，不用了，我不想交什么女朋友。

董：为什么？

（麦长吁不答。）

董：看你这付神气，一定还是死心眼儿爱那个梁阿妹！

麦：（着恼）谁还爱那个没良心的女人！

董：你还不肯承认？

麦：别胡说，我老实告诉你，我已经爱上了另外一个人。

董：哦，真的？你今天刚认识？

（麦痛苦地点点头。）

董：这么快！（与麦握手，大摇特摇）恭喜，恭喜！也可以吃你的喜酒了。

麦：（摇头）你不用高兴，也吃不到我的喜酒，我这辈子不用想结婚。

董：干吗这么悲观？（拍麦肩膀）拿出勇气来，大胆追求，包你成功。

麦：（颓丧，嗫嚅地）董先生，我想请你把我的钱还我，我还是去住旅馆。

董：（怔了一下，愀然）当然，你要是一定要走，我也不好强留。你等一等，我去拿钱！

（正要走，门铃响。）

麦：（恐慌）谁来了？（老周闻声去开门）

董：（向门口张了一张）是我未婚妻的父亲。

（麦大恐，奔入内。）

董：（奇怪）干吗这么害怕？

（汪卓然气喘吁吁赶入客厅。）

汪：季方！（一把拉住董）季方，你镇定一下，别着急！

董：（扶住汪）老伯，你先镇定一下，别着急！

汪：咳！真是！叫我没法子开口，我那个孩子！

董：（吃惊）丹林怎么了？

汪：她要我来给你说，明天不能结婚，要暂时解除婚约！

董：（如闻霹雳）啊？为什么？

汪：我正是要问你啊！你们吵了架，是不是？

董：没有，没有啊！

C.O.

第三十三场

景：董家卧室门口

时：接上

人：麦

C.I.

（麦躲在卧室门口，楼梯角落里窃听。）

C.O.

第三十四场

景：董家客厅

时：接上

人：董、汪、周、芒、麦

C.I.

汪：这孩子犯了别扭脾气，说什么也拗不过来。

董：老伯，你总要管管她哟！

汪：丹林从小就没有了妈，娇生惯养的，我简直拿她没办法。

董：我去找她去。（匆匆向门走去）

汪：（扯住董）她叫我告诉你她什么人都不见。过些时候再跟你解释，跟你道歉！

董：（苦笑）道歉！？（走到电话机前拿起听筒又被汪夺了过去）

汪：你也别给她打电话，她一概不听。

董：（颓然）这到底是怎么回事？

汪：她今天早晨跟你见面的时候态度怎么样？

董：没有什么！不过——后来她在这沙发上睡了一觉，样子很奇怪，你觉得吗？

（插入麦在卧室边窃听。）

汪：哦！

董：好像是喝醉了似的。

汪：她向来不喝酒的，平时还不让我喝。

（门铃响，老周去开门。）

董：我知道，所以奇怪。

汪：（想一想）难道是让人灌醉了？不好了，会不会是下了药了！

（二人面面相觑，惊惶万分。）

董：（回想）今天有谁来过？除了麦勤，就是那位林阿芒。

汪：（一想对了）准是那个黑小子，那家伙不是好东西。

（阿芒携新购吉他入。）

芒：（欣然向董）我又买了一个新的Guitar。

汪：（紧张地）准是他，在船上拼命追求丹林，半夜三更跑到我们船舱外边，不怀好意。

董：真的？

汪：可不是，让我抓住了，他就索性下毒手把我打伤了，（指头上橡皮膏）我头上的伤口还没好呢。

芒：（不安）我来得不是时候，那我走开好了。（转身要走，被汪一把抓住）

汪：这次你跑不了。

（阿芒挣扎，用力将汪一推，汪跌倒坐在地上，董扑上来打芒。）

芒：好，你也来！（还击）

汪：（坐在地上鼓励董）好，揍这小子，揍这混蛋！（一眼看见矮桌上搁着阿芒的新吉他,忙立起将吉他抱住不放)他就是这玩意儿厉害,他没了武器,咱们不用怕他!

（阿芒已摔开董,顺手拿起桌上的扁鼓往汪头上一砸,鼓破,套在汪头上,颈上挂着一圈铁片子,叮当响个不停。）

汪:(穷喊)快找警察来,老周!厨子!来人哪!

董:老伯,我给你报仇! （一头撞去猛攻阿芒）

（麦勤突自甬道冲下来,大力如牛,拉开董与芒。）

麦:慢来,慢来,你们打错了!

汪:(向董)这是谁?

董:麦勤! （向麦)汪先生是我的未来丈人。(纠正自己)从前的未来丈人!现在不对了,我未婚妻要跟我解约。

芒:(大喜)真的!那好极了,她到底听了我的话了。

（董大忿,又想向芒猛攻,被麦拉开。）

麦:你的未婚妻跟你解约是为了我,你要打架应该跟我打。

董:什么?

汪:为了你? （忽见老周与厨子在侧门口张望,忙去驱逐）走开走开,谁叫你们来的?

芒:(还在那里高兴,手舞足蹈地)她到底听了我的话啰!

麦:(敌意地)要你这么高兴干什么?

芒:(陶醉地)因为是我劝她解除婚约的!

汪:不打自招。

董:(有些糊涂了,向芒)你也有份?

麦:(向芒)你自己想追她,是不是?

芒:(得意洋洋)不错,现在看起来大有希望。

麦:你别做梦!告诉你,我对汪小姐才是一见倾心,头一次见面

253

就下死劲地追，所以她一回去马上解除婚约。

汪：(扳着指头算)慢点，你们一个一个地来。(向麦)据你说，你也追求我女儿来着?

麦：是的!

董：姓麦的，你太没有良心啊你!我对你不错啊!昨儿晚上要不是我，你不但钱让人抢了去，也许还得送命!

麦：(内疚地)我知道。

汪：好，人家救了你的命，你灌醉他的未婚妻，调戏人家?

麦：我认错人了，当汪小姐是舞女。

汪：(大怒)啊!凭什么当我女儿是舞女?

董：(恍然大悟)哦!你当她是白小姐，不怪你，这倒情有可原。

汪：为什么，我女儿哪一点像舞女?

董：(向麦)你赶紧到百乐酒店去跟汪小姐解释清楚，告诉她你认错人了。

汪：不能再叫他去，回头他一看见丹林又跟她谈恋爱，那怎么好?

董：那他不会。

麦：(愁眉苦脸地)你怎么知道，你能担保吗?

(董楞住。)

芒：(已在一旁思考多时)慢着，慢着，(向麦)你向汪小姐求爱，是什么时候?

麦：今天中午。

芒：十二点以前，还是以后?

董：这有什么分别?

汪：反正是青天白日，调戏人家闺女。

芒：不不不，大有关系。

254

麦：我没注意，大概是十二点半。

芒：(废然长叹)唉！那是我输了，我跟她求爱的时候是十二点零五分。

麦：(得意)这样看来，你跟她求爱不生效力，我一追求，她马上回去跟未婚夫解约。

董：(气愤已极)今天就连我也跟我未婚妻谈恋爱来着，你们二位可别见怪。

麦：(紧张)什么时候？

董：十一点多。

麦：(得意)差远了，没关系！没关系！

董：(捺定怒气)多谢，您真是宽宏大量！

汪：季方！你别这么泄气，男子汉大丈夫，未婚妻让人抢了去，难道就这么算了？

董：叫我怎么办？打官司？法律上有解除婚约的自由，打架？(指麦、芒)他们人多，二对一，我打不过他们。

麦：这样吧，还是让我到汪小姐的旅馆去问问清楚。

董：你去我也去。

芒：我也去。

汪：不行不行，你们三人一块儿去，在旅馆里一嚷嚷，人都知道了，传出去太不像话。

董：那么还是大家轮流去。

麦：谁先去？

董：当然我先去，到底是我的未婚妻。

麦：现在已经不是了。

汪：(思索，把颈上套的扁鼓一转歪戴着)这么着，你们照电影明星排名的办法,以姓氏笔划为序。

芒:好的,我赞成。(因为他姓林,笔划最少)

董:我不赞成!

芒:(再想了一下)那么来一个歌唱比赛,赢的先去。

麦:那不公平,我看年纪大的先去。

董:(站到麦与芒中间)个子最高的先去。(董最高)

芒:我不赞成。

汪:(从身上掏出一付骰子)这也不好,那也不好,我看这样吧,你们三个人每人掷一次,点数最多的先去。

董:
麦:(迟疑了一下)好吧!

(汪在桌肚内找了一个开口烟灰缸,三个人围上来掷,掷得克郎克郎地响。

(老周在侧门门口出现,见他们在掷骰子,莫名其妙。)

麦:(大叫起来)啊,九点我最大,我先去了!(掉转头就跑)

董:(赶上去)喂,你可得答应我们,见面的结果怎么样应该马上通知我们。

O.S. 麦:那当然!(突然又奔回来)

麦:汪小姐住在哪家旅馆?

汪:(只得告诉他)百乐酒店三百零四号。

(麦再出,大门砰然关闭。

(众嗒然,静默片刻,汪收起骰子。

(董代汪除去颈上的破鼓,汪夺过来拿在手里看了看,瞪阿芒一眼,丢在地上。)

D.O.

第三十五场

景：百乐酒店丹林卧室连甬道
时：十分钟后
人：麦，丹，侍役一人

D.I.
 （麦勤大步奔上来，或从电梯出来，找到三〇四室，敲门，没有反应，敲得响些。
 （转角走出侍役。）
侍：喂！您找什么人？
麦：三〇四号房的汪小姐！
侍：汪小姐睡了，关照过的不见客。
 （麦不理，又大敲。）
侍：喂喂喂喂！（将麦手拿开，狠狠地对麦摇头，意思说"你不要再敲了"）
 （麦废然退后，无法可施，突想得一计，叫侍役。）
麦：喂！（侍役转身回来）这么大白天汪小姐睡了？（侍点头）什么客也不见？（侍点头）电话也不接？（侍点头）汪小姐家里出了事！（口中"粥"地一声，用食指在自己颈下一勒，意思说"自杀了"）
 （侍役一想不对，大恐，赶快跑到柜边取锁匙，开门。麦紧跟在后面，门开，涌进。）
丹：（正着晨褛，半靠在床上看书，见门开，下意识地惊惶了一下，看清楚是麦，厉声喝问）你来干什么？

（侍役见丹并未自杀，大慰，又见丹已招呼麦，已没有自己的事，退出去。）

麦：(见了面，反而嗫嚅)上午的事，我非常冒昧，特地来道歉！(背过身去，让丹林下床)

丹：(走过来，一面裹紧身上的晨褛)不用，你请吧！

麦：(不走)听说你跟董先生解除婚约了，为的什么？

丹：那是我们私事，你不用费心。

麦：(很失望，但仍不死心)是不是跟(说不大出口)……跟……跟我有点关连？

（丹林答都懒得答，摇摇头。）

麦：刚才我在董先生家里，林先生也在那儿，大家推举我来问一问清楚。

丹：我和季方之间的私事，跟你们有什么相干？

麦：(知道自己估计错了，失望，另打主意)哦，那一定是您和季方之间有了误会，我来帮你们解释好了。

丹：(有点心软，表面上装作不肯示弱)用不着。

麦：(不得要领，再作建议)你一个人闷在屋子里，更想不通。我陪你出去散散心，听听你的意见。

（丹摇头。）

麦：你不出去？你不怕麻烦？我跟董季方和林阿芒约好的呀！轮流着一个一个来！

丹：(一听季方要来，想躲开，但仍嘴硬)我可以不见他们啊！

麦：可是你已经见了我呀！

丹：(一想不错，失笑)出去散散心也好！

D.O.

第三十六场

景：什景
时：同日下午
人：丹、麦

D.I.

（麦勤引导丹林游赏香港各处名胜，二人一前一后，或并行，而始终有距离。麦勤无机可乘。）

C.O.

第三十七场

景：董家客厅
时：接上
人：董、芒、汪

C.I.

（董手里正把电话机放下来，汪、芒在旁候消息。）

董：(怒气冲冲地) 出去了。账房间讲的，同一个男人出去了，准是麦勤这小子。

芒：根本没有信用。

汪：你看你交的朋友！

周：(看见少爷心烦，也很难过) 少爷，开不开饭？

董：再等一会儿！

　　　　　　　　　　　　　　　　C.O.

第三十八场

景：海鲜船上
时：接上
人：丹、麦

C.I.
　　（时间已近黄昏，天边晚霞似火。丹林与麦勤在船上，海鲜摆满一桌，吃得很开心。
　　（二人起立，至船边，俯视篓中的鲜鱼。麦指出一只，舟人以小网捞出。丹及麦回至中舱坐下，麦品酒，又斟一小杯，送至丹林口边。）

麦：喝一点吧！
丹：（推开）从此不再喝酒！（"上午喝酒误了事"这句话没有讲出来）
麦：（郑重地）汪小姐！你跟董先生认识有多少年了？
丹：我们家是世交，从小就认识的，订婚也有两年了！（神往）记得订婚那一天，也是初夏的天气，季方带了我到处玩，后来还到浅水湾去游泳。现在想起来，好像还是昨天的事。
麦：那感情一向很好啰，你为什么要跟他解约呐？
丹：是一向很好，可是今天早上我发现他对我不忠实，所以我要解除婚约，罚他一下。

麦：那不太过吗？你意思是……还有没有其他的可能？

丹：（一笑）麦先生，你们在外洋待久了，对于中国女孩子的心理不大了解。中国女孩子的心里，只可能有一个爱人，要是对方另外有了女朋友，我们都认为是很严重的事。

麦：（点头，同时借酒杯盖着脸）丹林，我们本来不认识的，可是今天中午的事，给我的印象太深了，（用手摸着左颊）要是别人打了我一下，我一定跟他打架，可是给你打了这一下，这半天我就像失了魂似的，自己也不知道是什么道理。

丹：（笑得前仰后合）麦先生，我想你美国电影一定看得太多了，实际上不是这么回事。

（二人沉默片刻，丹林不时仍觉得好笑，但不敢过分地笑，怕伤害麦的自尊。）

麦：（知道没有指望，自我解嘲）这样弄明白了，也好。不过今天这一天，你总得陪我尽兴地玩一下，就算是我的香港假期。（丹含笑点头）

C.O.

第三十九场

景：百乐酒店三层楼柜上

时：一小时后（夜景）

人：侍役

C.I.

（侍役正在讲电话。）

侍：三〇四号的汪小姐还没有回来……一直没有回来。（挂断电话）

C.O.

第四十场

景：董家客厅

时：同日晚十时余

人：董、汪、芒、周

C.I.

董：(愤怒地砰然挂断电话）还没回来，他们一块儿出去，快五个钟头了。

（汪焦急地踱来踱去。阿芒在嗑瓜子，行动迅速。老周也心事重重地在侧门口出现。）

周：少爷！晚饭可以开了吧？

董：吃不下，等一会儿再说。

芒：(跳起来）我是不能再等了，(向汪）开上来我们两个先吃。

汪：好，先来两杯酒。

第四十一场

景：大排档
时：接上
人：丹，麦，吃客若干，摊主若干

C.I.
（香港典型的大排档，点着明晃晃的汽油灯，架上挂满熟食，摊主运刀如飞，座位上有七成座，吃客袒胸露背，吃得津津有味。较清静的一角，坐着丹林和麦勤，桌上放着四碟熟菜。麦勤又在饮酒。）

麦：你也来一杯吧！
丹：（摇头）我喝汽水好了。今天一下午尽是吃，要把肚子吃大了。
麦：这儿是道地的本地风光，你恐怕从来没来过吧！
（丹、麦衣着突出，座客向他们注视。）
丹：季方同我来过一次，大概是两三年以前了。
麦：吃完以后，我们雇一辆车子，把全香港兜一兜，然后到夜总会去跳舞，玩他一个痛快！
丹：那恐怕太迟了，麦先生，等一会我就想回去了。
麦：不要回去，一回去他们就找上你了。
丹：不是回旅馆，我想到一位同学家里去住一天，躲开他们。请你告诉我爸爸，就说我很好，在同学家里住几天，别的话不要讲。
麦：好。（有点失望）那末你准定不去夜总会了？
丹：（正色）麦先生！只好对不起你了，现在时间已经不早了，夜总会那些地方,我玩不惯的,况且我那位同学家里睡得早,再迟就不能去了。

(麦很失望,但是没有办法,闷闷地喝酒。

(丹林睁眼看着麦,其他的下文。)

　　　　　　　　　　　　　　　　　　C.O.

第四十二场

景:董家客厅

时:接上

人:董、汪、芒

C.I.

(芒、汪已吃完晚饭,芒坐着剔牙,汪在打饱嗝,董急如热锅上的蚂蚁,走来走去。)

汪:咳!真糟糕!

董:我简直不能相信,丹林不是那样的人嘛!

汪:季方,不是我说你,交朋友也得小心点儿,(向芒及假想目标一指)两个坏蛋都是你的朋友!

芒:(跳起来)我怎么好算坏蛋!

董:(向汪)好,还是我的错!

汪:可不是,你也得负一部份责任。(低声紧张地)看样子他们也许不回来,一块儿私奔了。(着急)

董:(怔了一下,摇头)那不至于,老麦有钱在我这儿,他不能不回来拿钱!

汪：(兴趣来了) 哦! 多少钱?

董：八千美钞，还有港币。

汪：(兴趣大了) 哦? 他托你代他做生意，还是放利息?

董：(摇了摇头) 他身上带了怕丢了，存在我这儿。

汪：(肃然起敬) 倒看他不出，他们这些在船上做事的，看看像个粗人，人家是不讲究外表，不像我们上海人就是个空架子。(另有打算，心情好了，坐下，开落地收音机)

董：(着恼) 你倒还有心肠听无线电?

汪：我看开了，着急有什么用? 现在这种时世，你们这班年青人哪，谁还管得了你们? (语气中间已在给自己的转向按伏线)
  (董瞠目望着他，汪将收音机旋到广东大戏。
  (芒掩着耳朵。
  (汪开得极响。
  (芒跳起来，关掉收音机，拿起吉他来大弹。)

芒：好! 你要听音乐?

汪：(害怕) 对不住! 你要弹上里边儿去弹。(指吉他) 你这玩意儿，老实说，我害怕。

芒：(不理，一面弹着吉他，一面走到窗口，看着窗口的一轮月亮) 今天晚上的月亮偏偏这么好!
  (董跟上。)

芒：嗳! 他们不知道在哪儿看月亮，在海边还是山顶，在浅水湾还是沙田? 真是 Romantic。
  (明月当空向景色。
  (说完一边弹着一边上楼。

（董怒形于色，豁地一声放下竹帘。）

　　　　　　　　　　　　　　　　　　C.O.

第四十三场

景：丹林同学家大门口

时：接上

人：丹，麦，行人若干，的士司机

C.I.

　（一辆的士驶至。麦扶丹下车，送至一梗房门口。）

丹：麦先生，你不用送了，就在这家二楼。

麦：我陪你上楼。（紧追不舍）

丹：不用了！谢谢你！

　（丹招手示意，夺身而去。麦失意万分地走回的士，呆在那儿。）

司机：先生，还上哪儿？

麦：随你的便，哪儿好玩，哪儿刺激，你就把我送哪儿。

司机：OK。

　（麦上车。）

　　　　　　　　　　　　　　　　　　C.O.

第四十四场

景：何小姐家（门口及房）
时：连上
人：何小姐、丹林、女佣人

C.I.
　　（女佣隔着门上的小窗，问丹林。）
女佣：找谁？
丹：找何小姐！
女佣：已经睡了。（关上小窗）
　　（丹失望，再敲。
　　（何开门，穿着睡衣。）
何：丹林是你！（开门迎入）怎么深更半夜来找我？
丹：一言难尽。
何：明天你不是要结婚了吗？怎么……
丹：现在变卦了，不结婚啦！
何：（奇怪）啊？
　　　　　　　　　　　　　　　　　C.O.

第四十五场

景：香海舞厅（同第九场）
时：接上

人：麦，白，乐师若干，舞女若干，舞客若干，侍役若干，侍役领班一人，大班五六人

C.I.

　　（一侍役自门口飞奔进来，找领班。

　　（厅内正在闹哄哄地跳舞。）

侍：（向领班）昨天晚上吃醉酒打架的人又来了！

　　（领班大为紧张，以为麦寻事报仇来了，招呼其他四个侍役列阵以待。

　　（麦斯斯文文地进来，见状莫名其妙，找一位置坐下，叫大班。

　　（侍役端上茶，大班走过来。）

麦：（向大班）你们这儿有位小姐叫白锦的吗？

大班：有的，就过来。（走时偷偷上下打量麦）

　　（麦掏烟抽，看舞池，正在闹哄哄地跳。三两个舞女和侍役仍在偷偷地注视麦勤。

　　（白锦袅袅婷婷地由大班带到。麦欠身相迎。）

麦：白小姐，你认识我吗？

白：（想）好面熟，好像见过。

麦：是见过，不过地方不对，现在我们到底还是认识了。

白：认识我们这种人有什么难？你上舞厅来好啰！

麦：（掏出两百块钱给大班）这两百块钱放在你那儿，这位白小姐的钟，我统统买了，不准她转台。

大班：（巴结地）可以，可以。（收钱）

　　（原来注视麦勤的舞女及侍役等改容相敬。

　　（而白锦有点莫名其妙。）

　　　　　　　　　　　　　　　　　　　　　　　　C.O

第四十六场

景：董家客厅连卧室甬道
时：接上
人：董、汪、周

C.I.
　　（董焦急地踱来踱去，老周也在一旁陪着着急。汪已经不大在意，在悠闲地吸着雪茄看晚报。）
董：这么晚了，不能还在看月亮呀！
汪：那位麦先生是做什么生意的？
董：（没好气，故意提高嗓门）不知道，没打听。
汪：（自言自语）住在旧金山，一定是华侨，干进出口生意正对劲，叫他投资卫华贸易公司，也算是吸收侨资，争取外汇。
董：老伯，丹林虽然没回旅馆，你总得回旅馆去吧？
汪：（犹豫）不，我想等他回来，跟他谈谈投资的事。
董：那你等吧！我可要去睡了。
汪：（呵欠）我也有点困了。这样吧，季方，让我睡在这里等他吧！
　　（随董入）
　　（老周亦呵欠连天，入工人房。工人房与客厅相连。）
　　　　　　　　　　　　　　　　　　　　C.O.

第四十七场

景：董季方卧室内外连楼梯
时：接上
人：董、芒、汪

C.I.
  （汪、董进室，拧开室内灯，见阿芒和衣在床上熟睡，吉他握在手里。）
汪：（见芒手握吉他，不禁踌躇）这野蛮人怎么也睡在这里……
  （董上前想取去吉他，汪在后注视，芒握得死紧取不下。）
董：只好委屈老伯睡在沙发上了。
汪：行！行！（行至沙发前估量了一下，叠起座垫当枕头，躺下，嫌地方太狭，又坐起来，略一寻思站起来走出室）

　　　　　　　　　　　　　　　　　　　　　C.O.

第四十八场

景：董家工人房内外连客厅
时：接上
人：汪、周

C.I.
  （汪至工人房房门探头入，见老周已睡，床前亮着台灯。）

汪：老周！你们少爷叫你。

周：噢！（急披衣起）

汪：快去！

周：噢！（匆匆出）

　　（汪走到床前用手试了试弹簧褥子，掀着被单，表示满意，拍了拍枕头，解衣脱鞋，钻入被窝。

　　（周返，见状。）

周：（忍气）汪家老爷，你还有什么吩咐？

汪：把台灯给我关掉！

　　（周忍气熄灭台灯出室至客厅，口中咕啰。）

周：这种亲家老爷！（找长沙发及座垫试一试，准备躺下）

C.O.

第四十九场

景：董季方卧室

时：一小时半以后

人：董、芒

D.I.

　　（台钟钟面特写，时已二时零五分，万籁俱寂。

　　（董季方转辗难眠，两只眼睛睁得又亮、又大，里床的阿芒仍在熟睡。

　　（董辗转反侧，最后下决心披衣起床。

（董经客厅，见老周睡在沙发上，不惊动他，悄然开门出。
（老周翻身，见董出，想叫，又自己控制自己。因沙发过小，状甚滑稽。）

D.O.

第五十场

景：街道

时：深夜

人：董

D.I.

（夜深人静，董季方一个人踽踽独行，皮鞋踏在人行道上发出清脆的声音，难得有一辆车从旁驶过。）

D.O.

第五十一场

景：百乐酒店三楼丹林卧室门外走廊

时：十五分钟后（深夜）

人：董，侍役一人

D.I.

（走廊内亮着灯，侍役一人伏在柜桌上睡觉。董从楼梯走上来，将侍役摇醒。)

董：请问你三〇四号房的汪小姐回来过没有？

(侍役摇头，复睡。董失望下楼。

(注：本场用无声亦可。)

C.O.

第五十二场

景：丹林同学何小姐家卧室
时：接上
人：丹、何小姐

C.I.

(丹林与何小姐并头而睡。窗外月光照在丹林脸上，心事重重，睡不着。)

何：丹林，你还没有睡着？

丹：唔。

何：丹林，我看这件事你也有不是，太任性了。

丹：你不知道董季方这个人。

何：我是不大清楚。不过，你也不应该做得太过分，叫他下不了台。

丹：那我才不管呐，我们女人总有女人的尊严。

何：好，不说了，明天再说吧。(翻个身，预备入睡)

(丹亦闭上眼睛。)

F.O.

第五十三场

景：董家季方卧室连楼梯
时：次日早晨八时余
人：董、周、芒

F.I.

（阿芒仍在睡觉。董已起床，已草草穿好，正在对着穿衣镜草草地梳头，胡子没有刮，面容疲倦而又憔悴。

（门轻敲两下，老周自动进来。董回顾一下，继续打领带。）

周：（亲切而关心地）少爷，您一夜都没有睡好吧！……我在客厅里也没有睡好，你半夜里出去回来，我全知道。我料着你是去找汪小姐，所以也没有拦阻你，倒是找到了没有？

董：没有！（手里不停）

周：（忧形于色）这怎么办？少爷！什么都准备好了，临时要是没有了新娘子，这怎么办呐？董家这个台坍不起啊！

董：知道了，我想办法。

周：少爷，我在董家做了两代了，不是我多嘴，少爷您以后交朋友也得小心一点儿，（用嘴一指床上的阿芒）像这个……

董：（有些烦）也不一定，譬如汪家老爷，都是几代的世交了，又怎么样？（取了上衣边穿边出室。周语塞）

（董一边穿衣，一边匆匆出门。）

               D.O.

第五十四场

景：白锦寓大门口
时：十分钟后
人：董，行人若干，的士司机

D.I.
　　（的士开到，董跳下的士，匆匆进门上楼。）
　　　　　　　　　　　　　　　　　　　C.O.

第五十五场

景：白锦卧室内外
时：接上
人：董、白

C.I.
　　（董匆匆上来，敲卧室门，无反应，用力猛敲。
　　（白正在睡大觉，被猛烈的叩门声吵醒，探大门。）
白：（含怒）谁呀？
O.S. 董：是我，董季方，白锦你开开门。
　　（白起床，披上晨褛，将被褥略整一整，又对镜将头发拢一拢，去开门。）
白：什么事？这么早就来找我。（一见季方）脸色怎么这样难看，出了什么事?

董：(进来，脱下上衣朝椅背上一挂，一屁股坐下来，先不开口，静默了一会儿才说话)白锦，我们是多年的朋友了，我一百句话并作一句讲，今天下午你跟我结婚。

白：(呆了，动作节奏反而慢下来，关上门，又在镜前整一整晨楼的领子，在董对面坐下来)你是不是直说笑话!

董：不是笑话，是真的。汪丹林对于我们家这门亲事不愿意，临时变了卦，我们董家坍不起这个台，所以改主意跟你结婚!

白：啊!你这就算是把我填空档!

董：不是这末讲。白锦，本来我要介绍朋友给你，这一下却推荐了我自己。

白：(立起，绕室行，一边思索，一边说话)我明白，不过你心里准还是爱着汪小姐，现在不过是闹别扭，等别扭过去了，你把我往哪儿摆?

董：这个你不必管，我跟你在亲戚朋友面前正式行结婚礼!这不会是假的呀!

白：(一想，不错，下决心，同时平日所郁积的话也吐了出来)好，我答应你。像我们这种人，本来嘛，跟有钱的人结婚就是归宿。爱情!是奢侈品!有没有无所谓。(愈说愈亢奋，反常的亢奋)你知道我们这种女人，跟名门千金两样在什么地方?就在这里。名门千金，一定要用奢侈品，我们呐，想用用不起。(太激动)遇到结婚的机会赶快就抓，现在你给我机会，我还会不答应?(太激动，扶着椅背，几乎要跌下去)

(董跑来扶住白，又将白的头按在胸口。)

D.O.

第五十六场

景：百乐酒店礼堂
时：同日下午五时
人：白，董，汪，芒，乐师若干，喜事执事若干，侍役若干，宾客十五六人

D.I.
（壁上挂着喜幛，侍役二人拎着几只花篮送到台上去，台上陈列着喜事应用各物。
（阿芒正在指挥乐队调弦子试音。
（已到有宾客十五六人，三三两两在闲谈。
（董携白入，代白拎着一只服装公司的大纸盒，白自己拎着大包小包及化妆箱，二人向众宾客点头示意后出礼堂，走入新娘休息室。
（宾客尚未发现新娘换人，但看见一位侍役正在把喜幛的上款"丹林小姐结婚之喜"取下来，大感不解，窃窃私议。
（汪匆匆入礼堂，上前阻止。）
汪：喂！喂！喂！你们干什么？
侍役甲：（在梯子上面）不知道啊！董府上关照的。
（汪不与侍役理论，匆匆入新娘休息室。）

C.O.

第五十七场

景：新娘休息室

时：接上

人：董，白，汪，麦，妇孺贺客七八人

C.I.
（这是一个套房，分里外两间。董偕白在里面，打开大纸盒。白取出礼服在身上比着，与董相视微笑。白将礼服摊在床上。（汪直冲进来，见董一把抓住。）

汪：嗨！你在这儿，今天起床迟了一点儿，一天都找不到你。你看，我拟的这稿子怎么样？（递一纸给董）你不用出面，由我宣布，今天的婚礼，暂停举行！

董：（将纸一撕两半）谁说不举行？给你介绍介绍，今天的新娘子。（把手指着白锦）

汪：（一见，大为骇异）白锦？！

白：（不经意地）好久不见了，汪先生！（自化妆箱内取出脂粉，坐下对镜涂粉底）

汪：（向董）哦！你今天早上忽然失踪，原来是找白小姐去了。

董：（郑重地）对了，我去向白小姐求婚，她就答应了我！

汪：季方！这不是闹着玩的！

董：老伯，你今天不是主婚人了，要是你不愿意喝这杯喜酒，（把手一伸）请便！

白：（立起）你们二位都请便，让我换衣服！
（汪悻悻出，董随后。）

（二人至外间，将通里间之门带上。）

汪：季方！我知道你是受了刺激，可是婚姻大事，不是儿戏！总得考虑考虑！

董：老伯，我跟白小姐认识了很久了，不像你们汪府上的小姐跟那位麦先生认识还不到一天，就跟人家逃跑了。你不用教训我，去教训自己女儿吧！

汪：(眉头一皱，念头又转) 得了，得了，别生气啊！（与董握手）世兄，我给你道喜！

（一群贺客——妇人与儿童——嘻嘻哈哈涌到门口。）

贺客们：我们看新娘子，看新娘子！

董：(当门拦住) 对不起，对不起，她忙着化妆，待会儿再招待各位！

（贺客们不肯走。）

汪：(拉了拉董，低声) 你招待客人啊！我去向白小姐道个歉！（往叩里间门）

（白在里间刚换上结婚礼服，正拉上拉链。）

白：进来！

汪：(入室，关上门，满面春风) 白小姐，恭喜恭喜，我刚才发急是为了我女儿，你别生气！

（白笑而不答，坐下对镜梳理头发。）

汪：白小姐！我有一件事给你商量。

白：什么事？

汪：(拉过一张椅子在白身旁坐下) 我的公司打算请一位社会名流当董事长，我想请你屈就！

白：请我当董事长？什么公司？做什么的？

汪：什么都做，(见白在化妆，信口开河) 开始的时候做一点化妆品。

我们有一种维他命口红，这种口红搽在嘴上啊！别人吃了等于吃补品，我们中国人最讲究的就是吃补药，所以这种口红的生意一定好。
(白忍不住好笑。)

汪：(自怀中掏出合同) 呐！合同都拟好在这儿，一个月送车马费三千港币！

白：汪先生，你说老实话，我要是不跟季方结婚，你还请我当董事长嘛？

汪：当然照请，我一向佩服你！

白：我看你还是看中了季方的钱，请他太太当了董事长，他好给你投资。

汪：不，不！

O.S.(来自外间)董：白锦！

汪：(着慌，低声向白) 你先别告诉他，我一会儿再来。(收起合同)
(董开门，立在门口。)

董：(向汪) 客人都给我请走了，我们也出去吧！让她赶紧化妆，时间不早了。

汪：好，好！(出)

白：(向董) 你也该去换衣服了。

董：(取起桌上新娘的佩花) 这个花颜色不对，我去叫人给你换。
(董走入外间,随手关上里间的门。汪已不在外间。麦勤奔入。)

麦：(喘息拭汗，拉住董) 总算给我找到了，找得我好苦啊！也怪我自己不好，昨儿晚上又喝醉了酒，不然的话，昨天晚上就应该告诉你。

董：(冷冷地) 告诉我什么？

麦：你不要听？

董：一晚上不回来，还用说吗？

（白在里间听见麦声音很熟，把头凑在门边窃听，并在锁匙孔内看。）

麦：（把董拉过一边，用手指着董鼻子）董季方，你可不要糊涂啊！汪丹林对你可真好啊，我跟她谈了五个钟头，她一心一意爱念的就是你！

董：（几乎瘫坐在椅子里，手中拿着的佩花堕地，但嘴上仍硬）我不信。

（白在里间看在眼里，知道董季方心里爱的还是汪丹林，不禁恻然，一种自我牺牲的悲壮情操涌上心头，将头上的纱轻轻摘下。

（董在外间，警觉地望一望里间，忙把花捡起来，拖麦出门。）

C.O.

第五十八场

景：休息室门外甬道

时：接上

人：董、麦、白

C.I.

（董拉麦出，到甬道中立谈。）

董：那她为什么要跟我解除婚约？

麦：那是因为你昨天上午对她撒了谎，她等你去给她解释。

董：(出神地)太晚了！太晚了！(向麦苦笑)我马上就要跟白锦结婚了。

麦：(惊)就是你给我介绍的那位白小姐？

(董点头。)

麦：你这位老兄也真是，我等梁阿妹一等十四年，你就一天都等不及，还来得及挽回吗？

(董摇头，持花向大礼堂走去，两眼发直。)

(麦独自站在那里发怔。白突然在休息室门口出现，仍着新娘礼服，惟头纱已除下。)

白：(庄严而平静地)汪小姐现在哪儿？

麦：(一惊，而上下打量白)白小姐，我差点不认识你了，今天你好漂亮。唉！总是我没有福气，两头不成功，昨儿晚上刚刚认识了你，你又要嫁给季方！

白：(微笑摇头)现在不嫁了。

(麦愕住。)

白：因为我知道他心里爱的是汪丹林，现在你可以告诉我了，汪小姐在哪儿？

麦：她住在她同学家里。

白：我们马上去找她来！

麦：好，我们从后门出去！(拉着白锦便走)

            D.O.

第五十九场

景：丹林同学家大门口
时：十分钟后
人：麦，白，行人若干

D.I.

（麦携白匆匆下车，向门口看一看，与记忆相符，携白进门上楼。）

C.O.

第六十场

景：何小姐家内外
时：接上
人：麦、白、佣人

C.I.

（麦匆匆上楼，按门铃。女佣人开门上小窗口，见陌生男客携一新娘候在门口，甚奇怪。）

女佣：你们来干什么？
麦：请问你们这儿有没有一位汪小姐？是你们何小姐的同学。
女佣：是找汪小姐的，她们到山顶玩儿去啦！
麦：（紧张地）什么时候回来？

女佣：她们没有说！

麦：(转身走，又回来问女佣人) 她们上什么山顶？

女佣：当然是太平山顶！

C.O.

第六十一场

景：山顶

时：接上

人：丹林、何小姐、拍照人、(BG. 中) 游人

C.I.

（白云朵朵，远山隐隐，遥见何小姐与丹林在山径上漫步，风景幽美，别饶情趣。）

何：想通了吗？

（丹点头。）

何：那末我陪你回去吧？

（丹摇头。）

何：(知趣地) 难道要董季方亲自来接你？

（丹点头。）

何：可是董季方怎么会知道你在山顶啊？

丹：(有点矛盾心理) 这个……

（何推着丹转身。）

（刚巧有一个职业拍照人前来兜揽生意。）

拍：小姐，这儿风景真好，拍张照片留个纪念吧！

（丹、何摇头，不理拍照人而去。

（拍照人失望，移向别处。）

C.O.

第六十二场

景：山顶及附近

时：接上

人：麦、白、司机、拍照人、游人（男女老幼）、丹、何

C.I.

（一辆的士在山顶附近公路上疾驶。

（的士至老衬亭附近停下。

（麦、白下车，麦吩咐司机暂等片刻。二人下车，行近亭前，东张西望，形颇焦灼。由于白衣新娘服装，引起游客注意。

（特别是三五成群的小孩咸来围观，且嚷着"看新娘子！""看新郎官"……弄得麦、白二人有些窘态。

（而若干职业拍照人都来拉生意。）

白：山顶这么大，上哪儿去找她啊？

麦：哎！可没想到这一层。

（麦不耐烦地看了看手表。

（表的特写，连接下场。）

C.O.

第六十三场

景：百乐酒店大礼堂及甬道
时：接上场
人：周，宾甲、乙、丙，芒，汪，董，乐队，众宾客，侍者等

C.I.
 （老周看着手表，有点发急，自言自语。）
周：行礼的时候快到了，怎么？……
 （当老周匆匆入内时，行经一部分男女宾客面前，众议论纷纷。）
甲：听说新娘子从后门跑掉了……
乙：这从哪儿说起？
丙：真的，有人看见新娘子跑掉的，还有人说，今天的新娘子要换人。
甲：换人？奇怪！
 （宾客俱在交头接耳，会场空气，有点骚扰。
 （这时，老周干着急也没有用。可是，当他行经以阿芒为首的乐队时，互丢了一个眼色。
 （阿芒指挥乐队，先来一支《迷途的新娘》乐曲，这是婚礼进行前的一些调剂，也是镇压宾客们骚扰感情的临时法宝。
 （当然，老周的干着急并未停止。他转身走向甬道，无意间与汪董相值。老周指指手表，加强了汪、董二人走向新娘休息室的必。
 （可是，董、汪入休息室，门尚未闭，董又退了出来，走向通后门的甬道边，嚷喊"白锦！白锦！"，不得要领，下意识地拉住了一个女侍者。）

董：新娘子上哪儿去了，你看见没有？

侍：（摇头）没……没看见。

董：糟了！（看表及顿足）

C.O.

第六十四场

景：山顶及附近

时：接上

人：白、麦、游人（男女老幼）、拍照人、何、丹

C.I.

（麦、白仍沿山顶边径在寻找中，看热闹的孩子们仍尾随着，几个职业拍照人，意图上前争取生意，然不得要领。

（麦、白穿过人丛，形颇焦灼，闪光灯突然在他俩脸上一亮，使他俩有点突然。

（原来六十一场中的职业拍照人采取了美国式的做生意方式，不问情由地已经替白、麦拍了一张照片，嬉皮笑脸地上前搭讪。）

拍：鄙人在山顶拍照多年，保证满意。

麦：（把手一挥）谁要拍照啊！

拍：咦！你们新婚不久，怎么可以不拍照啊？

（白、麦微窘，走向另一端。

（拍照人抢前一步，找一适当角度，又替他俩拍了一张。

(麦向拍照人瞪眼,可是这一下却被他发现了目标。
(与他俩相隔一箭之遥处,何与丹的背影在行走着。
(麦喜极,高呼,白随麦之视线远望。)

麦:(向白)这不是汪丹林吗?(扬手大叫)丹林!丹林!
(何、丹回头。)

丹:是老麦。怎么他也在山顶?不理他。
(丹拉何掉头而去。
(麦继续追过来,白尾随,因服装关系,有点疲于奔命。
(终于麦追到了丹林。丹林再想掉头而去,被孔武有力的麦勤拦住。)

麦:总算给我们找到了!
丹:找我干吗?(误会他还在缠住她)
(白锦气喘喘地赶到了。)

白:董季方到处找你……等着你去行结婚礼啊!
(丹冷冷地打量白锦全身。)

丹:你……
麦:这位是白锦小姐,季方的朋友。(随口而出)怎么,你们没见过?
丹:噢!(有点妒意)是白小姐,久仰了!
白:(诚恳地)汪小姐,季方也常常提起你……
丹:提我干吗?(显然误会未消)
麦:快回去吧!丹林!
何:我说董季方一定会找你的,走吧!
(丹瞟着白锦,很不自然地,摇头。)

白:(会意)汪小姐,恐怕是你误会了。季方一个人在香港,平常喜欢跳跳舞,跟我很谈得来,可是我知道,他心里爱的是你。

（丹林的感情渐趋缓和。）

白：汪小姐，你别再让我为难，我放弃他已经是很大的牺牲。

丹：（震了一震）凭什么要你牺牲？

白：（真挚的）因为我希望董季方幸福。（说毕转头）

（丹林自然地了解了实际情况，麦则目瞪口呆。）

何：（催丹林）那末走吧！

（丹林尚犹豫。）

麦：（向丹）你要不回去，我要动武了。

（麦牵着丹跑，何、白随上。

（丹先是挣扎，终于软化。

（四人行近的士边。）

麦：何小姐，结果还是要请你当女傧相！

何：（幽默地）可不是？快上车，先到服装店取礼服……

（四人上车。

（车行。）

C.O.

第六十五场

景：百乐酒店

时：接上

人：同六十三场

C.I.

(芒很卖力地指挥乐队,似乎已经重复了几遍。

(男女宾客虽然被乐曲所迷惑,但好奇心并未减去,随时在注意甬道那边的消息。

(汪匆匆地从礼堂这边,又走向那边,再走向甬道。

(在甬道上的老周,也有点像热锅上的蚂蚁。汪来,相撞了一下。)

汪:新娘子有消息吗?

周:(摇头)

(汪走过去,与董相值。)

汪:还是由我来向大家宣布一点,今天的婚礼,改期举行?

董:这怎么可以……

(周在一边,叽哩咕噜。)

周:这个台,董家怎么坍得起?大少爷结婚,新娘子会不见的,唉!

C.O.

第六十六场

景:百乐酒店侧门

时:承上

人:丹、白、麦、何、的士司机

C.I.

(四人匆匆来,下车。麦代提着衣匣,拥之入内。)

C.O.

第六十七场

景：新娘休息室内外连甬道
时：接上
人：丹、白、麦、董、汪、芒、何

C.I.
 （丹、麦、白、何四人匆匆来至休息室。白、丹、何三人推门入。白把麦留在外面。）
白：你不要进来了。（将纸盒接过）
 （麦回身去礼堂。
 （白入外间把纸盒递给丹，推丹林入里间。）
白：快些换衣服，外面我来应付。（关上里间的门）
 （在甬道上，麦遇着董、汪，连忙装着没事的样子，侧身而过。董、汪匆匆入外间，见白。白马上装得不慌不忙的样子。）
董：哎呀！（指着白）你上哪儿去了？急死人了！
白：（轻描淡写地）回家去拿东西！
董：快点快点，带上头纱，马上要行礼了！（示意汪同出去）
汪：（向董）你先去，我给白小姐说一句话。
 （董出。汪掏出合同及自来水笔。）
汪：董事长，签字！签字！（摊开合同，指着空处）
白：（俯身一挥而就）总经理，该你签了！（戴上头纱）
 （汪摘下眼镜，凑近细看小字，正待落笔。
 （丹已穿礼服自里间出，与白并肩站在一起，一只手臂亲热地挽着白的腰，看着汪。白附耳向丹说了一句话。

(汪一抬头见二新娘并立，顿感一阵昏眩。室内一切物件都一个变两个，汪掏手帕揉揉眼睛再看，已只剩下白一个——丹在一瞬间已退回里间。)

汪：奇怪！今天没喝多少酒，怎么头昏？（签字毕，与白各取一份，各自收起来，仍旧有点神情恍惚，向白呆望）刚才我明明看见两个新娘子。

白：（笑着摘下头纱，披上一件深色缎子夜礼服，顿时改观）新娘子只有一个，哪有两个？

(开里间门，丹林全付礼服带佩花走出来。)

汪：（一惊）丹林，你！你！（自上至下打量丹的装束，猛然转身指白）那么你？

白：我来吃喜酒！

汪：（汹汹地）白小姐，刚才签的合同请你还我，现在情形不同了，合同无效！

白：什么时候不同了？你自己说的，我不嫁给季方照样请我做董事长。（音乐至此处停止）

汪：不行，不行！你还我，你完全是欺骗手段。

丹：（正色向汪）爸爸！你就有我这么一个女儿，平时什么事我都依着你的，今天我可要大着胆子说几句话。你办了这个空头公司，一天到晚要人家投资，把自己的女儿当摇钱树，我对于这桩婚姻不满意，也是由此而起的。要是爸爸你以后还是这样，（又把头纱摘下来）我干脆不嫁了，跟了你做一辈子老姑娘！

汪：（软化，用手捶额）哎呀！我今天轮到给女儿教训了，不嫁怎么可以？好了！就依你，把公司关门，就当我的老丈人算了，哎哟!

(白笑着将合同一撕两半。

(丹林慢慢地又把头纱戴上。

(阿芒手执指挥棒,急急跑进。)

芒:大小姐,你们快点好不好?(把指挥棒乱舞,汪直躲)我手都酸了。

白:来了,来了。(帮丹作最后收拾)

芒:(见丹趋前道贺)丹林,结果还是你,恭喜恭喜!

(丹含笑点头。芒告辞。)

芒:赶快来吧,一会儿见!(疾趋礼堂)

(白把丹林一只手交给汪,由汪扶住,准备出场。

(O.S.《结婚进行曲》奏起。)

C.O.

第六十八场

景:百乐酒店礼堂

时:接上

人:同六十三场加丹、白、麦

C.I.

(乐队在卖力演奏,阿芒卖力指挥。

(前面已立着一排证婚人等。)

司仪:新郎入席!

（董全付礼服，行至台前鹄候。）

司仪：新娘入席！

（久久无人出现，宾客中渐渐起哄。

（长着一把胡子的证婚人直往门口注视。

（董立在台前，额上沁出汗珠。

（阿芒拼命指挥，作手势往上提，额上爆出青筋。

（乐曲转高亢。

（汪扶丹林在礼堂门口出现，缓步前移。

（全场复归平静。

（乐曲转舒缓。

（汪及丹一步步前行，丹庄严而美丽。

（白在人丛中观礼，注视丹林。白怜身世，激动，眼角泛出泪光，以手绢掩鼻。立在身后的麦用右臂围住白。

（丹林及汪行至新娘席，董用眼梢斜睨见是丹林，脸上的高兴，不知从何说起。

（麦见状，用手肘碰碰白。）

司仪：新郎新娘行结婚礼！

（二人转动身子，相对鞠躬。Diss.）

司仪：礼成！奏乐！

（阿芒拿起一支小喇叭，独奏一曲，其声清越。阿芒神采飞扬。

（董携丹退席，宾客拥上，纷纷抛纸屑。

（丹及董至白锦、麦勤处道谢，四只手握在一起。

（丹及董又至阿芒处前谢。）

董：（悄悄对芒）现在只剩下你一个，回头我再给你介绍对象！

丹：女傧相何小姐，你觉得怎么样？

(芒看着何小姐一笑。

(何小姐向芒一笑。

(附近乐师等一阵哄笑。

(可是,阿芒与何的接触,为时甚暂,因为被拥挤的人群冲散了。)

            C.O.

第六十九场

景:百乐酒店大门口
时:接上
人:丹,董,白,麦,芒,汪,周,宾客三四十人,何

C.I.

(新郎新娘登车而去。

(汪、麦、白、芒、何等站在一起与丹、董等挥手。

(汪有些孤另另地。阿芒携着指挥棍走近,替他除去额上的纱布。)

芒:汪先生,你额角上伤痕大概好了吧!

汪:(瞪了芒一眼,想除去十字形纱布,因伤痕未愈)啊哟!

(众笑。

(车远去。)

            F.O.

            剧终

*国际电影懋业有限公司油印本(据此所摄影片一九六〇年一月公映)。

小儿女

人物

王鸿琛——四十六岁
王景慧——鸿琛之女,二十二岁
王景方——鸿琛之子,八岁
王景诚——鸿琛之子,七岁
孙川——二十三岁
李秋怀——三十六岁
小凤——邻女,六岁
凤之后母
孙川母
警员甲
警员乙
警员丙
警员丁
乡人甲
乡人乙
张姓职员
看护
贫儿

第一场

景：马路

时：日

人：男女搭客约三十人，司机，售票员，司闸人

（一辆满载搭客的公共汽车，向前直驶。）

第二场

景：公共汽车上

时：日

人：川，慧，售票员，司闸人，司机，男女搭客约三十人

（拥挤的公共汽车上，一个少女打一个青年一记耳光。）
青年：（抚颊）干嘛打人？
少女：你自己明白。

青年：(茫然，注视女) 咦？你不是王景慧？——我是孙川。

（慧向他看了看，并不招呼，向车尾挤过去。

（但川手中拎着的螃蟹钳着慧衣，牵着川也往前挤。

（别的乘客纷纷避让他的张牙舞爪的一篮蟹，憎怖地啧啧有声。

（一个母亲急忙挡住她的孩子。）

川：(窘，咳嗽一声) 嗳，景慧——景慧。

（慧不理他，只管向前挤，川只得跟随。车子一歪，二人连一篮蟹都倒在别人身上，一个女人惊叫，众人纷纷发出抗议声："嗳……嗳……"秩序大乱。）

慧：孙川，你再钉着我不放，我叫警察了。

川：我没跟着你。你瞧——（指她背后衣服）

慧：(没看见) 就算我们是老同学，几年不见，没想到你变成这么个人。（怒冲冲再往前挤，引起乘客们更大的反感，川只得拉住她，她甩脱他）

川：嗳，你瞧，螃蟹夹着你的衣裳。

慧：(回身视，方恍然，带笑透了口气) 是它夹了我一下，我还当有人拧我。

川：(抚颊苦笑) 怪不得你打我！

慧：对不起。

（川与慧因方才的误会都有点窘。

（车继续行驶，有人往外挤，有人抢到座位，有人弯腰看窗外点头。）

慧：我听说你进了天南大学。

川：去年毕业了，你呢？

慧：我没进大学。

川：在哪儿做事？

慧：（有点不好意思）在家里。

川：（呆了一呆，掩饰失望，微笑低声）你结婚了。

慧：没有。（顿了顿，觉得需要解释）自从我母亲去世了，家里没人照应，所以我在家里管家。

川：哦。

慧：我就快到了。

（川想替她剥开蟹钳。）

慧：（阻止）当心夹着手。

川：那我跟你下去吧。

第三场

景：车站、街道

时：日

人：川，慧，司机，售票员，司闸人，男女搭客约三十人，路人

（车抵车站停。
（慧下车，蟹钳依然夹住慧衣，川拎着一篮蟹，随慧下车。
（车行。）

川：（扯蟹无效）我怕拉破你的衣裳。

慧：到我家里去，拿水浇它，或许放松了。

（慧行，川随。）

川：难得的，我母亲叫我买几斤螃蟹回来，就闯祸。

（路人注视川、慧。

（川窘，两人转入街道。

（川狼狈地遮掩手中蟹，路人更注视。）

第四场

景：王家

时：日

人：川、慧、诚、方、鸿、小凤、凤后母

（川自水盆中拨水浇蟹，慧湿衣。）

川：真对不起！

慧：没关系。

（蟹松钳。川将整篮放水盆中，慧拭地板。）

慧：你坐。我去换件衣裳就来。（入内室）

二孩：（画面外）姊姊！姊姊！

（二孩背着书包放学回来，在门外奔入见川，一怔。川向他们笑，他们别过头去，见蟹。）

方：姊姊，我们今天吃螃蟹！

慧：（画面外）那是孙先生的。

川：（向二孩）明天我再买来，请你们吃螃蟹啊。

慧：（画面外）不，你别客气。

川：不费事，这就是在我办公室旁边买的。

（慧易衣出。）

慧：你在哪儿做事？

川：华新药厂。

（慧倒茶给他。）

川：（顾墙上一酷似慧的中年女人照片）这是——

方：（正与弟弟用铅笔逗蟹，抬起头来）这是妈妈。

慧：别闹，夹疼了不许哭。

诚：我不哭。谁像小凤，成天哭。

方：姊姊，小凤又挨打，在大门口哭。

慧：你们去陪她玩，安慰安慰她。

（二孩出。）

慧：（低声）那是间边儿人家的孩子，后母虐待她，真可怜。

二孩：（画面外在门外高呼）爸爸回来了！爸爸回来了！（牵父入）

慧：爸爸，这是我的老同学孙川。

川：老伯。

鸿：请坐！请坐！

慧：我父亲在德育中学教书。

川：哦。

（隔壁婴啼声。）

凤后母：小凤！小凤！又死到哪儿去了，还不来抱弟弟！

慧：那么点大的孩子，就要她带孩子。（指诚）比他还小呢。

鸿：我们真看不过去，老想搬家。

川：我得走了，晚上还得上课。

慧：你还在念书？

川：在研究院念夜班。

鸿：学什么？

川：细菌学。

慧：你真用功。

川：明天晚上如果你们没事，我带螃蟹来。

慧：你来吃饭得了，别买东西。

川：吃螃蟹。(提起蟹)老伯，我走了。(出)

　　(二孩拍手跳跃送蟹。)

第五场

景：王家

时：夜

人：川、慧、方、诚、鸿

(一盆烧熟的蟹拉开。

(慧端正一下桌上的筷碟回头向房内叫。)

慧：爸爸，快出来吃螃蟹。

鸿：(自内室出)孙川呢？

慧：他跟弟弟在门外玩儿。

二孩：(画面外)姊姊，姊姊。

　　(方、诚拉川由外入。)

方：(兴冲冲)姊姊，孙先生答应明天下午带我们上荔园去玩，姊姊你也去。

慧：别胡闹，孙先生哪儿有空。

川：明天星期六，下午我正好没事。

鸿：(向慧)难得的，就让他们去吧。
慧：(一笑向二孩)快去洗洗手，吃螃蟹。(拉二人走向浴间)
鸿：(向川让座)让你破费。
川：哪里，小意思。
　　(川、鸿入座。
　　(二孩由浴间奔出，慧持手巾追出为二小孩抹手。)

第六场

景：教员休息室
时：日
人：秋，鸿，教员四人，学生约十人

　　(下课钟响。
　　(门外，一群学生走过，女教员李秋怀持课本同各教员入。
　　(秋来至鸿对面坐下。
　　(鸿在改卷，见秋来，抬头微笑招呼。)
秋：你怎么还没有回家?
鸿：等你。
秋：(奇) 等我?
鸿：想约你一起去看场电影。
秋：今天?
　　(鸿点点头，为秋倒茶。)
秋：你不是每个星期六都要陪你的三个儿女一起玩儿的?

鸿：今天例外，他们有人请客去荔园玩儿了。

第七场

景：荔园（内景）
时：日
人：川，慧，方，诚，游乐场职员约廿人，游客约五十人

（掷球摊位前，川协助二孩掷球，慧在一旁观看。
（气枪摊位前，川教慧开枪，二小孩硬从两人中间挤进分开两人。
（川同慧及二孩溜冰，川教慧，不慎，二人同倒地。
（川扶起慧。
（二孩吃着雪糕在前走，川、慧在后，二人停步欲有所言。
（二孩奔入拉川出。
（二孩拉川买气球。
（二孩互掷气球为戏，摇至一长椅处，川慧并坐。
（川靠近慧欲有所言，一气球在二人中间插入，川回头一望是方、诚二人在川、慧二人中间嬉戏。
（川挽慧至另一边坐下。
（川坐近慧正欲开口，又一气球插入隔开二人，原来是诚。
（川、慧不禁相对一笑。）

第八场

景：秋家
时：日
人：秋、鸿

（收音机播放古典音乐。
（面对着满布爬藤的小阳台，秋与鸿静静地听着。
（小几上放着茶具、蛋糕，秋替鸿倒茶，加奶放糖，切一块蛋糕在鸿面前的小碟里。
（鸿呷一口茶。）

鸿：（赞叹地）自从景慧的妈死了以后，我已经很久很久没有享过这种清福啦。
秋：所以我不赞成到外面去玩儿，这样不是更好吗？
鸿：（点点头）这几年来我幸亏有你这么个朋友！
秋：我要是没有你这朋友，我也很寂寞。
鸿：秋怀，假使我再年轻几岁，我一定希望跟你永远在一起。
秋：（沉默片刻）一个人的年纪跟心境很有关系。
（鸿点点头。
（二人相对无言。）

第九场

景：电影院

时：夜

人：川，慧，方，诚，观众约百人

（慧坐在川身边，二小孩坐在慧身边，四人聚精会神地注视银幕。

（银幕上正放映一恐怖片。

（二小孩看得出神。

（川与慧的目光已不在银幕，默默对视。

（川的手握住慧的手。

（慧低头，突然全院观众一声惊叫，坐在慧身旁的方紧抓慧臂，川、慧看银幕。

（银幕上一个恐怖镜头。

（方叫"怕"，慧搂方，诚也叫"怕"，慧只得换座坐在二孩中间，两手互搂二孩。

（川独坐一旁，颇尴尬。）

第十场

景：王家门外

时：夜

人：川、慧、方、诚、小凤、凤后母

（川送慧及二孩至门外。

（邻居传来凤后母打小凤的声音。

（四人注视。

　　（见小凤哭着逃出，凤后母追出捉小凤回入。

　　（二小孩作欲往搭救状，为慧拉住。）

川：我回去了！

慧：进来坐会儿再走吧。

　　（川考虑间，二孩强拉川入。）

第十一场

景：王家

时：夜

人：川、慧、鸿、方、诚

　　（二孩强拉川入，慧倒茶给川。

　　（二孩吵着要川讲故事。）

慧：（对二孩）别胡闹，你们该睡了。

　　（二孩正待不依，慧已拉二孩走向卧室。

　　（客厅中剩下川一人，无聊地四望。

　　（房中——慧为二孩换睡衣，二孩顽皮。

　　（川来至房门口观看。

　　（慧好容易将二孩服侍睡在床上，回头见川。

　　（慧来至川前，摇摇头，表示二孩顽皮。

　　（川正欲有所言——二孩起争吵。

　　（慧急上前阻止然后熄灯。

（慧关上房门同川走向客厅。

　　（二孩开门偷看。

　　（厅中慧透口气与川并坐——门铃响。

　　（慧开门，鸿入。）

川：（急起身）老伯。

鸿：请坐，你们刚回来？

慧：回来一会儿咯，弟弟们都睡了。

　　（在偷看的二孩急关门。）

鸿：你们上哪儿去玩儿了？

慧：玩儿了很多地方，孙先生又请吃饭，又请看电影。

鸿：又让孙先生花钱。

川：哪里，哪里！

鸿：孙先生什么时候有空，我们一起上郊外去野餐好吗？

川：好呀！

鸿：我让景慧跟你联络。

第十二场

景：郊外

时：日

人：川、慧、鸿、方、诚

　　（鸿与子女偕川郊游。二孩拖川向水塘走去。）

二孩：（同声）孙大哥——孙大哥——

311

方：有一天我们在这儿钓到一条大鱼，这么大——（比划）

诚：（比得更大）这么大——

方：吃了三天。

诚：四天。

鸿：他们母亲在世的时候我们常常到这儿来玩！

　　（慧打开携来箱、篮，诚发现气球瘪了。）

诚：姊姊给我吹！

　　（慧吹不胀。）

川：我来！（将吹，见气球上有唇膏印，突然想起这是间接地接触慧唇，看了看慧）

　　（慧觉，羞。川郑重地把嘴唇凑上去，吹气球，扎紧，诚取去玩。慧掩饰羞态，掀开带来的书，见压着一朵干枯的花。）

慧：这还是妈妈在这儿采的花。

川：这是什么花？

慧：不知道，就长在那边。（指）

川：什么时候开？

慧：差不多这时候！

川：去瞧瞧开了没有？

　　（川、慧同去，方、诚将跟去，被鸿唤住。）

鸿：景方、景诚，来，我们来钓鱼。（取钓竿代装饵）

慧：奇怪，我们在学校里时候并不熟，现在倒天天见面。

川：那时候还小，没有勇气，老想跟你说话，可是没机会。

慧：其实那时候我也……

川：（紧张）你也怎么？

慧：（终于说不出口）我也……没机会跟你说话。

川：景慧。(吻她，她推拒，但终于吻)
　　(父垂钓，方挥舞童军绳如西部片中"拉索"，诚装牛爬行，爬到父身边，父伸一臂搂住他。)
鸿：来，陪陪爸爸。
　　(方的拉索套到二人头上，诚笑着逃走，方挥动拉索喊叫着追入林中。
　　(鸿继续垂钓，遥闻二儿呼喊声。片刻，鸿无聊地取地上书置膝——翻阅，翻到亡妻压书中花朵，望着发怔。
　　(诚追方，在川、慧二人身后经过，川、慧注视。
　　(画面外一阵惊叫，川、慧急奔前。
　　(原来方不小心失足跌下水中。
　　(川急下水拉方起。
　　(鸿赶来一看，失笑。)

第十三场

景：教员休憩室
时：日
人：秋、鸿、教员、学生

　　(鸿改卷子，秋入，鸿褪下眼镜，整理一叠练习簿。)
鸿：这一向觉得我真老了，女儿都快结婚了。
秋：(坐)是吗？听你说，仿佛还是个小孩。
鸿：其实也还小，不过现在有了男朋友，看那神气大概不久就要结婚了。

秋：你没问他们？

鸿：他们不提这话我也不提。

秋：她结了婚你就要更寂寞了。

鸿：可不是，还有那两个孩子没人照应。

秋：女儿大了总有这一天的。

鸿：可就是没想到这么快。（取茶壶倒茶敬秋）

秋：不喝了，我得走了。

鸿：一块儿走。（一同站起身）

第十四场

景：街道

时：日

人：秋、鸿、路人

（鸿、秋在夕阳中偕行，沉默地走着。

（一段路之后——二人转向王家门外。）

第十五场

景：王家门外

时：日

人：秋、鸿、方、诚、小凤、小凤后母

（秋、鸿行近王家。）

鸿：到我家里坐一会。

秋：不坐了，我回去了。

鸿：我送你回去。

秋：不，我想一个人走回去。

鸿：（沉默片刻）好，那我不送你了。

（路边玩耍着的方、诚奔来。）

方
诚：爸爸！爸爸！

鸿：这是我的两个孩子。

秋：真可爱！

鸿：叫李老师！

（方、诚忸怩不语。）

秋：你们两人谁大？

诚：哥哥，别告诉她！

（凤在街边望着他们，凤后母出，夺凤手中饼。）

凤后母：小凤，这是谁给你的？

（凤指方、诚。）

秋：（笑向鸿）明儿见。（去）

凤后母：死丫头，到处跟人家讨东西吃，就像家里不给你吃饱似的。

（掷饼于地，凿凤头上一下）

（鸿忙牵方、诚入。）

方：爸爸，她肚子饿，我分给她吃，还不让她吃。

315

(鸿硬拉他进去。)

方：（画面外）爸爸——爸爸——（声渐远）

第十六场

景：王家厨房，客室
时：日
人：慧、鸿、小凤、凤后母

（慧在厨房做菜，凤后母牵凤来。）

凤后母：王小姐，以后别给她东西吃，就是这贱脾气，好好的家里有饭不吃，偏出去讨饭。

慧：没给她吃什么呀。

凤后母：刚才那是你爸爸的女朋友？

慧：（笑）我爸爸的女朋友？

凤后母：你没见过？刚才在门口没进来。

慧：（惊讶）哦？

凤后母：本来你爸爸早该续弦了，这么些年了。

慧：我爸爸不想结婚嘞。

凤后母：你等着瞧吧！这就快了，该喝他的喜酒喽！（将去又回身厉声喝凤）还不出来？又想讨饭吃？

（凤随后母出。

（慧怔了一会，盖上锅盖走入客室。鸿看报。）

慧：（顿了顿）爸爸，你刚才跟谁一块儿回来？

鸿：（自报纸后面）嗯？——一个同事。
慧：哦。谁呀？
鸿：李小姐。（听慧半天没声音，放下报，见慧立母照片下怔怔地望着他。鸿不安，微嗽，将报纸重折了一下，再遮住脸）

第十七场

景：王家（客室、后院）
时：日
人：川、慧、小凤、凤后母、方、诚、鸿

（慧代方剪发，川与诚旁观，凤吮指立门口。
（遥闻邻宅无线电奏《小儿女》曲，慧跟着哼唱，无线电忽改旋到越剧，川、慧失望地直视。慧啧的一声。）
川：你再唱下去。
慧：底下不记得了。（再唱最初两句）真喜欢这调子。
（慧剪完发，为方卸去毛巾，拍打身上。）
慧：（在空中霍霍磨动剪刀，向川）来来来！轮到你了。
川：不敢领教。
方：（耸肩缩背摸颈项）姊姊！痒！
（川代他掀衣领拍掉短发。）
慧：（向凤）来，给你也剪剪，（拉凤坐，代梳刘海）瞧，头发那么长，眼睛都睁不开了。（取碗倒扣在凤头上，照碗边缘剪）别动，啊！
（川与方隔着饭桌打乒乓，诚代拾球。）

317

慧：(剪到刘海)闭上眼睛。
　　(凤闭目。凤后母入。)
凤后母：小凤！蛋糕又是你偷吃啦？
　　(凤震恐，碗落地跌成数片。凤后母拾碎片示凤。)
凤后母：瞧！(打凤)
　　(凤哭。)
方：是我们的碗，关你什么事？(打凤后母，被川拉开)
慧：(拉开凤)刘太太，是你吓唬了她，幸亏光是砸了碗，要是剪刀戳到了眼睛里，多危险。
凤后母：(嘟囔着)吓唬了她，说得她那么胆儿小，偷起东西来胆子大着呢。(向凤)走！
　　(凤跟后母出。)
川：(摇头)这后母待孩子这样。幸亏你们父亲不想再结婚。
　　(慧闻言刺心，望了望弟弟们，持帚扫地上发与碎碗。)
方：非打她不可！
慧：别胡闹。
　　(方出，张了张，招手与诚，同蹑手蹑脚走到通后院的门口。
　　(后院——凤后母正晾衣。方自袋中取出弹弓与一粒豆子，瞄准凤后母。
　　(恰值凤后母回顾，方将硬豆子抛入口中，咯蹦咯蹦嚼吃。凤后母怀疑地看着他。他夷然又抛一粒豆入口。凤后母别过头去晾衣。
　　(客室——)
慧：(低声向川)你不知道，爸爸跟一个女同事挺好的，也许会结婚。
川：哦？你见过没有？

慧：没有。

川：不知道脾气怎么样?

慧：脾气好又怎么着，这一位刚来的时候也挺好的，自己生了孩子就变了，越来越讨厌小凤。

川：(忧虑地嘖的一声）嗳。你两个弟弟还小，你倒不要紧，反正我们就要结婚了。

慧：人家跟你说正经话。

川：结婚不是正经话?（凑近低声）唔?（正要吻她，外面凤后母大嚷起来）

凤后母：你这小鬼，你敢打人哪? 好，好，我找你爸爸说话!

（后院——凤后母揉着脸追打方。）

凤后母：小家伙，打起人来哪!

（诚跟在后面揪打她，三人团团互逐。）

凤后母：两个都不是好东西，小凤都是让你们教坏了。这都是从小没娘，让你爸爸你姊姊惯得你们这样。好在你爸爸就要娶新妈妈了。

方：什么新妈妈!

凤后母：嗳，等娶了后娘来，得好好地管教管教你们。

方：我们才不要什么后娘!

凤后母：嗳，等娶了后娘来，看你们还淘气不淘气。

（方逃入户内，诚跟入，川正出门离去。二孩入室。）

慧：又闹什么? 叫你们别去惹她。

方：姊姊，她说什么娶后娘，娶新妈妈。

慧：别听她瞎说。

方：(沉默片刻）爸爸要娶新妈妈了?

319

慧：没有的事。

方：那她干嘛那么说？

慧：还不就是那天看见爸爸跟一个女同事一块儿走，就造谣言。

（鸿入。）

慧
方：（先后呼）爸爸。
诚

慧：（把父亲常坐的一张椅子上一些东西挪开，置报于手边。）饭一会儿就得。

鸿：景慧，下礼拜六多做两样菜，我们请李小姐吃饭。

慧：李小姐？

鸿：一个同事。我常跟她说起你，她也愿意见见你。

（姊弟互视。）

方：爸爸！我们不要新妈妈。

诚：不要新妈妈！

鸿：嗯？（恍惚地，带笑）什么新妈妈？

慧：别胡说，你们下去玩去。

方：我们不要她来吃饭！

诚：不要她来吃饭！

（鸿窘。）

慧：（低声喝）去呃！（推他们出）

鸿：他们这是怎么了？

慧：他们刚才又为了小凤跟小凤的后母闹，所以受了点刺激！

鸿：（蹙额）那女人真是——对孩子们的影响不大好。

（慧收拾饭桌，摆碗筷，鸿坐，看报。）

慧：孙川刚来过！

鸿：哦。

慧：他给他姊姊代买好些东西，托我给他买，所以我这两个礼拜特别忙，弟弟们也得预备大考，还是过两天再请客吧！

鸿：好，过一向再说。请个同事便饭，也不是什么要紧的事。
（慧去。鸿一团高兴化为冰水，向空中发怔。）

第十八场

景：士多
时：日
人：鸿、伙计、顾客

（鸿在士多打电话，伙计运一箱货物掠过他头边。）

鸿：是秋怀吗？我打了好几个电话给你，你不在家。……（躲让一女顾客，她指点架上听头，伙计代取，她嫌牌子不好）我知道，你临时有事出去，又没法通知我……我不用家里电话，实在不方便。自从放了暑假——

（女顾客抽出一听，许多听头乒乒乓乓跌下来，鸿躲。）

鸿：——可我跟你解释过了，暂时不能不保守秘密。……

第十九场

景：秋家
时：日
人：秋

（秋家，秋在打电话。）

秋：（笑）我有个奇怪的感觉，仿佛跟一个有太太的男人来往……你不用说了，我完全明白……好，见面谈吧……好，你先上这儿来。

第二十场

景：坟场
时：日
人：鸿、秋

（鸿伴秋立亡妻坟前，秋将花束置坟头。）

鸿：（指着坟旁之盆花对秋说）这是景诚跟景方两个孩子，自己把零用钱省下来买的。

（秋点点头。）

鸿：他们一有空就要上这儿来照顾这两盆花。

秋：可见得他们母亲待他们一定很好。

鸿：（点点头）我想，我把她的为人告诉你之后，也许你能够原谅我那几个孩子。他们所以对母亲感情特别好,简直不能想像有什么人可以代替他们的母亲。

秋:(苦笑)谁能够代替母亲呢?

鸿:(低徊片刻)也许我不应当带你到这儿来。

秋:不,不,我很高兴我们今天上这儿来;我仿佛觉得我们得到了她的谅解。

鸿:秋怀——你呢?你真的能够谅解我的苦衷?

（秋走开,鸿跟上来一同散步。)

鸿:孩子们的心理可以慢慢地纠正过来。

秋:可是还有你。

鸿:你难道不相信我对你的感情?

秋:中年人的感情跟年轻的时候不同了,她是你年轻的时候所爱的人,我没法跟回忆竞争。

鸿:我不能靠回忆过日子。

秋:鸿琛,我有个朋友在青洲岛上做小学校长,他们走了个教员,找我去代课,(苦痛地)我想我们几个礼拜不见面也好,大家都再考虑考虑!

鸿:(苦痛地)我是不用再考虑了。

（沉默片刻。)

秋:我们回去吧。

第二十一场

景:街道

时：日
人：秋、鸿、方、诚

（二孩吮着棒棒糖在路上走，遥见鸿、秋同行。）
诚：（指）爸爸！
方：别嚷，爸爸又跟那女人在一起。
（二孩遥随，见鸿与秋在一门口停住，话别，鸿依依不舍，秋终邀他上楼，同入，二孩向家奔去。）

第二十二场

景：王家（客室）
时：日
人：慧、川、方、诚

（慧与川正立窗口喁喁细语，二孩奔入。）
方：姊姊！姊姊！爸爸又跟那女人在一起。
慧：哦！你在哪儿看见的？
诚：在街上。
方：爸爸送她回家，一块儿进去了。
诚：姊姊，我们不要那女人。
方：不要爸爸结婚。
慧：（代二孩整理衣发）谁说爸爸要结婚？现在这时代，男女交朋友是最普通的事，难道不许爸爸交朋友？

方：以后他们到哪儿我们跟到哪儿。

慧：不行，爸爸要生气的。

川：你们不是要看电影吗？我请客。

（摸出钱予方。）

慧：去看电影去，乖！

（二孩不情愿地走了。）

慧：爸爸后来老没提请她吃饭的话，我当他们不来往了。

川：大概因为你们不赞成，所以没提。

慧：这怎么办呢？

川：你别着急！

慧：我母亲临死的时候我答应她照顾两个弟弟，我无论如何不能把他们丢给后母。

川：等我们结了婚把他们接来跟我们住。

慧：爸爸不肯的。

川：如果两个孩子闹着一定要跟你，他不会不肯的。

慧：（思索）嗳……爸爸的经济情形也不好，他自己再结了婚，负担更重了。

川：我们可以跟他说，是为了减轻他的负担。

慧：可是我们养活不起，还得供给他们上学。

川：我可以不必上夜校，晚上再找个事，多赚几个钱。

慧：你不能放弃夜校，太可惜了。

川：不至于那么严重。

慧：你说过，你现在这个职业是没有前途的。

川：我还年轻，以后总有机会。

慧：不行，不能让你毁了你的前途。

川：为了你，什么都行。（拥抱她）

（她的脸搁在他的肩头，面色沉郁，若有所思。）

第二十三场

景：王家（卧室连后院）
时：夜
人：方、诚、慧、小凤、凤后母

（方、诚已睡，慧为二小孩盖被，慧走向自己睡床。

（桌上二只没有气的气球。

（慧取起吹之。

（气球上有唇膏印。

（慧感叹——慢慢地吹气。

（后院传来小凤哭声。

（慧抓住吹了一半的气球伸头出看。

（后院——

（凤后母手持木柴边打边骂小凤。）

凤后母：——叫你抱弟弟还摆架子。你没有人家福气好，人家有姊姊护着，早晚她姊姊一嫁人，还不跟你一样……

（慧反应。

（手一松，气球泄气。

（慧呆思。）

川：（画面外）我可以不必上夜校，晚上再找个事多赚点钱。

慧：（画面外）你不能放弃夜校，你说过你现在这个职业是没有前途的。

川：（画面外）我还年轻，以后总有机会。

慧：（画面外）不行，不能让你毁了你的前途。

（重复画面外："不行，不能让你毁了你的前途。"）

（慧起立，有所决定。）

（慧翻报。）

（报纸特写——小广告"征聘"栏。）

第二十四场

景：街道（连学校门口）
时：日
人：慧、路人

（慧自一小学校门口走出，打开一张报纸，将征聘栏中的一个招请教师小广告画了一个叉勾消，再找另一个圈出的小广告。）

第二十五场

景：王家（客室）
时：日
人：慧、鸿、川、方

(慧支颐独坐，两份报纸摊在桌上，上面有七八个勾消的小广告。

(鸿入，慧忙收起报纸。)

慧：爸爸，现在找事真难，我有个老同学托我给她留心。

鸿：她想找什事？

慧：职员、小学教员，她什么都肯干。

鸿：她没念过师范？

慧：没有。

鸿：中学文凭可没什么用。

慧：她家里很苦，爸爸想办法给她帮帮忙。

鸿：听说青洲岛有个小学请不到教员，大概待遇较苦。

慧：哦，我叫她去试试看。

(慧入内梳发，取出外衣。)

川：(画面外) 景慧！景慧！

(川入，将一张唱片向她一扬。)

川：你猜这是什么？(见慧穿外衣)你要出去？

慧：嗳。(对镜化妆)

川：上哪儿去？

慧：一个朋友刚回香港来，约我到青洲岛去玩。

川：那岛上有什么玩的？

慧：他在岛上有个别墅。

川：哦，真阔。——是谁？

慧：一个医生。

(沉默片刻，慧浓妆。)

川：从哪儿回来？

慧：他上加拿大考牌照去的。

川：哦。……怎么没听见你说起你有这么个朋友？

慧：（转身向他）我以为事情已经过去了，所以一直也没告诉你。

（沉默片刻。）

川：景慧，我不明白——难道我们就这么完了？

慧：我早没告诉你，那是我对不起你。也是因为他走的时候我还小，不懂事。我现在才知道钱的好处。

川：噢，你是为了钱？

慧：他可以送我弟弟进最好的学校，将来还可以出国留学。

川：你还是为了两个弟弟。

慧：（淡笑）倒也不完全是为了他们。

川：（寒彻了心骨）噢。——你父亲一定也赞成了？

慧：我父亲还不知道，因为他是个离了婚的人，我一直没敢告诉我父亲，可是现在我成年了，我父亲也不能干涉我。

（束上头纱，左顾右盼，照后影，又戴上黑眼镜。）

川：（瞪视她）我现在才知道我不认识你。完全不认识。

（慧取出泳衣折叠装手提包内。方入。）

方：姊姊，你去游泳。

慧：嗳。

方：你到哪儿去？

慧：到一个小岛上去。

方：我也去。

慧：过天带你去，坐自己的小电船去。

方：唔……我要今天去！（拉川纠缠）孙大哥，带我去！孙大哥，我跟你们去。

（川掷唱片于地，出。慧拾起破碎的唱片，见歌题乃"小儿女"。）

第二十六场

景：小渡轮上
时：日
人：慧，乘客约四十人，水手

（乘客拥挤。许多乡人带着鸡鸭笼与整担菜蔬，猪羊发出叫声，也有带公事皮包的工厂职员。慧坐机器间附近，马达声隆隆。一阿飞型青年来坐在她身边，携一手提无线电，无线电在嘈杂声中开得极响，奏《小儿女》曲，慧不忍闻，赴栏杆边望海，泪下。）

第二十七场

景：青洲岛码头
时：日
人：乘客约四十人

（小轮泊岸。）

第二十八场

景：青洲小学
时：日
人：慧，小学生约十人

（慧看校门招牌，入。内已放学，还剩下三三两两几个小学生背着书包走出来。）

第二十九场

景：青洲小学教务室
时：日
人：慧、秋

（慧找到教务室，敲门。）
秋：（画面外）进来。
（慧入。）
慧：我听见说贵校需要教员。
秋：是的，请坐。您有教书的经验没有？
慧：没在学校教过书，可是常给人补习。
秋：贵姓？
慧：我姓王。
秋：什么学校毕业的？

（慧示以文凭。）

秋：史、地、英、国、算都可以担任？

慧：可以。

秋：校长不在这儿，我不过是代课的。这儿的待遇不能算坏，二百八十块一个月，供膳宿，不过岛上的生活非常寂寞。

慧：我不怕冷清。

秋：请你原谅我问你一个冒昧的问题，你为什么愿意到这儿来，完全与世界隔绝？

慧：我是为了生活，为了养活我两个弟弟。

秋：你家里还有什么人？

慧：没有，我是个孤儿。

秋：（呆了一呆）你使我想起自己的从前，我也是父母都不在了，就靠我一个人养家，送弟弟妹妹进学校。（苦笑）总算熬到今天，他们都能够自立了。

慧：（同情地）您贵姓？

秋：我姓李。（予纸笔）请你把你的地址写下来，等校长回来我替你转告。

慧：（写）我们就要搬家了，我的信都由一个同学转。

秋：我送你到码头上去。

慧：您别出来了。

秋：现在散课了，我也想出去走走。

第三十场

景：海边（青洲岛码头）
时：日
人：秋，慧，乘客约五十人

（渡轮鸣汽笛二响，驶近青洲岛。慧、秋散步等候。）

秋：我那时候正像你这年纪，为了维持一家子的生活；为了让弟弟妹妹们受教育，每天下了课又有好几个地方补课；改卷子改到夜深。一年一年，日子就这么过去了，他们大了，我老了。他们现在都结婚了，各人有各人的家庭，就剩下我一个人。
（乘客们下船。）

慧：你从来没想到结婚？
秋：以前是根本谈不到，家里这些个孩子，谁愿意背上这份家累？
慧：（欲言又止）——你从来没爱过什么人？
秋：现在爱上了一个人，可是太晚了，大家都到了这年纪，他已经有子女，我不愿意让人家骨肉之间发生问题，他为这桩事也很痛苦，所以我一直不能决定。
慧：（激动地握秋手）你不能再牺牲自己了，将来要懊悔的。
（乘客们上船。）

秋：我告诉你这些话也是为了劝你，一个人年轻的时候很短，得自己珍重。
慧：（含泪）我知道。
秋：我觉得这儿环境太寂寞，对一个年轻的女孩子不适宜。
慧：我实在是需要找事。

（秋点头苦笑，嘉许地把一只手搁在她肩上。）

慧：我走了。

秋：我去跟校长说，大概没问题。下学期起请你来。

（慧上船，向秋挥手。）

第三十一场

景：王家（客室）

时：日

人：慧、诚、方、鸿

（慧踏椅上取下墙上母照片，改挂一风景画，下来站远点端相歪正。二孩入。）

诚：爸爸呢？

慧：出去了。

方：（嘟着嘴）一定又跟那女人在一起。

慧：开了学他们当然天天见面。（坐，将母照片改装入一撑立镜架）我下个月要到一个小岛上去教书，你们也进那学校念书，我们天天到海滩上去玩，好不好？

方：姊姊，真的？（拍手跳跃）

（诚亦拍手跳跃欢呼。）

慧：我教你们游泳。

诚：哥哥，哥哥，游泳！

方：爸爸也去？

慧：爸爸在这儿做事，不能去。

方：爸爸不去我不去。

诚：我也不去。

（鸿高兴地持一篮蟹入。）

鸿：（持示二子）今天我们吃螃蟹。喜欢不喜欢？

（二孩悄悄引退，不答。）

慧：（感触）时候过得真快，倒又是秋天了，螃蟹又上市了。

鸿：孙川今天来不来？请他吃螃蟹。

慧：他有事。

鸿：（不经意地）他怎么老没来？

慧：他这一向忙。

（慧舀水入盆浸蟹。二孩围盆边逗蟹。）

鸿：当心别夹了手。

（慧回忆前情。）

〔溶〕

（午饭吃蟹，慧食不下咽。）

鸿：（向方）瞧，弟弟吃得多干净，你做哥哥的难为情不难为情？（向慧）你怎么不吃？

慧：我忙着给他们剥。

鸿：今天下午我们跟崇济书院比赛篮球。

慧：哦。

鸿：（向二孩）吃了饭去看赛球，好不好？

（二孩不答。）

鸿：（心虚，笑）怎么都变了哑巴？

慧：（解围）就忙着吃了。

335

（鸿初次注意到墙上妻照片换了风景画。大家在沉默中咀嚼着。）

鸿：（看表，放下筷子）你们吃吧，我去看赛球。

（鸿入浴室开水龙头洗手，经女室时见妻照片立床边小小橱上。（鸿出门。）

慧：你们为什么老不跟爸爸说话？

（二孩倔强地低头不语。）

慧：爸爸就是真结婚了也是应当的，我们凭什么不许爸爸结婚？你想，将来你们大了，自己结婚了，各人有各人的家庭。爸爸老了多么寂寞。

方：姊姊，我们都不结婚，陪着爸爸。

慧：这是孩子话。

方：（发急）是真话，不骗人。我一定不结婚！

诚：（吃毕，玩气球）我们告诉爸爸，我们都不结婚。

方：陪爸爸。

慧：（低声喝阻）嗨！别去跟爸爸说。

方：我知道，你不肯说不结婚，你要嫁给孙大哥。

慧：（刺心）别瞎说！

方：你自己要结婚，不要脸，要嫁人！

诚：姊姊不要脸，要嫁人，要嫁人！（用气球打她颈项背后）

慧：（躲，强笑）好，好，我们都不结婚。（夺气球）

诚：姊姊，真的？

方：不许赖。

慧：真的，一辈子不结婚。（见气球与郊游时气球同一式样，泪盈睫，手一松，气球冉冉飞去，升至屋顶，诚追逐捉线）

方：我们去告诉爸爸，我们三个人陪他不结婚。

（偕弟出。

（慧只管自己垂泪。）

第三十二场

景：德育中学操场

时：日

人：方，诚，秋，鸿，张姓职员，二队篮球员，学生二百人

（两队篮球比赛，秋作裁判员。一球入篮，欢声雷动，客队输了。鸿立观众中携着秋的外衣，上前代她披上。二人在人丛中消失。

（观众将散尽，二孩匆匆来。）

方：（见一职员）张先生，我爸爸呢？

张：（回顾）刚才还在这儿，说要到新界去玩。

方：（向弟）一定我们老去的那地方。走。

（向校门偕行。）

诚：又跟那女人一块儿去了？

方：（点头）我们快去，迟了来不及了。

诚：没车钱。

方：去跟孙大哥借去，他就住在那儿。（指斜对面横街）

第三十三场

景：孙家
时：日
人：方、诚、川、孙母

（孙母引二孩入，推孙川室门。）
孙母：川儿，有小客人来找你。
（川坐窗台上看书，二孩入。）
诚：孙大哥。
方：孙大哥，跟你借两块钱。
（川不睬。）
诚：嗳，孙大哥。（上前推他）
方：借两块钱车钱，我们到新界去。（掏川袋）
川：你们阔了，还来找我这穷光蛋借钱？
方
诚：（仍推搡纠缠）孙大哥，孙大哥！
（川不睬。）
方：好，不理人。你别想跟我姊姊结婚，她一辈子不嫁人。
川：（嗤笑）一辈子不嫁人？
方：真的，姊姊刚说了。
川：（嗤笑）你们马上就要有个阔姊夫了，还要送你们出洋留学。
方：姊姊说她一辈子不结婚，陪着爸爸。
川：骗你的。（仍看书）
方：真的，她下个月教书去了。

诚：我们也去。

方：我们也进那学校念书。

川：(疑) 教书？——你们没看见一个医生来找她？

方：没人来找她。

川：她是不是常常出去？

方：老没出去。

诚：天天在家。

（川呆了一会，突然推开二孩往外跑。）

方：嗳，孙大哥！——（追）车钱！

（孙掏出一张钞票，塞在他手中，转身跑。）

第三十四场

景：郊外

时：日

人：方、诚、秋、鸿

（鸿与秋坐谈。）

秋：在青洲岛我碰见一个女孩子，她的身世也跟我差不多——

鸿：她也是个孤儿，带着许多弟弟妹妹？

秋：两个弟弟。她劝我的一句话我老是忘不了，她说你不能再牺牲自己了，将来要懊悔的！

鸿：你也得替我着想。我不能够没有你。

秋：我更需要你。你到底还有自己的家庭。

（方在树丛窥视，返身打手势令弟悄悄走近一同窥视。）

鸿：我们已经等得太久了，不像年轻人等个一年两年不算什么。

秋：你都不知道，有时候你回去了，我一个人站在街上望着你们的窗户，里头点着灯——（哽咽住了）

鸿：秋怀。（将一臂环抱她的双肩，她靠在他肩上拭泪）我们马上宣布，月底就结婚。

（秋抬起头来，还没说话——）

方：（焦急地大叫）我们不要你！不要新妈妈！

诚：（鼓噪）不要新妈妈！不要新妈妈！

（鸿大窘。秋起行。）

鸿：你们别胡闹。（跟秋走）秋怀——秋怀。

方
诚：（跟上去，拉鸿）爸爸——爸爸。

鸿：（不睬）秋怀，你听我说——

方：爸爸，姊姊说了，我们三个人都不结婚，陪你。

鸿：（怒）走，你们回去！——马上给我回去！

（二孩有些害怕，松手，呆了一会，转身去。鸿赶上秋，保护地托着她的肘弯，但二人都感觉到无话可说。）

第三十五场

景：王家客室

时：日

人：川、慧、方、诚

（川、慧谈，慧在拭泪。）

川：我明白，你欺骗我都是为了我，你不想想，没有你我还有什么前途？活着也是白活着。

慧：我难道不痛苦？我是没办法。

川：你不知道我多么灰心，想着连你都那么势利，这世界上还有什么东西是我可以相信的。

慧：川，对不起你。

川：我再也不放你走了。（拥抱她）

慧：（挣扎）不行——我——不，我不能害了你。

川：你还要这么说。（吻她）

（二孩颓丧地走入，见川、慧长吻。半晌，四人都寂然站着，一动也不动。）

川：我们什么时候结婚？等你父亲回来我们就告诉他。

方：你说不结婚又结婚！不要脸！不要脸！

诚：姊姊不要脸！不要脸！

（慧挣脱川的怀抱，别过身去。）

川：（窘笑）你们不能这样自私。来，我们好好地谈谈。（拉二孩同坐）有些事情你们现在不懂，将来大了就明白了。

（二孩握拳打他，拚命挣脱了奔出。）

第三十六场

景：坟场

时：日

人：方、诚

（方、诚扑在墓碑上哭。）

方诚：妈妈！妈妈！

方：爸爸不要我们了，姊姊也不要我们了，妈妈你在哪儿？

（把头抵在碑上。）

诚：（捶打墓碑）妈妈你回来！我要妈妈！

方：（哭了一会，把别人墓上一束花拿到母墓上）妈妈，给你！

诚：哥哥，天黑了，我怕！

方：回去吧。妈妈——我们走了。

（二孩偕行至门前，门已上锁。）

方：嗳呀，关门了！（摇撼门，四顾无人踪，砰、砰、砰打门，遥闻车声驰过）嗨！嗨！

（无人应，风沙吹落叶，摇摆的树枝中突然出现一个石膏天使的脸，空洞洞的眼睛望着他们。）

诚：（恐怖地靠近方）哥哥——

（风过，天使的脸又隐去，方又砰砰地打门。）

（方试爬铁门，不数步，退下，再打门。）

第三十七场

景：王家客室

时：夜

人：鸿、慧、川

（夜九时，鸿颓然入，慧正打电话。）

慧：（强笑）好，过天见！（挂上电话）爸爸，弟弟他们不知跑到哪儿去了，也没回来吃饭，我到处打电话也找不到他们。

鸿：哦？奇怪，他们什么时候回来的？

慧：四点多钟。

鸿：（心虚）回来没说什么？

慧：（心虚）没说什么。

鸿：（绕屋彷徨，微嗽，尴尬地）他们到底怎么跟你说的？

慧：（尴尬地）不过是孩子话。

鸿：（以为女已知郊外事，愧恨，自言自语）咳！这两个孩子真是，——我出去找去。

慧：上哪儿去找呢？我都问过了。

鸿：就怕是马路上撞着汽车。

慧：就是呀！

（川入。）

川：老伯——他们还没回来？

（慧摇头。）

川：上哪儿去了？这时候公园也关门了。（忽想起）他们在我这儿取了两块钱车钱，会不会到郊外去了？

鸿：我们上次野餐的地方……我在那儿见过他们，叫他们自己回来的。现在这么晚，不会再去吧……（略思）我去报警察局，打听打听医院里有没有汽车出事的。（出）

川：你别着急，他们是赌气出去了，一会儿也许就回来。

慧：他们要是出了什么事，我一辈子也不能原谅我自己。（哭）

川：你这算什么？又不怪你。

慧：怎么不怪我？都是因为他们看见你跟我——

（川不语，揽慧抚慰，慧几乎是恼怒地推开他，取外衣穿上。）

慧：我到街上去找去。

川：我陪你去。

慧：我不要。

川：为什么？

慧：要是给他们看见你跟我在一起，更刺激了。

川：那我跟你分头去找吧，我到郊外去看看，也许他们又去了。

（川匆匆出。）

第三十八场

景：坟场

时：夜

人：方、诚

（天空中闪着电光。

（方与诚搬着木箱木凳之类叠起在铁门下。

（方踏上木箱试图爬上铁门顶，爬出门外。

（诚小心地扶着木箱。

（方战战兢兢地向上爬。

(一阵风砂吹来,诚惊恐,一松手从木箱跌下。
(方双手用力拉住铁枝。
(方踏在铁门上的一脚一滑,滑出铁枝外。
(诚惊叫。
(方之脚为铁枝夹住,无法拔出。
(风砂阵阵,电光闪闪。
(二孩益加惊恐。)

第三十九场

景:街道、荔园、戏院门口
时:夜
人:慧、路人

(慧在街上到处找寻。
(慧在荔园到处找寻。
(慧在戏院门口找寻。)

第四十场

景:警局
时:夜
人:鸿、警官、警员

（鸿在警局查询。

（一警官遍查各簿。）

警官：全查过了，没有这么两个孩子。

鸿：（着急）糟了，他们已经不见了六个多钟头啦！

警官：我现在已经把这件事记录下来，一有消息马上通知你的，你把你的地址留下！

鸿：谢谢你！（写地址）

第四十一场

景：郊外

时：夜

人：川

（夜十一时半，川拿着电筒在旧游地找寻。）

川：（叫喊）景方！景诚！你们躲在哪儿？出来，你们家里着急呢！景方！景诚！

（川走到池塘边，想起失足或投水的可能，望着水怔住了。川顺手拾起一长竹向池内打捞。

（开始下雨。川惊觉，冒着风雨向前走，遗下手帕。）

川：景方！景诚！

（雨越下越大。他折回向镇上奔去，遥见灯火人家。）

第四十二场

景：农居
时：夜
人：川、乡人

　　（川冒雨来至农居门前打门。
　　（农人开门。）
农人：什么事？半夜三更的！
川：请问你有看见两个小孩儿，一个九岁，一个八岁？
农人：没有。
川：谢谢你，能不能帮我一个忙？我怕这两个小孩掉在池塘里，你能帮我一起去打捞一下吗？
农人：有孩子掉在水塘里？不会的，而且下这么大雨，怎么打捞？
　　（农人不理会川，关门。
　　（川无奈，冒雨走向另一个农居。）

第四十三场

景：秋家
时：夜
人：秋

　　（夜十一时三刻。秋改卷子，窗外风雨声，无线电发出低低的音乐，曲终。)
报告员的声音：这是ZPMA，港九广播电台。九龙卖花街八十三号王宅走失两个男孩：王景方九岁，王景诚八岁。如果有人看见，请报告警察局二区分局。现在时间十一点三刻，请各位继续收听音乐节目。(音乐开始)

（秋吃惊，知道是由郊外那一幕而起，一刹那间脸上带着犯罪的神情，随即镇定下来，立起身穿上雨衣，取伞，关无线电，关灯出。）

第四十四场

景：街道
时：夜
人：秋，佣妇，小孩甲、乙

（秋持伞在马路上走，东张西望，漫无目的。
（一佣妇携着两个穿雨衣的小孩在前面走，秋绕到他们前面认了认雨帽下的脸，又惆惆地往前走。）

第四十五场

景：孙家
时：夜

人：慧、孙母

（孙母开门，慧入。）
慧：伯母，对不起，孙川回来了没有？
母：没有呀！他吃晚饭的时候回来拿了一个电筒出去，一直到现在还没有回来，我也正在打电话到处找他。
慧：他一定在新界！我去找他。（回身便走）
母：嗳！等一等，拿把雨伞去。
慧：谢谢您！

第四十六场

景：街道
时：夜
人：秋、贫儿

（天色漆黑。秋下半截衣服湿透，在大风雨的街上走。
（一贫儿在门洞子里避雨，坐在梯级上哭。秋震动，走近一看，只有四五岁，她继续往前走。）
贫儿：（揉着眼睛哭喊）妈妈！妈妈！
（秋听见，触机，回顾。怔了一会，过街向坟场方向走去。）

第四十七场

景：坟场
时：夜
人：秋、方、诚、路人

（风雨大作。
（诚、方浑身湿透。
（方无法使脚由铁枝内拔出，吊在半空中。
（诚协助方，拉方之脚，无法脱出。
（雷声隆隆，闪电中一尊尊天使像似作神秘狰狞的微笑，振翅欲扑，一排排墓碑后黑影幢幢，树间风雨声像脚步声。）
诚：（抱紧方脚）我怕！
方：（硬顶着）不怕！不怕！
诚：妈妈！妈妈！（哭）
（方也哭了起来。
（街上，一个夜归人听见坟场内哭声，毛发皆竖，把头缩到衣领子里，立即回身匆匆向原路走回去，走不了几步，开始奔跑，与秋掠身而过。
（秋以为是暴徒，吃惊四顾，那人一滑倒，爬起来又跑。
（秋听见坟场内哭声，细听是孩子的声音，并且仿佛听见叫"妈妈！妈妈！"）
秋：景方！景诚！
（哭声停止。
（二孩侧耳听。）

秋：（画面外）景方！景诚！

诚：是妈妈！

秋：（画面外）景方！景诚！

方：真是妈妈？（与诚愕然互视）

诚：妈妈来了！

  （秋来至铁门外一望——见大雨中，方，诚兄弟的狼狈状。

  （秋见，悲喜交集，正要开口说话——）

诚：又是她！（怒目而视）我们不要你！不要你！不要你！

  （退后。

  （秋刺激，但见方在铁门半中间拚命拉被铁枝夹住的脚不果。

  （秋上前助之，代方除去皮鞋，脚立即脱出。

  （诚在后面叫方别理秋。

  （方脚脱出铁枝后欲回入，秋助之向上爬。

  （方略一怀疑后接受秋协助。

  （秋助方翻出铁门外。

  （秋叫诚上前爬铁门。

  （诚不从。

  （方劝之，诚来至铁门前。）

诚：哥哥我冷！

方：（拉住诚手）你的手这么热，还说冷？

秋：什么？（上前摸诚头）你弟弟发热，他恐怕不能爬出来啦！

方：他病了？

  （秋点点头，脱身上雨衣给诚披在身上，又将手中雨伞交方。）

秋：（对方）你小心照料着弟弟，我去找警察。

  （秋冒雨奔去。

（二小孩不禁露出感激的眼光。）

第四十八场

景：郊外
时：夜
人：慧、的士司机

（公路边，慧坐的士来至路边停下。）
慧：（下车向司机）请你等我一等，我马上就回来的。
司机：快一点！
　　（慧冒雨走向水塘。
　　（慧来至水塘边四找，高叫孙川。
　　（慧发现川遗下之手帕大惊。
　　（慧拾起手帕，再高叫孙川。
　　（慧四找不获，奔向的士。
　　（慧来至的士前，上车。）
慧：请你开我到警局去，我要报案！
　　（的士驶离。）

第四十九场

景：坟场门口

时：夜

人：

（雨中，一辆救伤车驶离。）

第五十场

景：车中

时：夜

人：秋，方，诚，警员甲、乙，救伤员甲、乙

（车中，诚挤在方与秋之间。）

方：（向前座的警甲）我弟弟病了。

秋：（试了试额，低声）嗳呀——发烧呢。

警甲：淋了一夜的雨，怎么不冻病了！

警乙：送他到医院去吧！

秋：也好，让医生检查一下。（脱外衣加在诚身上）

（车继续行驶，诚自外衣袋中掏出哨子把玩。）

第五十一场

景：郊外

时：日

人：川、乡人、警员

（晨七时，雨止，鸟声啾唧，树上滴水，枝干摧折，落叶遍地，池塘水涨。
（川匆匆来到池边，见一群工役在打捞池塘，数警员督工，数乡人旁观，川震动。）

川：对不起，请问你们这是干什么？

（众员工只顾忙着，不理睬。）

乡人甲：捞尸首呢！

（川色变，立乡人旁同看。）

川：（沉默片刻）是投水还是不小心掉下去的？

乡人乙：谁知道！

乡人甲：反正不是本地人！

（一工役拭汗稍憩，川抢着帮他工作。）

第五十二场

景：王家客室

时：日

人：鸿、慧

（晨八时，鸿颓丧地坐在电话边，慧淋得像落汤鸡似的回来。）

慧：爸爸什么时候回来的？

鸿：（意识模糊地抬起头来）唔？……没有消息？

慧：没有，没有电话？

鸿：(摇头，但突然想起)孙川的母亲打电话来，说孙川一夜没回来，到处找找不到，又说你也去找孙川了。(慧点点头)找到没有？(慧摇摇头。)

慧：(扑在鸿身上哭)爸爸，我怕！

鸿：(机械地抚慰)嗳呀！你浑身都湿透了，快去换衣裳，别着凉！

慧：(哭)他要是有个什么，都是我害了他。

鸿：为什么？你太累了，太紧张了。

慧：爸爸你不知道——(哽咽得说不出话)

鸿：你一夜没睡，去睡会儿。

(电话铃响，二人心惊肉跳，抢着去听。)

慧：喂？……嗳，嗳，是的……(狂喜)啊……(向鸿)找到了！

鸿：(模糊地)谁？孙川？

慧：(摇头，向电话中)哦，哦……

鸿：(大喜)你弟弟找到了？(贴近去听)

慧：(点头，向电话中)哦，南华医院……

鸿：(焦急)他们出了事？受伤了？

慧：(摆手，向电话中)好，好，我们马上就来。

第五十三场

景：郊外

时：日

人：川、乡人、警员

(工役们用钩竿打捞，川站在齐膝的污泥中协助。)

警丙：行了，不用再捞了，这么大个子，捞了半天，还会找不出来？

川：（拭汗）不是两个小孩？

警丙：什么小孩？五呎十一吋半，比你还高。

川：（惊异）你们找什么人？

警丙：（自一张单子上读出）孙——川，年二十四岁，身高五呎十一吋半。

川：（呆了一会，放下钩竿上岸）我就是孙川。

(众警员不理他，自指挥工役收拾工具回去。)

川：嗳，你们找哪一个孙川？（有点胆怯地）我也姓孙，叫孙川。

(警丙诧异，取出照片与川比，川抹得满脸黑泥，面目全非。)

第五十四场

景：医院

时：日

人：秋、方、诚、川、慧、鸿、看护、病人

(晨九时。候诊室中有几个病人候诊，秋坐阅报，报纸遮着脸。诚披秋外衣坐秋、方之间。

(鸿、慧入，一眼看见二孩，看护跟入。)

鸿：（含泪）嗳呀，你们这两个孩子！

慧：（向方）怎么，弟弟冻病了？

（秋悄然起行。）

看护：医生给他检查过了，不要紧的，不过受了点凉，有点热度。

慧：噢。

鸿：（见秋往外走）嗳，秋怀，别走！

　　（秋回顾，见慧，惊异，慧也惊异。）

看护：回去让他躺下，这瓶药一天吃三次。（予慧）

鸿：（向秋）我们一块儿走？

秋：我先走了，我等你们来了就可以放心走了。

　　（出室。

　　（鸿跟至大门口穿堂。）

鸿：别走，我要景慧见见你。

秋：（惨笑）你不知道，她就是我告诉你的那个孤儿。

鸿：嗯？

秋：她为了你跟我，要找事养活两个弟弟。鸿琛，我走了，学校方面我决定辞职，以后我们别见面。

　　（鸿拉着她，但是她用铁石一样的眼光望着他，他松了手，她向外走。慧携外衣自内出。）

慧：李小姐，你的衣裳！

秋：（微笑接着）哦！

慧：李小姐，自从在青洲岛见到你，我非常佩服你的为人，我希望——（低声）希望我父亲能够跟你结婚。

鸿：（窘笑）真想不到你们瞒着我见过面。

　　（二女双手交握，川狼狈入，遍身泥污。）

慧：嗳呀，你来了！我都急死了——（喜极而泣）

鸿：当你失踪了。

慧:（拉着他浑身上下看）怎么这样？没出事？

（诚吹着哨子走出，方随。）

鸿:嗨！不许吹，这是医院。

慧:你看，都是为了你们俩，大家淋着雨跑了一晚上，都急死了。

鸿:景方，弟弟不懂事，都是你带着他胡闹！

（方垂头不语。）

慧:害得人还不够，你们还要闹？（夺下哨子）还不还给李小姐！

（诚有不舍状，但终于拿去递给秋。）

秋:送给你。

（诚接着，仍低头不语，瞟了瞟父亲与姊，秋抚他的头发，方有妒意，夺哨子一路吹着跑出去，诚追。）

剧终

＊国际电影懋业有限公司油印本（据此所摄影片于一九六三年十月公映）。收入一九八八年二月皇冠文化出版有限公司《续集》。

著作权合同登记号　图字：01-2018-7570

本书由皇冠文化集团授权，仅限于中国大陆地区发行，不得销售至港、澳及任何海外地区。

图书在版编目（CIP）数据

六月新娘／张爱玲著 .—北京：北京十月文艺出版社，2020.11（2024.11重印）
（张爱玲全集）
ISBN 978-7-5302-1944-7

Ⅰ.①六… Ⅱ.①张… Ⅲ.①电影文学剧本—作品集—中国—现代　Ⅳ.①I235.1

中国版本图书馆CIP数据核字（2019）第093887号

六月新娘
LIUYUE XINNIANG

张爱玲　著

出　　版	北京出版集团公司	
	北京十月文艺出版社	
地　　址	北京北三环中路6号	
邮　　编	100120	
网　　址	www.bph.com.cn	
发　　行	新经典发行有限公司	
	电话（010）68423599	
经　　销	新华书店	
印　　刷	河北鹏润印刷有限公司	
版　　次	2020年11月第1版	
印　　次	2024年11月第4次印刷	
开　　本	850毫米×1168毫米　1/32	
印　　张	11.5	
字　　数	250千字	
书　　号	ISBN 978-7-5302-1944-7	
定　　价	59.00元	

质量监督电话　010-58572393
如有印装质量问题，由本社负责调换。

版权所有，未经书面许可，不得转载、复制、翻印，违者必究。